新聞への思い

正岡子規と「坂の上の雲」

高橋誠一郎

人文書館
Liberal Arts
Publishing
House

カバー版画
「雲」
田主 誠

大扉写真
「正岡子規（明治 24 年 3 月　房総旅行）」
松山市立子規記念博物館所蔵

新聞への思い◉正岡子規と「坂の上の雲」

目次

凡例

一、『坂の上の雲』（全六巻、文藝春秋、一九六九〜七二年）と『竜馬がゆく』（全五巻、文藝春秋新社・文藝春秋）からの引用箇所は本文中に漢数字で示した巻数とともに章の題名を示し、最初の引用に際しては、初出の際の新聞社名と発表時期も示す。

二、正岡子規の作品の引用は、『子規全集』（全二二巻、別巻三巻、監修・正岡忠三郎・司馬遼太郎・大岡昇平他、講談社、一九七五〜七九年）により、引用箇所は注で記す。

三、『翔ぶが如く』など右記以外の小説と司馬作品からの引用は文庫版により、本文中に漢数字で示した巻数とともに章の題名を示し、初出の際には各章の末尾に注として出版社名と初版の出版年を記す。

四、夏目漱石の作品などからの引用箇所は、各章の末尾に出版社名と初版の出版年および頁数を記す。

五、煩雑さを避けるために人名や地名の表記は統一する。

六、本書では歴史的人物の敬称は略すが、特別な思いでその作品を愛読していた同時代の作家・司馬遼太郎氏は例外とする。

序章　木曽路の「白雲」と新聞記者・正岡子規

一、子規の「かけはしの記」と漱石の『草枕』

「春や昔」と名づけられた長編小説『坂の上の雲』の序章で、まず主人公の一人である正岡常規《まさおかつね》《のり》（号は子規、一八六七～一九〇二）を「俳句、短歌といった日本のふるい短詩型に新風を入れてその中興の祖になった」と紹介した司馬遼太郎氏は、「春や昔十五万石の城下哉」という句を子規が詠んだのは、明治二八年（西暦一八九五年）であったとさりげなく続けています。(1)

注目したいのはその年が、喀血して「卯の花の散るまで鳴くか子規《ほととぎす》」などの句を詠み、子規の号を用いるようになっていた正岡子規が、新聞『日本』の従軍記者として渡満し、帰途再び発病して須磨で療養した後に故郷に戻り、英語教師として松山中学に赴任していた親友の夏目金之《なつめきんの》助《すけ》（号は漱石、一八六七～一九一六）と再会した年だったことです。

「真之」の章では新聞『日本』の社主・陸羯南《くがかつなん》（羯南は号で、本名は実。一八五七～一九〇七）について、「子規はのち、羯南の世話になり、そのことを思いだすといつも涙が出る、と言い、その友人夏目漱石にも『あの人ほど徳のあったひとはない』と語っている」と書かれています。大日本帝国憲法が発布された明治二二年二月一一日に第一号を発行した新聞『日本』は、明治八年に発布された「新聞紙条例」によってたびたび発行停止などの厳しい処分にあっていたのです。

この長編小説の第一巻の「あとがき」で、「たえずあたまにおいているばく然とした主題は日本人とはなにかということであり、それも、この作品の登場人物たちがおかれている条件下で考えてみたかった」と記した司馬氏は、明治という時代に「たれもが『国民』になった」ことを指摘し、「このながい物語は、その日本史上類のない幸福な楽天家たちの物語である」と書き、次のように続けています。

楽天家たちは、そのような時代人としての体質で、前をのみ見つめながらあるく。のぼってゆく坂の上の青い天にもし一朶《いちだ》の白い雲がかがやいているとすれば、それのみをみつめて坂をのぼってゆくであろう。

この詩的な文章はさまざまな情景を喚起する力を持っていると思いますが、「春や昔」と題された序章を何度も読み返す中で浮かんできたのは、「病の足もと覚束《おぼつか》なく草鞋《わらじ》の緒も結びあへで、いそぎ都を立ちいでぬ」と病気を押して旅に出て、木曽路の山道から美濃路へと旅をして、「白雲や青葉若葉の三十里」という句を詠んだ帝国大学国文科に在学中の若き子規の姿でした。

翌年の明治二五年五月二七日から六月四日まで、六回にわたり「かけはしの記」と題されて新

聞『日本』に連載されたこの紀行文は、次のような冒頭の句で始まっています。(2)

「浮世の病ひ頭に上りては哲学の研究も惑病同源の理を示さず。行脚雲水《うんすい》の望みに心空になりては俗界の草根木皮《そうこんもくひ》、画にかいた白雲青山ほどにきかぬもあさまし」。

そして子規は、この紀行文を「信濃なる木曾の旅路を人問はゞ　たゞ白雲のたつとこたへよ」という歌で結んでいたのです。(3)

このさわやかな紀行文から私が感じるのは、後に自分の眼で戦争を見ようと病を押してでも従軍記者を志願することになる際と同じような強い覚悟なのです。

英語の試験にも落ちたことで子規は大学を中退しようと考え始めていたのですが、このことを知った夏目漱石は「願はくは今一思案あらまほしう」と再考を促すとともに、親友の号に掛けて「鳴くなら満月に鳴けほと、ぎす」と一句書きつけて自重を促しました。

しかし、子規は漱石の助言にもかかわらず、研究を重ねれば立身出世ができるような学者の道を選ばずに、叔父・加藤恒忠《つねただ》（号は拓川、旧姓は大原。一八五九～一九二三）の親友・陸羯南が創刊した新聞『日本』への入社を決めていたのです。当時は不治の病と考えられていた病に冒されながらも快活さを失わなかった子規が、大きな決断をする前に書いた「かけはしの記」の文章を漱石は眩しいような思いで読み返していたのではないかと私は考えています。

なぜならば、漱石自身が東京帝国大学教授の職を蹴って、朝日新聞社に入社するという決断をする前年に『草枕』という作品を書いているからです。

『草枕』は次のような有名な冒頭の言葉で始まります。(4)

「山路《やまみち》を登りながら、こう考えた。／智《ち》に働けば角《かど》が立つ。情《じょう》に棹《さお》させば流される。意地を通せば窮屈だ。兎角《とかく》に人の世は住みにくい。／住みにくさが高《こう》じると、安い所へ引き越したくなる。どこへ越しても住みにくいと悟った時、詩が生れて、画《え》が出来る」。

子規との交友の描写に注目しながら、この『草枕』の冒頭に書かれた文章を読んだ時に感じたのは、大胆すぎる仮説かもしれませんが、この文章は先に見た「かけはしの記」の冒頭に記されていた文章への「返歌」のような性質を持っているのではないかということです。

『草枕』では、画工である主人公が逗留した山中の温泉宿での景色や、そこで出会った「今まで見た女のうちで尤《もっと》もうつくしい所作をする」薄幸の女性・那美さんとの関わりをとおして独自の芸術論が語られているのですが、冒頭の文章に続いて、風景を詠もうとする画工《えかき》の試みが次のように描かれています。

「やがて、長閑《のどか》な馬子唄《まごうた》が、春に更《ふ》けた空山一路《くうざんいちろ》の夢を破る。憐《あわ》れの底に気楽な響きがこもって、どう考えても画にかいた声だ。／馬子唄の鈴鹿《すずか》越ゆるや春の雨／と、今度は斜《はす》に書き付けたが、書いて見て、これは自分の句でないと気が付いた」。

『漱石全集』の注は、この文章は子規が明治二五年に書いた「馬子唄の鈴鹿《すずか》上るや春の雨」という句（『寒山落木』所収）を暗示していると記しています。

『草枕』は漱石が熊本の第五高等学校に赴任していた際に訪れた小天《おあま》温泉にある熊本の名士・前田案山子《かかし》の別邸での体験をもとに描かれているのですが、そこには中江兆民が訪れてルソーの講義をし、女性民権家の岸田俊子が来て演説をおこなってもいたのです(5)。

第三章で詳しく考察するように、長編小説『翔ぶが如く』では西南戦争がクライマックスとなっていますが、民権論者の前田案山子は西郷軍からだけでなく政府軍からも「郷備金」（熊本藩が雑税を積み立てた村の共有財産）の引き渡しを求められたのですが両者の圧力に屈することなく、「郷備金は民を救うために使うもの」という考えを貫いていました。

そのような時代背景も考慮するとき、漱石が弟子の鈴木三重吉にあてた手紙で「草枕のような主人公ではいけない」と書き、「僕は一面に於て俳諧的文学に出入りすると同時に一面に於て死ぬか生きるか、命のやりとりをする様な維新の志士の如き烈しい精神で文学をやって見たい」と続けている理由も明確になると思えます。一見、「俳諧的文学」が批判的に論じられているようにも見えるこの手紙でも、漱石は紀行文「かけはしの記」を書いた後で、敢然と新聞記者になることを選んだ子規のことを強く思い起こしていたのではないかと思えるのです。そのことを『草枕』の後で書かれた『二百十日』が物語っているように見えます（6）。

この作品で漱石は、「濛々《もうもう》と天地を鎖《とざ》す秋雨《しゅうう》を突き抜いて、百里の底から沸き騰《のぼ》る濃いものが…中略…幾百噸《トン》の量とも知れず立ち上がる」阿蘇山を背景に、主人公の圭さんが「僕の精神はあれだよ」と言い、それは「血を流さない」、「文明の革命」であると語る場面を描いているのです。

一九八一年四月四日に松山市立子規記念博物館で行われた開館記念講演で司馬氏も、漱石が自分の作品の主人公に語らせていた言葉を受け継ぐかのように、「革命の精神」という用語を使ってこう語っていました（7）。

「子規は、江戸時代に『写生』はなかった。というより、そもそも日本になかったからこの国は駄目なんだと、身を震わせるような革命の精神で思ったわけです」。

そして、「自分自身を客観化できた人」であった子規の晩年の七年間が寝たきりであったことにふれつつ、司馬氏はこの講演をこう結んでいたのです。

「子規という人は、自分の寿命が三分残っていれば三分の仕事をする、そういう日本の歴史のなかで最も勇気ある生き方と精神を残してくれた人だと思うのです」。

司馬氏は作家・徳冨蘆花とともに子規の名前を挙げて「少年のころの私は子規と蘆花によって明治を遠望した」と『坂の上の雲』の「あとがき」に記していますが、子規について語ったこの言葉は、『坂の上の雲』における子規の意味をきわめて明確に示していると思われます。

ロシア文学の研究を目指した私が最初に「明治を遠望した」のは、漱石によってでした。しかし、漱石と子規との交友が描かれている『坂の上の雲』を読む中で、俳人としてだけではなく新聞記者でもあった子規への関心が次第に強くなりました。

二、子規の時代と「写生」という方法

漱石の長編小説『三四郎』について「明治の日本というものの文明論的な本質を、これほど鋭くおもしろく描いた小説はない」と評した『本郷界隈』(『給費生』『街道をゆく』第三七巻)には、子規への熱い思いが次のように書かれています。(8) 少し長くなりますが、ここで全文を引用しておきます。

私は、子規がすきである。子規のことを考えていると、そこにいるような気がしてくる。子規は、慶応三年（一八六七）という、徳川幕藩体制の終末のとしに伊予松山藩士の子としてうまれた。明治三十五年（一九〇二）、三十五歳、東京の根岸の病宅で死ぬ。妻もめとらず、三十歳前後から病床にありつつ、日本文学史上、きわだったことをなしとげた。俳句・短歌を美学的に革新し、また明治の散文に写生能力を加えたことである。そのための活動期がわずか五、六年にすぎなかったことをおもうと、聖霊のようなはたらきだったというほかかない。

私は、このひとについて、『坂の上の雲』と『ひとびとの跫音』を書いた。

子規が唱えた写生の精神については、『坂の上の雲』を読み解く中で迫ることにしたいと思いますが、ここでは私の印象に残った二つの文章にのみふれておきます。一点目は子規の活動についていて「聖霊のようなはたらき」と書いていることで、この表現を読んだ時に私が思い浮かべたのは、司馬氏が『竜馬がゆく』において、坂本竜馬（本文では竜馬と表記する）が暗殺される場面を詩的とも思われる言葉で次のように描いていたことです。(9)

天に意思がある。

としか、この若者の場合、おもえない。

天が、この国の歴史の混乱を収拾するためにこの若者を地上にくだし、その使命がおわったとき惜しげもなく天へ召しかえした。

この夜、京の天は雨気が満ち、星がない。

しかし、時代は旋回している。若者はその歴史の扉をその手で押し、そして未来へ押しあけた。

（五・「近江路」）

坂本竜馬が大坂へ行く船中で書き上げた「上下議政局を設け、議員を置きて、万機を参賛《さんさん》せしめ、万機よろしく公議に決すべき事」という「船中八策」の「第二策」を司馬氏は、「新日本を民主政体（デモクラシー）にすることを断乎として規定したものといっていい」と位置づけていました（第五巻・「船中八策」）。

そのことを思い起こすならば、「聖霊のようなはたらき」という言葉は、司馬氏が苦境に立たされても高い志を曲げることなく、自分の信じる道を歩み続けて新しい国家の基礎を築いた坂本竜馬と、彼が暗殺された年に生まれ「明治の散文に写生能力を加えた」子規に同じような意義を見いだしていたことを物語っているでしょう。

『竜馬がゆく』では「船中八策」の意味にふれた文章の後はこう続いていたのです。「余談ながら維新政府はなお革命直後の独裁政体のままつづき、明治二十三年になってようやく貴族院、衆議院より成る帝国議会が開院されている」。

司馬氏は先に言及した開館記念講演で「我々は『ものをありのままに見る』という勇気の少な

い民族であります。ありのままに見れば具合の悪いこともおこるし、恐くもある。だから観念の方が先にいく」とも語っていました。竜馬や子規を描くことで、いつの時代でも「現実」を直視せずに「情念」に流されやすい日本人に、本当の勇気とは何かを示そうとしたのではないかと私には思えるのです。

もう一点は、「私は、このひとについて、『坂の上の雲』と『ひとびとの跫音』を書いた」と司馬氏が『本郷界隈』に記していたことです。

『本所深川散歩・神田界隈』（『街道をゆく』第三六巻）でも司馬氏は、「神田雉子町には、子規や陸羯南、あるいは八重や律の跫音がある。／かれらが好きな私にとって、東京のどこよりもなつかしい」と記していました。(10) 実際、『ひとびとの跫音』では「律のこと」をはじめとして「子規旧居」「子規の家計」「拓川居士」などの章でも子規とかれらとの関係が再び詳しく考察されており、私が新聞記者・子規の深みを感じたのはこの作品を読んだときだったのです。

単行本で全五巻、文庫本では全八巻からなる『坂の上の雲』ではクライマックスである日露戦争が起きる前に子規は亡くなってしまいますが、その後で連載した『ひとびとの跫音』に「毎月、月半ばに日を設けて、この稿を書きはじめる。／書きはじめる日は、晴天であることがのぞましい」と書いた司馬氏は、次のように続けています。(11)

「書きはじめる数日前から『子規全集』を読むことにしている。／とくに子規の散文を読んでいると、耳のあたりに子規の息づかいがきこえてくるような気がする。この書きものの題名を「ひとびと」として複数の人達について書きつつも、私自身、深く気づくことなく、子規一人へのおもいを形をかえて書いているのではないかと思ったりする」(『ひとびとの跫音』上巻・「子規の家計」)。

この記述に注目しながら長編小説『坂の上の雲』を読むとき、子規の句から取られた「春や昔」と題された序章から、秋山真之が子規の墓参りに行くエピソードが描かれている終章の「雨の坂」に至るまで子規の眼差しはこの長編小説をも覆っているようにさえ感じられます。

三、本書の構成

以下に本書の構成を簡単に記すことで、全体の流れを示しておきます。巻末に載せた簡易年表で時代の流れを確認しながら本文を読んで頂ければと思います。

第一章では子規を育んだ松山の風土や伝統に注意を払いつつ、子規の先行者とも言える子規の叔父・加藤拓川やその親友で新聞『日本』の社主となった陸羯南、拓川と同じ時期にフランスに留学していた秋山好古《よしふる》(一八五九～一九三〇)など子規の上の世代の人々と子規との関わりを明らかにします。

第二章では、明治憲法が発布されるころに青春を過ごした子規と同郷の秋山真之《さねゆき》(一八六八～一九一八)との交友と別れに注目しながら、海軍兵学校で英国式教育を受けた真之や陸軍大学校でドイツ人を師とした秋山好古との対比をとおして、「栄達をすてて」文学を究めようとした若き子規の生き方がどのように描かれているかを確認します。さらに『坂の上の雲』ではあまり描かれていないこの時期の漱石との出会いを詳しく考察することによって、子規が文学を選んだことや「比較」という方法の意味に迫りたいと思います。

第三章は『坂の上の雲』の筋からは離れることになりますが、明治六年に創設された「内務省」や明治八年に制定されて厳しく言論を規制した「讒謗律《ざんぼうりつ》」や「新聞紙条例」は、新聞『日本』の記者となった子規にも深く関わるので、西南戦争に至る時期を深く考察している『翔ぶが如く』を分析します。

長編小説『坂の上の雲』では、日露両国だけでなく西欧「列強」の近代化との比較も行いながら、教育や法律、さらに報道などの文明のシステムがきちんと分析されています。長編小説『翔ぶが如く』を視野に入れることにより、子規を寄宿舎から追い出した内務官僚を産み出したシステムがどのようにして生まれたかや、子規が直面することになる検閲や新聞報道の問題点にも迫ることができるでしょう。

本書の中核ともいえる第四章では、子規が入社した陸羯南の新聞『日本』が唱えていた「国民主義」や子規が編集主任を務めた新聞『小日本』に掲載された記事や小説の分析をとおして、新聞記者としての子規の文明観や情報観に迫ります。

日露戦争の最中の一九〇五年に新聞『日本』は内田魯庵訳で、トルストイの長編小説『復活』の翻訳を連載していましたが、クリミア戦争敗北後の「大改革」の時期にドストエフスキーが発行していた雑誌『時代』をも視野に入れることにより、日露戦争をクライマックスとする長編小説『坂の上の雲』の文明論的な骨格を明らかにすることができるでしょう。

さらに、新聞『日本』に掲載された松尾芭蕉の足跡を訪ねる一カ月にもおよぶ東北紀行「はて知らずの記」や、新聞『小日本』に掲載された小説「月の都」からは、遠く「靺鞨《まつかつ》」や「月」にも至るような子規の眼差しが感じられます。これらの作品をきちんと分析することは、『坂の上の雲』で描かれている日清戦争に従軍する前から、帰途で重い病に罹り松山で療養していた時期の子規と漱石の交友と文学観の深まりを理解する上で重要だと思われます。

子規は日露戦争が勃発する前に夭折しますが、和歌論をめぐる子規と秋山真之との対話からは、「写生」や「比較」という子規の方法の重要性が浮かんできます。それは第五章で見るようにロシアに留学した広瀬武夫の場合だけでなく、ロンドンに留学した夏目漱石の観察や日露戦争を描いた作品にも当てはまるようです。

子規の眼差しをとおして、長編小説『坂の上の雲』を読み直すことにより、司馬氏が日露戦争の実態を詳しく描くことで、日中戦争から太平洋戦争に至る日本のその後をもきちんと示唆していたことを明らかにできるでしょう。

日露戦争の勝利によって「一等国」になったと思い込むようになった日本を漱石は、長編小説『三四郎』の広田先生に「亡びるね」と痛烈に批判させていましたが、この言葉を受けて司馬氏は広田の「予言が、わずか三十八年後の昭和二十年（一九四五）に的中する」ことに読者の注意を促していました。

子規はロンドンにいる漱石に「僕ハモーダメニナツテシマツタ」という言葉で始まる絶唱ともいえる手紙を送っていましたが、終章では妹・律のことを記した「仰臥漫録」などの子規の作品と『吾輩は猫である』や『三四郎』などとの関わりを考察することにより、子規と漱石との深い交友の意味を確認したいと思います。

日本や世界が「文明の岐路」に差し掛かっているとも思える現在、子規の眼差しをとおしてこの長編小説を読み直すことは、新しい「公」のあり方やこれからの「文明」のあり方を考えるためにも必要だと思われます。

新聞記者・正岡子規を主人公の一人とした長編小説『坂の上の雲』を詳しく分析することで、新聞記者でもあった司馬遼太郎氏の「新聞への思い」に迫りたいと願っています。

注

（1）司馬遼太郎『坂の上の雲』全六巻、文藝春秋、一九六九～七二年（初出は『産経新聞』一九六八年四月二二日～一九七二年八月四日）。
（2）「かけはしの記」『子規全集』第一三巻、四七二～四八二頁。
（3）「かけはしの記」『子規と絵画』（『子規選集』第八巻）増進会出版社、二〇〇二年、一一七～一二八頁参照。
（4）『漱石全集』第二巻、一九六六年、三八七～五四七頁（振り仮名は一部、省略した）。
（5）安住恭子『『草枕』の那美と辛亥革命』白水社、二〇一二年参照。
（6）『漱石全集』第二巻、五九九～六〇〇頁。

（7）「松山講演録　子規雑感～江戸っ子と田舎者」『司馬遼太郎　伊予の足跡』アトラス出版、一九九九年、八九頁。
（8）司馬遼太郎『本郷界隈』（『街道をゆく』第三七巻）朝日文芸文庫、一九九六年、一五五～一五六頁（初出は『週刊朝日』一九九一年八月～一九九二年二月）。
（9）司馬遼太郎『竜馬がゆく』全五巻、文藝春秋新社・文藝春秋（初出は「産経新聞」一九六二年六月～六六年五月）。
（10）司馬遼太郎『本所深川散歩・神田界隈』（『街道をゆく』第三六巻）朝日文芸文庫、一九九五年、二六六頁（初出は『週刊朝日』一九九〇年九月～一九九一年七月）。
（11）司馬遼太郎『ひとびとの跫音』上巻、中公文庫、一九八三年、二〇三頁（初出は『中央公論』一九七九年八月～八一年二月）。

第一章　春風や——伊予松山と「文明開化」

一、辺境から眺める

「春や昔」と名づけられた『坂の上の雲』の序章の冒頭は、「まことに小さな国が、開化期をむかえようとしている」という印象的な文章で始まります。

「開化期」という特徴的な単語が用いられていることの文章からは、ピョートル大帝の改革を「魯の文明開化」と表現した福沢諭吉の用語法(1)や、夏目漱石の「現代日本の開化」という講演の題名が連想させられます。冒頭の短い文章で日本だけでなくロシアの近代化をも視野に入れた壮大な展開を示唆した司馬氏は、その後で次のように続けています。

その列島のなかの一つの島が四国であり、四国は讃岐《さぬき》、阿波《あわ》、土佐《とさ》、伊予《いよ》にわかれている。伊予の首邑《しゆゆう》は松山。

城は、松山城という。城下の人口は士族をふくめて三万。その市街の中央に釜を伏せたような丘があり、丘は赤松でおおわれ、その赤松の樹間《このま》がくれに高さ十丈の石垣が天にのび、さらに瀬戸内《せとうち》の天を背景に三層の天守閣がすわっている。

こうして、最初に衛星写真のように青い海に浮かぶ日本列島が描き出された後で、その列島を形作る島の一つである四国全体が大きく映し出され、その後で伊予の首邑である松山に焦点が定められるのです。

しかも、「この物語の主人公は、あるいはこの時代の小さな日本ということになるかもしれない」とさりげなく文明論的な大きなテーマを記した司馬氏は、「ともかくもわれわれは三人の人物のあとを追わねばならない。そのうちのひとりは、俳人となった」と正岡子規のことを紹介していました。

この小説の構造で興味深いのは、序章では「春や昔」という子規の句に誘われるように時代をさかのぼって、大老の井伊直弼による安政の大獄が行われた一八五九（安政六）年に「この町のお徒士《かち》の子」に生まれたもう一人の主人公で、価値観の激変する激動の時代に苦労を重ねて、コサック騎兵を撃破した陸軍騎兵の創設者となる秋山信三郎好古《よしふる》（一八五九〜一九三〇）の多感な青春時代が描かれていることです。

「お徒士は足軽より一階級上だが、上士とは言えない。秋山家は代々十石そこそこを家禄として殿様から頂戴して」いたと書いた司馬氏は、「旧幕時代、教育制度という点では、日本はあるいは世界的な水準であったかもしれない。藩によっては、他の文明国の水準をあるいは越えていたかもしれなかった」と続けています。

実際、徳川家康の異父弟がその家祖になっていた伊予松山藩にも「明教館」という藩校があり、「藩士の子弟はことごとくそこに入る」だけでなく、「明教館には小学部が付属しており」、好古も八歳の時にそこに入っていたのです。

私はこの文章を読んで、藩校にも小学校のような付属施設があったことを知ったのですが、正岡子規の死後養子となった正岡忠三郎（子規の母方の叔父・加藤恒忠の実子）を主人公の一人とした『ひとびとの跫音』（一九七九～八一）では、秋山好古と松山藩の藩儒であった大原観山の息子の大原恒忠《つねただ》（一八五九～一九二三）との交友が目に浮かぶようにこう描かれています（上・「伊丹の家」）[2]。

「そのころ松山藩の制度としてよくできる子供は十四、五歳になると明教館助手として幼童に素読を教えることになっていたが、拓川と好古とはめずらしいことに、九歳で相並んで助手を命ぜられた。家も近かった。そのころ拓川の生家（大原家）は鮒屋町で、好古の家は歩行町《かちまち》であり、明教館がひけると、独楽廻しや凧あげなどをして遊んだ」。

しかし、「信さんが十歳になった年の春、藩も秋山家もひっくりかえってしまう」という事態になります。幕末の「長州征伐」では「幕府の命をうけて海を渡り、長州領内で戦った」松山藩は、戊辰戦争では「賊軍」とされて、「十五万両の償金《つぐないきん》」を差し出すことになり、さらには「城も市街も領土も、一時は土佐藩が保護領としてあずかるかたちに」なり、城下の役所や寺などには、そのことを示す貼り紙がされたのです。

「信さんは十歳の子供ながら、この光景が終生忘れられぬものになった」と書いた司馬氏は、「あれを思うと、こんにちでも腹が立つ」と好古が、「後年、フランスから故郷に出した手紙のなかで洩《も》らしている」と続けています。

二、「あらたな仕官の道」――秋山好古の青春

このような時期に新たに生を受けたのが秋山好古の弟で、日本海海戦の参謀となる三人目の主人公の真之《さねゆき》（一八六八〜一九一八）でした。すでに四人の子どもがあり、その養育だけでも大変だった父の平五郎は、真之が生まれると寺に養子に出すことを妻のお貞《さだ》に提案したのですが、司馬氏はそれに対する好古の反応を伊予言葉でこう書いています（『坂の上の雲』一・「春や昔」）。

「それを十歳になる信さんがきいていて、『あのな、そら、いけんぞな』と、両親の前にやってきた。由来、伊予ことばというのは日本でももっとも悠長《ゆうちょう》なことばであるとされている。『あのな、お父さん。赤ン坊をお寺へやってはいやぞな。おっつけウチが勉強してな、お豆腐ほどお金をこしらえてあげるぞな』」。

家が貧窮をきわめていたために好古が一日天保銭《てんぽうせん》一枚の給料で頼みこんだのは「銭湯《せんとう》の風呂焚《ふろた》き」でした、司馬氏は「士族が風呂屋になった」と町中の評判になったその「すさまじい労働」を詳しく描写しています。

「まず燃料とりからはじめねばならない。お城下から東のほうに横谷という山がある。そこへ

小木《あやぎ》をとりにいく。そのあと、井戸のつるべをいちいち繰《く》って水くみをし、浴槽《よくそう》にみたす。次いで、焚く。／あとは、番台である」。

好古の父・平五郎久敬《ひさたか》の「信や、貧乏がいやなら、勉強をおし」という言葉を紹介した司馬氏は、「これが、この時代の流行の精神であった。天下は薩長に取られたが、しかしその藩閥政府は満天下の青少年にむかって勉強」をすすめたとし、「あらたな仕官の道は学問であるという。／それが食えるための道であり、とくに戊辰《ぼしん》で賊側にまわった旧藩士にとって、それ以外に自分を泥沼から救い出す方法がない」と説明しています。

そのような状況下で、大阪に無料《ただ》で学べる師範《しはん》学校が出来たという朗報に接した信さんが県庁に出頭すると、県の学務課の役人として採用されていた父の平五郎が、師範学校の規則書の内容をこまかく説明した後で、「『そのほう、幾歳になる』／としらじらしく」聞き、「十六歳」という返事にたいして、「いささかむりじゃな。年端《としは》が足りぬ」と言い渡したと描かれています。

この親子の会話を描いた司馬氏の文章には、倫理的な厳しさがあるだけでなく、子規と漱石が愛した落語のような可笑しさも含んでいるので、その雰囲気が伝わるように少し長くなりますが全文を引用しておきます。

「三年ばかり待て」
（三年も風呂焚きができるか）

とおもった。とにかく大阪へゆきたい、と信さんが言うと、平五郎役人は、

「一つ方法がある」

と教えてくれた。検定試験による小学校教員の資格を大阪でとることであった。

…中略…

「大阪ゆきの旅費は、どうなりましょう」

「それは信三郎、私弁じゃ」

平五郎は、にがい顔をした。父親としてのかれには、それを出す能力がない。

「旅費は、どうするか」

「帰宅して、父と相談仕ります。父が、なんとかしてくれましょう」

信さんは、平五郎に生き写しの貌《かお》でそういった。


親子の会話を描いたこの個所は、「私」と「公」の区別を重視した明治初期の庶民の心意気を描きだすとともに、大将の位にまで出世して退官した後では爵位を辞退して、一介の私立中学校の校長となり律儀にその勤めを果たした秋山信三郎好古の生き方をも示唆しているように思われます。

こうして、父の平五郎から片道の旅費と半月ほどの生活費にしかならない三円を貰って大阪で検定試験による小学校教員の資格をとった好古は、明治八年に助教として勤め始めるのですが、司馬氏は校長の平岩又五郎との次のような会話をとおしてこの時期の「賊軍」の藩出身の若者が

抱いていた深い憂鬱に迫っています。

すなわち、「児童には勤王を教えにゃならん」と、「この流行思想についてトウトウと述べはじめた」校長の平岩は、さらに「御一新になってもこのあたりの者は天子さまがいかに尊くおわすかを知らぬ。それを教えねばならぬ」と続け、「君は、賊軍の藩」の出身だから特にこのことをわきまえていないと好古に説教したのです。

このような一方的な非難に対して、「長州が政府を私物視し、校長が公立学校を私物視することになれば、日本はどういうぐあいに相成りましょう」と好古が厳しく反論すると、「校長は、右手の扇子を大きくふりあげておのれの左掌《ひだりて》」をはげしく叩き、いきなり「乱臣賊子だ」と決めつけたのです。

この言葉を聞いて、最初は「辞《や》めてしまおうと思った」好古が、晩年にこの時のことについて、『一種名状しがたい哀しみがあった』と「わずかに洩らしている」と司馬氏は書き、「青春というものは通常陰鬱なものかもしれない」と続けています。

しかし、「日本の政治と軍事は薩長がやる。教育はわれら非藩閥人がやる」と好古を説得した松山・明教館の先輩であった和久正辰《わくまさたつ》の勧めにより師範学校を受けて合格した好古は、この時期はまだ師範学校の修業年限もきまっていなかったために一年で師範学校を卒業して、「『三等訓《くん》導《どう》』／という辞令をもらい」、月三〇円もの高給で愛知県立名古屋師範学校付属小学校で働くことになります。

好古を説教した校長・平岩の俸禄が月一七円だったことを紹介した司馬氏は、「ちなみに――

やがてこの物語に登場する正岡子規が、この時期よりはるかのちの明治二十五年、二十六歳で日本新聞社に入社したときの給料が十五円であった」と記して、官立の学校を出た者の給与の高さにことに注意を促した後で、「『お豆腐ほどお金をこしらえてあげるぞな』と『信坊』といわれていた十歳のとき、父にいった言葉が、八年後に実現した」と続けています。

こうした苦労を経てようやく小学校の教員となった秋山好古は、西南戦争が勃発する年に士官学校に入り直し、日清・日露戦争では騎兵隊を率いて活躍することになるのですが、第二章「真之」の章の冒頭で、「余談ながら、私は日露戦争というものをこの物語のある時期から書こうとしている」と記し、かろうじて勝った日露戦争の勝利を「ひやりとするほどの奇蹟」と規定した司馬氏はなぜこの二人の兄弟を主人公に加えたかについてこう記しています。

「この兄弟がいなければ日本はどうなっていたかわからないが、そのくせこの兄弟がどちらも本来が軍人志願でなく、いかにも明治初年の日本的諸事情から世に出てゆくあたりに、いまのところ筆者はかぎりない関心をもっている」（一・「真之」）。

司馬氏が『坂の上の雲』の冒頭の章で、正岡子規や秋山真之よりも一世代上の秋山好古の青春時代を詳しく描いているのは、子規の若き叔父の加藤拓川や、奥羽連盟を結んで薩長に抵抗した旧津軽藩士の次男であったために「時代の敗者」となり、苦労を重ねてようやく世に出ることができて新聞『日本』を創刊した陸羯南の青春時代を理解する上でもきわめて重要だからだと思われます。

三、「まげ升《のぼ》さん」

松山に小学校が設けられたのは明治四年のことで、正岡子規が末広小学校に入学したのは明治七年のことでしたが、『坂の上の雲』では「文学史上、あれほど豪胆な革新活動をした」子規が、「升《のぼ》さん」と呼ばれていた子どもの頃には、能狂言を見たときも「こわい、こわい」と泣き出してしまうほどで、「升さんほど臆病な児もない」といわれていたと書かれています。

そのような幼少期の子規と比較して描かれているのが、幼名を淳五郎《じゅんごろう》といった秋山真之で、近所の評判になるほどの「手のつけられぬ餓鬼《がき》大将」だった彼が七、八歳のころには「雪の日に北の窓あけシシすれば／あまりの寒さにちんこちぢまる」という歌をつくって、「淳は歌よみか俳諧づくりになるのではないか」と父親の平五郎久敬《ひさたか》が考えたほどの文才を持っていたことに注意が促されています。

『本郷界隈』（『街道をゆく』第三七巻）で「子規に就学の便宜をあたえ、またかれの感受性をはぐくんだのは、伊予（愛媛県）松山である」と記した司馬氏は、「私の先祖の桑名城主松平定信が松山一五万石の就封せられたときに、御用商人などを連れてきましたが、その中に貞門《ていもん》派の俳人秦一景（一渓）がおりました」と現当主の久松定武氏が和田茂樹・松山市立子規記念博物館長に語った言葉を伝えています(3)。

さらに「第四代藩主定直は芭蕉について学びたかったのですが、芭蕉が旅行ばかりしているので宝井其角《たからいきかく》につきました」という言葉も紹介した司馬氏は、「俳諧は町人の道楽とみられていた時代に、殿様が率先して俳諧をやったというのは、じつにめずらしい」と続けているのです。

　秋山真之の才能を描いたエピソードは、松山では俳句が子供でも作るほどに盛んであったことを示しているでしょう。真之が「小学校に入ってからも漢学塾」にも通い、「塾では素読をならい、すこしそれをやると漢詩のつくり方を教えられた」ことに注意が促された後では、小学校にあがるまで祖父の大原観山に直に素読を教わっていた子規が、入学後にはやはり藩の儒者だった土屋久明の元で漢学教育を受けていたことも記されています。

　注目したいのは大原観山が、「大の西洋ぎらいで、自分もちょんまげのまま生涯を通し」ただけでなく、「初孫の子規にもまげを切らさず、外出には脇差一本を帯びさせた」ために、「まげ升《のぼ》さん」というあだ名をつけられて、「子供心に苦にしていた」と書かれていることです（一・「真之」）。

　なぜ幼い子規がこのあだ名を嫌ったかを知るには、通称「断髪令」と呼ばれる法令が出た明治四年には、「丁髷《チョンマゲ》頭をたたいてみれば　因循姑息の音がする／惣髪頭をたたいてみれば　王政復古の音がする／ザンギリ頭をたたいてみれば　文明開化の音がする」という俗謡が流行っていたことを考慮することが必要です。

　明治初期に「全国を風靡している思潮は『旧弊打破』」であったと司馬氏が書いているように、この当時政府は小学校においても「文明開化」を推し進めていました。そして、大阪師範で好古よりも一級上だった安岡という青年が、松山の教員伝習所で「アメリカ人に学んだとおりのこと」

を教員の卵たちに教え、そこに付属の勝山小学校ができると評判になり、子規や真之も勝山小学校に転校していたのです。

ただ、上からの圧力による強引な近代化に対しては激しい反発が起き、「尊王攘夷」を正義と信じた人々は「王政復古ノ大号令」の出た一二月以降も、イギリス人を襲うなどの攘夷活動を続けていましたが、これらの事件を新政府が厳しく罰したために、復古主義を信じていた人々の不満が累積していったのです[4]。

このような状況下で坂本竜馬の書いた「船中八策」にも強い影響力を持った肥後の儒学者・横井小楠と、桂小五郎（木戸孝允）に見出されて陸軍の基礎を作った長州の医師で兵学者でもあった村田蔵六（大村益次郎）が、明治二年に相次いで襲われて亡くなったのです。いずれの場合もそこには、「専《もつぱ》ら洋風を模擬し、神州の国体を汚《けが》し、朝憲を蔑《ないがし》ろにし、駸々《しんしん》蛮夷の俗を醸《かも》し成す」との言葉が記されていた斬奸状が残されていました（『花神』下・「蒼天」[5]）。

このような「復古と開化」の二重性は、「徴兵の詔書」を受けて全国に頒布された太政官告諭書の文章にも見られました。そこでは、西洋の「文明国」では「血税」とも呼ばれているような徴兵令が布かれていると説明されるとともに、日本でも「我が朝上古の制、海内挙げて兵ならざるはなく、而して天子之れが元帥たり」として、これまで「兵権」が「武門の手に墜ち」ていたが、明治維新以降は「国民」が「兵役に就くは固より自然の理」であると説明されていたのです。

司馬氏は「学徒動員」された際に、明治憲法を読み直して、「徴兵」のことも記されていることを確認してあきらめたと記していますが、それまで農民などには課せられていなかった兵役の施行は、農民の強い反発を招いて血税一揆を呼んだだけでなく、新政府の方針に対する大規模な武力的反乱が西南戦争にまで続いていくことになります。

四、司法省法学校と士官学校のこと

秋山好古は士官養成のための陸軍士官学校ができて薩長以外の青年も入学できるようになったことを知ると高給を取れるようになっていた小学校教員を辞めて、改めて士官学校を受験しようと決意しました。

なぜ好古がせっかく就職した小学校教員を辞めたのかについては詳しい説明がなされていませんが、好古の気概を理解するためには、のちに「子規にとって生涯のよき理解者になった」陸羯《くがかつ》南《なん》（一八五七〜一九〇七）の場合が参考になるでしょう。

司馬氏は『北のまほろば』（『街道をゆく』第四一巻）において、陸羯南も「明治の没落士族の子弟らしく、授業料の要らない学校をと思い、宮城師範学校に入ったが、薩摩出身の校長の横暴をきらって退校した」と書いているのです(6)。

その後で羯南は明治九年に上京して、司法卿の江藤新平により設立され高級官僚への登竜門ともいえる役割を果たした東京帝国大学法学部の前身である司法省法学校に入学してフランス語とフランス法を学びましたが、「校長以下薩摩閥で運営されており、その運営態度が羯南にとって気にくわず、ついに校長と衝突して放校になってしまった」のです（一・「真之」）。

この際には入学時には実家の大原姓を名乗っていた二一歳の加藤恒忠や、のちに平民宰相となる原敬《たかし》、仙台出身の詩人・評論家・国分青厓《せいがい》や福岡出身の記者・福本日南《にちなん》など一六名が退学させられました。司馬氏は「日清戦争」の章で彼らの名前を挙げて「ふしぎなことに、退学組のほうが、明治大正史にその存在をとどめた」と書き、「陸羯南をのぞいて明治の言論界は論ぜられず、のちに平民宰相といわれた原敬をのぞいて近代日本の政治は論ぜられないであろう」と続けています（一・「日清戦争」）。

ただ、この際にはストライキを行った彼らに対しては退学と他の官立学校に入学することが許されないという厳しい処分が下されていました。研究者の有山輝雄氏は、当時二三歳だった陸羯南は、「書籍や衣類を売ってようやく旅費をつくり、友人大原恒忠が大風雨のなかで徒歩で千住まで見送り、大橋のうえで手を握って分かれたという」と書いています(7)。

一方、好古が小学校の教員を辞めて陸軍士官学校を受験しようとしていた明治一〇年は、明治七年の佐賀の乱から明治九年の萩の乱や神風連の乱などを経て、西南戦争がまさに勃発しようとしていた年でした。

日露戦争をクライマックスとする『坂の上の雲』では、先を急いでいた司馬氏はこの時期の政治情勢についてはあまり詳しく書いていませんが、明治五年（一八七二）の四月に司法卿に任じられた江藤新平を主人公とした長編小説『歳月』では、国内を揺るがすような汚職事件や疑獄事件が相次いで発生していたこの時期が詳しく描かれています(8)。秋山好古や陸羯南の行動を理解するためにもごく簡単に見ておくことにします。

最初に発覚した事件は、元奇兵隊の隊長で戊辰戦争の後に横浜で生糸相場を張るようになり「わずか一二年で横浜一の巨商」になった野村三千三《みちぞう》による山城屋事件でした。「兵部省（のちの陸海軍省）の金を融通してほしい」と頼まれた山県有朋が、「兵部省の陸軍予算の半分ぐらいに相当したかもしれぬ五〇万円という巨額の金を貸したばかりでなく、「陸軍に軍需品いっさいをおさめる御用商人」にしていたのですが、野村が生糸相場に失敗して六四万九千円もの公金を返せないような事態に陥ったので、野村は陸軍省の応接室で切腹していたのです（上・「長閥退治」）。

しかもこの事件の直後に、南部藩の御用商人・村井茂兵衛が得ていた尾去沢銅山の採掘権が没収されるという事件が起きたのです。司馬氏はこの事件について「井上馨を独裁者とする大蔵省のほうも、相手が南部藩の商人であるということで、むしろどう料理してもかまわぬという、たかをくくったところがあった。奥羽連盟はかつて薩長に抗し、時代の敗者になった。自然薩長人のあいだには奥州を軽侮する気分があり、『白河以北一山百文』ということばすらささやかれているときであった」と説明しています（上・「尾去沢事件」）。

このような前代未聞の汚職とその隠蔽の問題と直面した司法卿の江藤は、「信じられぬほどの悪政がいま、成立したばかりの明治政府において進行している」ことに憤激しました。「人間というものは天地の愛子である。この愛子に天寿を全うさせるのが国家の役目である」と論文「図海策」に書いていた江藤は、「民法」の重要性を認識していたのです（上・「畜妾問答」）。それゆえ、彼は太政官での議論でも「法の前では何人《なんびと》も平等である」と何度も叫んで井上馨を糾弾しようとしたのですが、議事は紛糾し、議論の大勢はそうはならなかったと司馬氏は描いています。

この汚職事件や「征韓論」に敗れたことで下野した江藤新平が佐賀の乱を起こしたのが、陸軍士官学校が出来た明治七年一一月のことだったのです。司馬氏はこの当時の緊迫した情勢を簡潔にこう描いています。「西郷はすでに数年前、日本でただ一人の陸軍大将の現職のままで東京を離れて鹿児島に帰っているのである。しかも薩摩系の近衛士官も、少将篠原国幹《しのはらくにもと》、同桐野利秋《きりのとしあき》らを筆頭に大半が職を辞し、同地に帰り、私学校をおこし、士族の子弟に対し、兵学教育をほどこしていた」。

秋山好古は明治一〇年に陸軍士官学校の試験に受かったのですが、この年に明治政府と私学校の生徒を率いた西郷隆盛との西南戦争が勃発したために東京で入校を待たされることになります。司馬氏の記述に沿ってこの時期までの日本陸軍と士官学校の歴史を概観しておきましょう。

「明治の日本は、戊辰戦争の砲声のなかから誕生している。／それら戊辰から明治初年にかけて活躍する軍隊は、諸藩のいわば私軍」であったと書いた司馬氏は、「その後、薩長土の三藩が藩兵を献上し、それを中核にしてすこしずつ『中央軍』が出来つつあったが、士官養成の制度はながく不備であった。…中略…好古がもしこの学校に合格するとなれば第三期生ということになる」と続けています。

しかし、前線の士官の戦死が相次いだために、「すでに三月二日には、第一期の歩兵科生徒九十六人が、入校して一年そこそこというのに士官見習を命ぜられ…中略…さらには砲兵科生徒、騎兵科生徒も動員された。ついには教育未熟の第二期生徒全員百四十人が動員され、神戸で待機するということになった」のです。

「その上、校長の少将曾我祐準《そがすけのり》までが動員されてしまい、学校は空家同然になった」と続け、「(わずか、地方の反乱で、国の機能が停止するほどの騒ぎになるのか)と、好古は、わが身に関係のあるこの事態について考え、あらためてこの政府の基礎のもろさにおどろかされた」と司馬氏は記しています(『坂の上の雲』一・「春や昔」)。

「征韓論」論争から台湾出兵を経て西南戦争にいたる明治初期の流れと、それに関連して明治六年(一八七三)に設置された「内務省」や明治八年の「新聞紙条例」などの問題については、第三章で長編小説『翔ぶが如く』の分析をとおして考察したいと思いますが、ここでは明治の思想家・福沢諭吉が西南戦争のあとで「丁丑公論《ていちゅうこうろん》」を書いていたことに注目しておきたいと思います。

「いまからのべることは、私情から出たものではなく、公論として書く」と記すとともに、「乱の原因は政府にあり」と断言した福沢は、この稿の目的は「日本国民抵抗の精神を保存して、其《その》気脈を絶つことなからしめん」がためであるとして、「政府の本能が専制であるからといって、ほうっておけばきりもなくなってしまう」と指摘していたのです(9)。

この指摘は教員の職を去った秋山好古の決断や、将来の厳しい状況を覚悟しつつも退学を選んだ若き加藤恒忠や陸羯南の決意と行動だけでなく、松山中学を退学して入学した東京帝国大学も中退し、新聞『日本』の記者となった正岡子規の行動を理解する上でも重要でしょう。

五、一二歳の編集者「桜亭仙人」と「黒塊《コックワイ》」演説

正岡子規と秋山真之が松山中学校に入学したのは、西南戦争が終わってから二年後の明治一二年のことでしたが、『坂の上の雲』では松山中学二年生の秋の大試験で学業優等になった後では数人の仲間とともに、旧藩時代の儒者・河東清渓《かわひがしせいけい》のもとで漢詩を学ぶようになったと描かれ、「ちなみにその子がのち子規の薫陶をうけて俳人になった碧梧桐《へきごどう》である」と続いています（一・「真之」）。

注目したいのは、ここで司馬氏が腕白だった真之が学業優等で褒美を受けた子規に関心を持ったとし、かつては御馬廻《おうままわり》役にあった正岡家の広い屋敷に遊びに行ったときに子規の書斎で「ハガキほどの大きさの冊子」を見つけるという出来事を書いていることです。

「青びょうたん」というあだ名を付けられていた子規は、「なにごとにも提案がすきで、大将になることがすきで」、「近所から中学へかよっている連中をよびあつめてきて」、「みなにニュースをとって来させ原稿」を書かせていたのです。冊子は子規が「それを編集長気どりで文章をなおしたりしてこういう体裁の誌面に筆写した」新聞だったのです。その後の記述を引用しておきます。

> 新聞は、二、三号でつぶれた。あと、子規は筆写雑誌をやったりした。この子規の三畳の

書斎の前に大きな桜がある。それにちなんで雑誌の名は「桜亭《おうてい》雑誌」と名づけていた。

「お前も入らんかの」

というのが、きょうの子規の真之に対する目的であったらしい。

「あしはやめじゃ」

真之は言下にことわった。内心おもしろそうだとはおもったが、真之にすればかれも一方の腕白大将であるのに、子規の雑誌に入れば子規にあごでつかわれねばならない。

「ホウかな」

と、子規はそれ以上勧誘しなかった。


松山の俳人で正岡子規の研究者でもある坪内稔典氏は、『坂の上の雲』で挙げられている記事が載っている『桜亭雑誌』が、すでに小学生時代に発行されていたことや、松山中学でも子規と真之が親しく交友したという記録がないことを『正岡子規の〈楽しむ力〉』で指摘し、次のような疑問を記しています[10]。

「司馬遼太郎は、『桜亭雑誌』などの発行をどうして中学時代のことにしたのだろうか。はっきりした理由は不明だが、小学生の行いとしては大人びすぎている、と見なしたのかもしれない。」

ただ、文学的な虚構という視点から見ると、真之の目から新聞や雑誌に対する子規の強い関心を描いているこのエピソードがあることで、上京したあとで彼らが文学を通して親しくなることや、二人の交友の深まりと別れがより深い陰影を持つことになるのです。

注目したいのは子規研究者の古賀蔵人氏が、子規がこの新聞の「記事や演説の中で用いた文言」と、「緒方洪庵の適塾で学んだ洋学者」の旧広島藩士・野村文夫によって発行され、一八七七年（明治一〇）からは松山でも販売されていた滑稽風刺雑誌『団団珍聞《まるまるちんぶん》』における表現との類似を指摘していることです。さらに、この考察を踏まえて石丸耕一氏は、この雑誌の名前が「明治政府の言論弾圧から逃れるため、各新聞、雑誌が批判すべき上流人物の名を〇〇《まるまる》と標記したこと」から名付けられていることや、この雑誌を発行した団団社と、子規が「新聞記者として就職した陸羯南の日本新聞社とは浅からぬつながりがある」ことを補足しています。[11]このことは、のちの子規を考える上でもきわめて重要でしょう。

司馬氏は松山中学の前身である「英学所」の校長には、明治七年に愛媛県の権令（副知事）となった土佐人の岩村高俊によって、「草間時福という慶応義塾出身の青年」がその翌年の明治八年に任命されていたことにも注意を促しています。

文芸評論家の末延芳晴氏によれば、岩村高俊は明治一一年に松山に県会議事堂を新たに建設しましたが、「この議事堂は、福沢諭吉が慶応義塾三田キャンパス内に建て、今も現存する日本で最初の演説館『三田演説館』を模して造られたもので」、若い校長であった草間時副も「学生たちに大いに政治議論を奨め、演説会の開催を奨励していた」のです。[12]

司馬氏が記しているように、松山中学の英語の授業では、パーレーの『万国史』やミルの『自由之理』などを原書で読まされましたが、教師自身も分からない所があると飛ばして訳す程度の語学力だったとしながらも、英語教師は啓蒙思想家や歴史家も兼ねていたので、「自由とはいかに大切か」とか、「世界史のあらまし」を知ることができたのです。

こうして子規や真之は「文明開化」への方向性が強調されていた明治初期の教育を受けていたのですが、『坂の上の雲』では子規が中学四年生になると松山市内にできた演説グループに、「一人でその三グループの会員になるというほどに熱心」で、「当時はやりの自由民権運動の演説に熱中し」、自由とはなんぞやといった演題で、「市内の会場をぶってまわったりし」、高名な自由民権運動の指導者の植木枝盛《うえきえもり》が松山にきて鮒屋旅館にとまったときには、「なかまと一緒に旅館におしかけ、意見をきいた」と描かれています（一・「真之」）。

国会開設の請願運動が激しくなった明治一三年には、坂本竜馬の長姉千鶴の息子で維新後に叔父坂本権平の養子となり、坂本家の家督を相続した民権運動家の坂本南海男《なみお》（直寛）も、立志社の一員として「自然法は人作法の拒防すべきにあらず」などの演題で遊説を各地で重ねていたのです。そして、一〇月には板垣退助の使者として勝海舟を訪問しています[13]。明治一四年には植木枝盛による『日本憲法見込案』も起草されており、こうして、一旦は却下されたものの、この年の一〇月には国会開設の詔勅が出されました。

このような流れを受けて作家でもあった新聞記者の坂崎紫瀾《しらん》は、明治一六年一月から土佐の『土陽新聞』に坂本竜馬を主人公とした伝記小説『汗血千里の駒』の連載を始め、そのエピローグでは竜馬の甥で民権運動家だった坂本南海男の活躍にもふれていました[14]。

注目したいのは、子規も明治一六年一月に、立憲制の急務を説いた「天将《まさ》ニ黒塊（司馬註・音を国会にかけている）ヲ現ハサントス」という演説を行っていたことです（『ひとびとの跫音』下・

「拓川居士」)。

子規の中学校時代からの友人で後に子規の意を受けて松山で『ホトトギス』を発行することになる柳原極堂《やなぎはらきょくどう》は、この演説について回想記で「居士（子規の事―坪内）は二人目に登壇して私の演題はと言ひつゝ、背面の黒板へ白墨で黒塊と二字書いた。本夕は之に就《つい》て聊《いささ》か御静講を煩はしたいと思ひます、之はコツクワイと読んで頂きたいのですと言つた」と書いています。このことを紹介した坪内稔典氏は、この演説が国会の開設に反対する権力者を批判していたために、「途中で監督から一、二回注意を受けたが、…中略…『居士は直ちに職員室の方へ拉《らっ》し去られた』」と書いています[15]。

つまり、国会開設の詔勅は出されたものの、その翌年の明治一五年には「軍人勅諭」が出されるなど、その後の政府の動きはむしろ「民権」を制限するような方針がとられ始めていたのです。このように見てくるとき、途中で中断させられていた子規の「黒塊」演説はこの時代の特徴を示す象徴的な演説だったととらえることができるでしょう。

「明治初年に新政府が創りだした〝国民〟というのは、法によって権利と義務が明快になった〝国民〟」ではなく、「税金をとられ」、「徴兵される存在であって、ひたすらに受身」であったと説明した司馬氏は、「国民」という名前が「実質」をともなうには、「憲法下の法体系をもち、法治国をつくりだす」しかなく、その意味で「自由民権運動」は「西洋かぶれの思想ではなく、国民になりたいという運動」だったと指摘しているのです[16]。

六、松山中学と小説『坊っちゃん』

司馬氏は子規が学んだ頃にも数学の先生が「うめぼし」、漢文が「アンコロ」などというあだ名をつけられていたことを紹介しつつ、「先生にあだなをつけることがさかんなのは、後年、子規の友人でこの中学の英語教師になってやってきた夏目漱石が小説『坊っちゃん』でそのことを書いているが、すでに開校当時からその風があったらしい」と記しています（『坂の上の雲』一・「真之」）。

実際、『坊っちゃん』（以下、『坂の上の雲』の表記に従う）では帝国大学出身の教頭の文学士「赤シャツ」や数学教師の「山嵐」など、すぐにその人物の人柄が浮かんで来るようなあだ名が上手に用いられていますが、『吾輩は猫である』でも美学者の迷亭を「池に浮かんでいる金魚麩《きんぎょふ》のようにふわふわしている」と評した主人公の苦沙弥先生は、「世間的には利口な男」である鈴木には「蒟蒻《こんにゃく》」というあだ名を付け、自分のことを「長くなって泥の中に埋《うま》ってる」「自然薯《じねんじょ》」だと語っているのです(17)。

このような喩えは見事だと感じますが、松山の俳人で子規の研究者でもある坪内捻典氏も指摘しているように、二六人の俳人を野菜類にたとえて「虚子」に「さつまいも」という「あだ名」をつけ、「甘ミ十分ナリ　屁ヲ慎ムベシ」と書いた子規は、漱石にも「柿」というあだ名を付けて「ウマミ沢山　マダ渋《しぶ》ヌケヌノモマジリ」と書いていました(18)。

このように見てくるとき、『坊つちゃん』で描かれている「あだ名」の問題は、松山中学だけでなく子規と漱石との交友にも深く関わっていると思われます。

たとえば、『吾輩は猫である』では「先生今日は大分俳句ができますね」と言われた主人公の苦沙弥が、「今日に限った事じゃない。いつでも腹の中で出来ているのさ。僕の俳句に於ける造詣《ぞう けい》と云ったら、故子規子も舌を捲いて驚いた位のものさ」と語り、さらに「子規さんとは御つき合でしたか」との東風君の問いには、「なにつき合はなくつても始終無線電信で肝胆相照らして居たもんだ」と無茶苦茶を言ったと描かれています(19)。

小説『坊つちゃん』では松山中学校でバッタを布団に入れられた主人公の「坊っちゃん」は、寄宿生を呼び出して「なぜバッタ」を入れたのかを問い詰めるのですが、すると「そりゃ、イナゴぞな、もし」とやりこめられる場面が描かれています(20)。この場面は一見すると松山中学の生徒を批判しているだけのようにも見えますが、温かさも伝わってきます。おそらく、伊予弁の特徴を活かしたこの場面を描いているときに、漱石は「愚陀仏庵」と称していた自分の下宿で催され、お国言葉が飛び交っていた子規の句会のことを思い出していたのではないかとさえ感じられます。

司馬氏は「ひとに戦闘心が薄い」松山藩では戊辰戦争に「負けてくやしがるよりも、謡《うた》がはやった」と書いていましたが、『坊つちゃん』でも許嫁の「マドンナ」を帝国大学出身の文学士で教頭の「赤シャツ」に奪われても元松山藩士子息の英語教師「うらなり」は抗議することもできなかったと描かれています。

漱石はこのような「うらなり」に同情した「没落した旗本の三男坊」で短気で率直な江戸っ子

の主人公「坊っちゃん」と、元会津藩士で「山嵐」というあだ名の硬骨漢の数学主任教師の活躍を面白く描いているのです。

それゆえ、当時のエピソードを丹念にすくい上げる中で子規や漱石の意義を論じた文芸評論家の古川愛哲氏は、「芸者と泊まりにやってくる赤シャツと野だいこ」を、主人公とともに待ち伏せした「山嵐」が、「貴様等は奸物だから、こうやって天誅を加えるんだ」と語る場面を「彰義隊の残党」が「官軍を迎え撃つ構図となる」とし、『坊つちゃん』は「作家・漱石の藩閥政府への挑戦状といえる」と解釈し、この小説には「幕府が瓦解した戊辰戦争と日露戦争までの明治社会を登場人物に託して描いた鋭い社会批判が込められている」と指摘しています。(21)

これらのことを想起するならば、『坊つちゃん』において重要な役割の一端を担っている「あだ名」の問題は、単なる「揶揄」ではなく、むしろ「既成の権威」を批判する自由民権的な批判精神の現れとして用いられていたと読むことができるでしょう。

『学問のすゝめ』において「天は人の上に人を造らず、人の下に人を造らずと云へり」と四民平等の理念を高らかに唱えた福沢諭吉は、「人は生まれながらにして貴賤貧富の別なし。唯《ただ》学問を勤《つとめ》て物事をよく知る者は貴人となり、富人となり、無学なる者は貧人となり下人となるなり」と続けて学問の効用も説いていました。(22)

『福翁自伝』を「明晰さにユーモアが加わり、さらには精神のいきいきした働きが文章の随処に光っている」として「福沢諭吉の文章もまた、漱石以前において、新しい文章日本語の成熟のための影響力をもった存在だった」と『この国のかたち』で高く評価した司馬氏は、「知的軽忽《きょうこつ》さを楽しんだあと、すぐ漱石の『坊つちゃん』を読むと、響きとして同じ独奏を聴いている感じがしないでもない」と指摘しています(23)。

明治三九年四月に書かれた小説『坊つちゃん』では教頭の「赤シャツ」とその腰巾着の「野だいこ」を「山嵐」とともに懲らしめた後で、主人公は校長に辞表を出して東京に戻るのですが、中学を退学した一七歳の子規は若い母方の叔父・加藤恒忠（号は拓川《たくせん》。司法省法学校に在学中の明治一二年に廃絶していた親戚の加藤家戸主となる。〔『ひとびとの跫音』下・「拓川居士」より〕。以下、拓川と記す）に上京の許可を願う手紙を度々出していました。『坂の上の雲』では上京への強い希望が記されている子規の明治一六年の手紙が引用されています。

「私どもは公卿になることのみを欲しないが、しかし社会の上流に立とうとおもっている。それには学問を勉強する以外にない」と主張した子規は、「こんにちの天下は漸進《ぜんしん》主義ではいけない。速成であるべきである。人間もまた速成でなければならない」とし、「田舎の中学で学問をしていてもなるほど学問は成るが、それでは時間がかかりすぎる。速成は都府の学校にあり」と続けていました（一・「真之」）。

ここで注意しておきたいのは、「こんにちの天下は」「速成であるべきである」と主張していた若き子規が、俳句の研究を深めるにつれて多様性を有していた江戸時代の文化の深さを認識するようになり、それは終章で確認するように、「速度」を重視した日本の近代化を「皮相上滑りの開化」であると厳しく批判するようになる漱石の文明観にも受け継がれていることです。

ところで、子規の上京の願いに対して「せめて中学だけでも出よ」と諫めていた自分の状況が急変したために、拓川は甥の学業を助けるために急遽、子規を東京に呼び寄せることになります。司法省法学校でフランス語を学び、その後、フランスから帰国した中江兆民の仏学塾でも学んだ拓川は、子規と同年の旧松山藩の久松定謨《さだこと》伯のフランス留学が決まると、その輔導者としてフランスに行くことになったのです。

次章で見るように、士官学校を優秀な成績で終えた秋山好古は、「参謀と将官を養成する」陸軍大学校に在籍していたにもかかわらず、旧松山藩の若殿のサンシール陸軍士官学校への入学が決まると、その輔導者としてフランスへ行くことになりますが、拓川はそれより先にフランスへの留学に旅立っていたのです（一・「真之」）。

のちに子規は、友人の五百木《いおき》瓢亭《ひょうてい》に送った手紙で、「小生今迄にて尤も嬉しきもの、初めて東京へ出発と定まりし時、初めて従軍と定まりし時、の二度に候」と書き、「春風や城あらはる、松の上」の句をそえています(24)。

こうして、五月になってにわかに許可するとの手紙を拓川から受け取った子規は勇躍して上京の途についたのです。

注

（1）『福沢諭吉選集』第四巻、岩波書店、一九八一年、二九一頁。

（2）司馬遼太郎『ひとびとの跫音』上巻、中公文庫、一九八三年、二〇三頁（初出は『中央公論』

一九七九年八月～八一年二月）。
（3）司馬遼太郎『本郷界隈』（『街道をゆく』第三七巻）朝日文芸文庫、一九九六年、一五六～一五七頁。
（4）井上勲『文明開化』教育社、一九八六年、七一頁。
（5）司馬遼太郎『花神』全三巻、新潮文庫、一九七六年（初出は「朝日新聞」一九六九年一〇月～七一年一一月）。
（6）司馬遼太郎『北のまほろば』（『街道をゆく』第四一巻）朝日文芸文庫、一九九七年、九七頁。
（7）有山輝雄『陸羯南』吉川弘文館、二〇〇七年、四二～三頁。
（8）司馬遼太郎『歳月』全二巻、講談社文庫（新装版）、二〇〇五年（初出は『小説現代』一九六八年一月～六九年一一月。初出時の題名は「英雄たちの神話」）。
（9）『福沢諭吉選集』第一二巻、岩波書店、一九八一年、二〇七～二〇八頁。
（10）坪内稔典『正岡子規の〈楽しむ力〉』NHK出版　生活人新書、二〇〇九年、五九頁。
（11）石丸耕一「坂の上の雲ミュージアム通信「小日本」」第六号、二〇〇九年、一四～一五頁。
（12）末延芳晴『正岡子規、従軍す』平凡社、二〇一〇年、三五頁。
（13）土居晴夫『龍馬の甥　坂本直寛の生涯』リーブル出版、二〇〇七年、六〇～六三頁。
（14）坂崎紫瀾著、林原純生校注『汗血千里の駒　坂本龍馬君之伝』岩波文庫、二〇一〇年、三二六～三二七頁。
（15）坪内稔典『正岡子規　言葉と生きる』岩波新書、二〇一〇年、二四～二五頁。
（16）司馬遼太郎『「明治」という国家』日本放送出版協会、一九八九年、二八一～二八七頁。

(17)『漱石全集』第一巻、一九九三年、三五三頁。
(18)坪内稔典、前掲書『正岡子規の〈楽しむ力〉』、一〇六頁。
(19)『漱石全集』第一巻、一九九三年、五一三頁。
(20)『漱石全集』第二巻、一九六六年、二七五頁。
(21)古川愛哲『「坊っちゃん」と日露戦争――もう一つの『坂の上の雲』』二三五～六頁。
(22)『福沢諭吉選集』第三巻、岩波書店、一九八〇年、五七～五八頁。
(23)司馬遼太郎『この国のかたち』第六巻、文春文庫、二〇〇〇年、一三一～一三三頁(初出は『司馬遼太郎全集』、別報)。
(24)越智二良『子規歳時』松山子規会叢書第12集(明治二十八年三月六日)。松山子規会 一九八一年、七頁。

第二章　「天からのあずかりもの」──子規とその青春

一、「文明開化のシンボル」──鉄道馬車

子規が当時は横浜から東京までしかなかった鉄道を利用して新橋停車場についたのは、明治一六年六月のことでした。従兄弟の三並良《みなみはじめ》の案内で叔父の加藤拓川と会い、「おまえ、東京に出てきて、将来何になりたいのぞな」と尋ねられた子規は、「朝《ちょう》ニアッテハ太政《だじょう》大臣、野《や》ニアッテハ国会議長」をめざしていると答えていました（『ひとびとの跫音』下・「拓川居士」）。

その時に叔父からさまざまの話を聞かされた子規は、上京してから書き始めた随筆「筆まか勢」に、「哲学とか文学とかいふことは少しも知らざりし也　名だに聞きしことなかりし也」と書き、「之を聞きし時の喜びは如何なりしか　三年の学問も此一場の会話に如かずと思へり」とその時の興奮を記しています(1)。

「あとのことはあしの友人の陸羯南《くがかつなん》にたのんでおいたけれ、あすにでもあいさつにゆけ」と拓川から言われて訪れた子規について陸羯南は後年、当時を追想して、「十五、六のまだほんの小僧

で、浴衣《ゆかた》一枚に兵児帯《へこおび》といった、いかにも田舎から出てきたばかりという書生ッコ」であったが、自分の甥と語らせてみると「ことばのはしばしによほど大人びたところがある」と回想しています。司馬氏はさらに羯南が拓川についても、「私よりは二つもわかい男だが、学校のころから才学ともにすぐれて私よりは大人であった」と書き、「さすが加藤のおいだとおもった」と続けていることも紹介しています（『坂の上の雲』一・「真之」）。

こうして、「十日ほどすればフランスゆきのために東京を離れねばならなかったので、気ぜわしい時期であった」にもかかわらず、予備校への入学手続きをもすべてやってくれた拓川の世話によって子規は「共立学校」で東京帝国大学の受験勉強をすることになります。

この予備校の「漢文」の授業で「荘子」の講義を受けた子規が驚愕したことを記して、その理由を「老子荘子というような異端の学問は田舎の儒学者はめったにやらない」と説明した司馬氏は、「荘子は人間とはなにか、世の中とはなにか、生命とはなにか、を考えさせる」と子規が語ったと続けています（一・「七変人」）

この言葉は子規がいかに深く哲学の本質を理解していたかを物語っていると思えますが、上京した当初は政治家を目指していた子規は、叔父拓川の影響もあり、「大学では法律をやらずに哲学をやろう」と思うようになったのです。

こうして加藤拓川は、親代わりとして甥の子規の面倒を見ただけでなく思想的にも強い影響を与えたのですが、それは秋山好古と弟真之との関係についても当てはまるでしょう。

「真之は松山にのこされた」と書いた司馬氏は、「しかしこの若者（少年というべきか）にも子規とおなじ幸運がおとずれた」と続け、上京するようにとの手紙が兄の好古から届いたことを伝えています。

松山から神戸を経由して横浜までは船で着いた真之は、開設されたばかりの「レールの上を馬車が走る」鉄道馬車を首都で見ることになるのですが、注目したいのは『草枕』で汽車のことを「文明のシンボル」と記していた漱石と同じように、司馬氏もこの鉄道馬車を「文明開化のシンボルのような交通機関」と呼んでいることです。

馬車が「天馬空《くう》をゆくがごとく」かるがると走ってゆくのを見た同行の内山直枝が「青くなってしまった。かれらにすればこのレール敷の道路をこえてむこう側へゆきたいのだが、踏みまたいで横切っていいものかどうか判断にまよってしまったのである」と描写した司馬氏は、「田舎者とは、それほど東京をおそれたものだ」／「と、真之は晩年になってもこのはなしを一ツ話のようにして話した」と続けています。

司馬氏が日露戦争の激戦の一つである奉天会戦を描いた「退却」の章でロシアのことを「驀進《ばくしん》している機関車」に喩えるようになることに留意するならば、「鉄道馬車」についての記述は『坂の上の雲』全体の骨格にも関わっていると言っても過言ではないとさえ思われます。

真之は首都・東京の文物に驚かされながらも、ようやく旧旗本の佐久間家の離れを借りていた兄・好古の下宿にたどりつくのですが、すでに従卒がつく身分にまで出世していたにもかかわらず、そこには「ざぶとんどころか、調度《ちょうど》とか道具とかいったものはいっさいなく、部屋のすみに鍋が一つ、釜《かま》が一つ、それに茶わんが一つ置いて」あるだけだったのです。西南戦争の頃に士官学校に入校して、成立したばかりの「明治国家」の脆弱さをよく認識していた好古は、自分を厳しく律してきわめて質素な生活をしていたといえるでしょう。

しかも、好古が弟の真之にたいしても「身辺は単純明快でいい」と粗食を強いただけでなく衣服に金を費やすことも許さなかったと書いた司馬氏は、「御前はまちごうとるぞ。一個の丈夫が金というものでひとの厄介になれば、そのぶんだけ気が縮んで生涯しわができる」と説明して、「常磐会の給費生」になりたいという真之の希望も却下したと記しています（一・「騎兵」）

「給費生」というのは聞きなれない単語ですが、「維新に乗りおくれた中以上の藩のほとんど」は、「最高の学府でまなばせて明治政権に登用してもらい、個々の実力をもって」、郷土の名をあげしめるような「育英団体をもっていた」と説明した司馬氏は、常盤会もそのような育英団体で上京した子規も「給費生」として選ばれたと記していたのです（一・「真之」）。

興味深いのは、世に出るまで苦労してさまざまな社会体験をしていた秋山好古が、弟には「給費生」になることを禁じた一方で、自分自身は律儀にも退官した後の明治四三年六月から大正二年まで「常磐会寄宿舎」の監督の任を引き受けていることです[2]。

大学予備門に受かったことを報告に行った真之に同行した子規が、「秋山の兄さん、この世の中で」誰が一番偉いと思うかと好古に尋ねると、意外なことに軍人の名前ではなく、「いまの世間では福沢諭吉《ゆきち》というひと」だと答え、その著書もいくつかあげたというエピソードを描いた後で司馬氏はこう続けています。

「好古の福沢ずきは、かれが齢をとるにつれていよいよつよくなり、その晩年、自分の子は慶応に入れたし、親類の子もできるだけ慶応に入れようとした」（一・「騎兵」）。

下宿をしばしば変えて自由な学生生活を謳歌していた子規と「部屋代の一円を二人で分担」して同宿したいという弟の真之の願いにも好古は許可を与えました。こうして司馬氏はしばらく同居することになった真之の目をとおして、「ひとよりも倍の速度で成長していたし、それだけに変りかたもはげしかった」子規の姿を活写していくのです（一・「七変人」）。

二、「栄達をすててこの道を」——子規の決断

しばらくすると子規は「哲学」もあきらめることになるのですが、「子規が哲学への志望をあきらめたについては、おもしろいはなしがある」と記した司馬氏は、のちに夏目漱石が後年『吾輩は猫である』において「天然居士」というあだ名で登場させることになる米山保三郎《やすさぶろう》から、「君は俳句に興味をもっているそうだな」と語りかけられ、「俳句をやるなら、ハルトマンの審美学を読みたまえ」と勧められたことを挙げています（一・「七変人」）。

子規からの手紙でこのことを知った叔父の加藤拓川が、この書物を「子規のために買い、帰国する友人に托した」が、「子規はそれをひらくと、あいにくドイツ語であり、やむなくドイツ語のできる友人にたのみ、一語々々訳してもらっては理解につとめた。が、根《こん》くたびれしてやめてしまった」のです。ただ、米山との出会いで「絵画や詩歌というような芸術を哲学的に究明してゆく学問」である審美学（現在の美学）を知ったことは、子規の俳句論にも強い影響を与えたと

思われます。

哲学との関連で注目したいのは、子規の上京から間もない明治一八年に書かれた随筆集『筆まか勢』には「文明の極度」と題して、「世界文明の極度といへば世界万国にして同一国となり、人間万種相和して同一種となるの時にあるべし。併し猶一層の極点に達すれば国の何たる人種の何たるを知らざるに至るべし」とする文章が収められていることです(3)。

このような考えには、中江兆民の塾で学んでいた叔父・拓川の影響があるのかも知れませんが、ここには病身の身をおして果ての果てまで見ようとして東北旅行や日清戦争の従軍を行うようになる子規の志向性も現れていることはたしかでしょう。解説で久保田正文氏が書いているように、「闊達な空想ではあるが、同時にその根底には論理性や現実性が存在し、その方向は進歩的な未来性を含んでいる」のです(4)。

さらに子規は同じ年に「比較」という題でその方法の特徴について次のように書いています(5)。


世の中に比較といふ程明瞭なることもなく愉快なることもなし　例へば世の治方を論ずる場合にも乱国を引てきて対照する方能く分り　又織田　豊臣　徳川の三傑を時鳥《ほととぎす》の句にて比較したるが如き　面白くてしかも其性質を現はすこと一人一人についていふよりも余程明瞭也。

ここで注目しておきたいのは、「子規の東京での保護者」となった陸羯南が、「あれはおれのあずかりものだ」とよく言ったと記した司馬氏が、「友人の加藤恒忠からあずかっている、という意味だが、あずかりもの、という羯南のことばによほどふかい心がこもっているらしい」と続け、「『ひょっとしたら、天からのあずかりものかもしれない』／という予感をもちはじめた」と記していることとです（『坂の上の雲』一・「騎兵」）。

陸羯南がなぜこれほどに子規のことを高く評価したかという理由の一端は、このような「比較」という方法にあるかもしれません。司馬氏は「日清戦争」の章で哲学科から国文科に転科したころから子規が始めた「俳句分類」の意義を次のように評価しています。

とにかくかれは俳句というものを歴史的にしらべようとし、その驚嘆すべきエネルギーでそれをなしとげた。この当時、古い俳書や句集の書物はめったに見つからなかったが、子規は古本屋をたんねんにあるいてそういうくず本のたぐいを買いあつめ、仲間にもあつめさせた。かれの『俳句分類』はこのような努力からできあがった。

比較の材料となる古今の句を丹念に集めてそれを纏《まと》めた後でそれを詳しく比較検討するという方法は、子規だけでなく漱石の作品や長編小説『坂の上の雲』にも反映しているように見えるのです。

ただ、子規は先の「比較」という題の文章を「併シ斯く比較するといふことは総《すべて》の人又は物を悉《ことごと》く腹に入れての後にあらざれば出来ぬこと故　才子にあらざれば成し難き仕事なり」と続けて、その難しさにも注意を向けていました。子規の才能が開花するのはもう少し先のことになります。

秋山真之と猿楽町の下宿で共同生活を始めた頃の子規は、哲学をあきらめて「人情本や小説本に熱中して」おり、「士大夫《したいふ》たる道を志す者はそういう戯作者《げさくしゃ》の戯《ざ》れ本《ぼん》をよんではならぬという」偏見もあった真之は、「そげなもの、読んでええのかなあ」との感想を漏らしたのです。ただ、司馬氏は子規の変わりかたの激しさを、真之からみれば「どうも軽率なような感じもしたし、同時に一個の多彩な光体《こうたい》をながめているようなまばゆさも感じた」と描いています。

子規が友人たちと娘《むすめ》義太夫《ぎだゆう》に通い、下宿で牛鍋を食い、寄席に連れ立って行った光景や、さらに「無銭旅行」と称して東京から江ノ島まで下駄を履いて歩いた小旅行では、真っ先に言い出した真之が音を上げて「たのむ。東京へ帰ろう」と言ったことを子規が『筆まか勢』に書いていることなどがこの章では活き活きと描かれています。

この後で司馬氏は、「生涯の大仕事としての哲学志望が、あきらめられなかった」子規が、秋が深まった夜に同宿者の真之に「あしの頭は、哲学にむいとるか」と尋ね、ものごとの追求力は常人よりすぐれているが、「考えを結晶させる力が乏しいようだな」との返事を得ると、子規がむきになって「弱いのではない、あしの胸中には、結晶化をさまたげる邪魔者があるのじゃ」と自己弁護をはじめたと書いています。

「文芸とは、哲学とはおよそ両立しがたい精神の作用で、せっかく結晶しようという考えが、文芸によってさっと流されてしまう」と続けた子規が、「もはやいまでは小説なくては夜もあけぬような気持になっている」と真之に率直に打ち明けるとともに、常盤会から学費の援助を受けている自分の立場を語ると、真之から「俗なことをいうな」と大声で励まされたのです。

一方、「子規の文芸趣味が伝染《うつ》ってその種の書物」をやたらに読みはじめた真之は、「ある夜、ふたりで古今東西の文学について論じあったあげく」に昂奮した子規から、「淳さん、栄達をすててこの道をふたりできわめようではないか」と提案されると、「あしもそうおもっとった」と口早に応じたと司馬氏は描き、さらに「戯作小説のたぐいの世界に入るということは、官吏軍人学者といった世界を貴《とうと》しとするこの当時にあっては生娘《きむすめ》が遊里に身をしずめるような勇気が要った」と続けています（一・「七変人」）。

夢中になって近代の西欧文明の摂取に必死に取り組んでいた同世代の若者たちの姿勢と比べると、日本古来の文芸や漢文などに取り組んでいた彼らの姿勢は、保守的にさえ見えますが、子規が「畏友《いゆう》」と呼んだ漱石との出会いのころから、子規の文芸観は急速に深まり、俳句の改革をとおして近代日本語の確立に大きな役割を果たすことになるのです。

こうして、『坂の上の雲』の前半で強調されているのは、明治維新によって可能となった四民平等の理念や個人の自由がこれら明治の若者たちの夢をはぐくみ、新しい国作りへと参加させていたことや、「白い雲」をめざして坂を上ろうとする明治初年の若者たちの明るい姿なのです。

三、真之の「置き手紙」――海軍兵学校と英国式教育

『坂の上の雲』第二章「真之」の冒頭で、日露戦争を日本が「はじめてヨーロッパ文明と血みどろの対決をし」、「精一杯の智恵と勇気と、そして幸運をすかさずつかんで操作する外交能力のかぎりをつくして」勝った戦争と規定していた司馬氏は、「将校はふつう貴族の子弟がなる」ロシア帝国の場合と比較しながら、日本の教育制度のよさをこう描いています。

「ロシアでは陸軍の兵隊や海軍の水兵は下層の農夫や農奴《のうど》、牧夫《ぼくふ》のなるもので、その階級から将校になることは絶無といっていいほどまれであったが、日本にあってはいかなる階層でも一定の学校試験にさえ合格できれば平等に将校になれる道がひらかれている」（一・「七変人」）。

陸軍士官学校の騎兵科に配属された秋山好古も、土佐藩から献上された騎兵二個小隊のみから始まった日本陸軍で、「二十四、五の下級尉官のころから日本騎兵の育成と成長についてほとんどひとりで苦慮し、その方策を練りつづけてきた」と描かれています（一・「騎兵」）。そして、進路について弟の真之から相談されると、「秋山家の先祖が伊予水軍である」ことや、「源平のころにはすでに瀬戸内海の制海権をもち」、幕末には「幕府の遣米使節をのせて『咸臨丸』が太平洋をわたるとき、幕府はその水夫《かこ》を伊予から徴募したほどであった」と説明したと司馬氏は書いています。

子規とともに文学の道をめざし始めたかに見えた真之は、学費がかかる東京帝国大学への進学

をあきらめて「月謝も生活費もただ」であった海軍兵学校の受験を決めたのでした。

しかし、「共に文学をしよう」という誓いを破るのは、「このころの書生の気分からいえば裏切りであった」ために、「升《のぼ》さんには、言うことばがない」と感じた真之は、同宿者の子規に「予は都合あり、予備門を退学せり、志を変じ海軍において身を立てんとす」という置き手紙を書いて別れを告げるのです。

このことを司馬氏は「私は少年のころに子規を知ったころから、真之が子規の下宿へ置き手紙をして去ってゆくという、下宿を去ってゆく真之の背まで見えるようなその別れに、目に痛いほどのおもいをもって明治の象徴的瞬間を感じた」と書き、「私はこの心的情景をいつか書きたいとおもっていた。それが、自分の中でいろいろなかたちにひろがって、おもわぬ書きものになった」と記しています（五・「あとがき」）。

明治一九年（一八八六）に築地の海軍兵学校に入校した真之たちを驚かしたのは、「その日の昼食にライスカレーが出たこと」だったと書いた司馬氏は、「さらに一同を当惑させたのは、洋服であり、シャツのボタンをどうはめていいのかわからずに苦心していた者もいたとし、「それほど、この当時の日本のふつうの生活と海軍兵学校の生活には差があった。いわば、この築地の一郭五万坪だけが生活様式として外国であったといえるであろう」と続けています（一・「海軍兵学校」）。

しかも、それは外観だけではなく、海軍兵学校で使う「教科書も原書であり、英人教官の術科教育もすべて英語で、返答もいちいち英語」で、「私語だけが日本語」の世界だったのです。

日本の「文明開化」を主導した福沢諭吉は、「閉鎖論」において、「東洋に行はるるものは、英語を最《さい》とし、此語を以て英米人と他国人と語るのみならず、他国人と他国人と語るの方便とも為《な》る可《べ》し」とし、それゆえ日本人は子供の頃から「自国のいろはと共に英文字を学び、少しく長じて日常の用文章に兼て、英文の心掛けこそ大切なる可し」として、「文明語」としての英語習得の必要性を強調していました(6)。

このような言語教育観が海軍兵学校ではすでに実践されていたのです。司馬氏はこのような方式が「海軍教育というものを英国式に統一するため」に、明治政府が英国政府に要請して明治六年七月に到着したダグラス少佐を団長とする教官団によってもたらされたことを記し、「大英帝国の権威はその海軍によって維持されている」ことや、「極東の島国」である日本の「地理的環境ははなはだ英国に酷似している」などと語ったダグラス少佐が示唆したのは「日本は英国を範とせよ」ということであっただろうと指摘しています。

さらに、築地ですべての教育が受けられるようになったことを「幸福だと、思え」と教官に語らせた司馬氏は、山本権兵衛がドイツ軍艦での乗組を命ぜられていたことや、東郷平八郎がテムズ河畔の商船学校では水夫の待遇を受けていたことなどを記した後で、「真之らの先輩の多くはそういう履歴であった」と書き、「真之らが日本に居ながらにして本場の英国式海軍教育をうけられるようになったのは、それだけ明治日本の進歩といっていい」と結んでいました（一・「海軍兵学校」）。

しかし「進歩」という表現をそのまま肯定的な評価として受け取ることは難しいでしょう。なぜならば、「騎兵」の章では真之が子規とともに学んだ神田の共立学校には、「語学なんざ、ばかでもできるのだ」と言い、「にわとりがときをつくる。そっくりまねてみろ。馬鹿ほどうまいはずだ」と言った丸顔の英語教師がおり、子規が「まるでだるまさんじゃな」といったことが「この教師の生涯のあだ名になった」と記されていたからです。

その教師が昭和九年に「いわゆる二・二六事件の兇弾にたおれた」高橋是清であると記した司馬氏は、「この当時の日本人は英語という学科を畏敬し、ひどく高度なものにおもいがちであったのを、そのようなかたちで水をかけ、生徒に語学をなめさせることによって語学への恐怖心をとりのぞこうとした」と説明しているのです。

さらに、『「昭和」という国家』においては、「すべてのシステムをイギリスから」買った「海軍は英語が中心」となったと記した司馬氏は、「明治時代は大変な模倣の時代」だったと批判して、「文明国」と見なした言語の強制的な学習が、情報だけでなく視野をも制限するという弊害をもたらしたことを指摘するようになるのです(7)。

このような言語教育に関する司馬氏の考察は、全国の公立小学校の五、六年生において「外国語活動」として英語学習が必修化された現在の日本の外国語教育を考察するうえでも重要な示唆に富んでいると思えます。

四、ドイツ人を師として——好古と陸軍大学校

秋山真之をとおしてイギリス海軍をモデルとした海軍の教育を描いた司馬氏は、「真之が英国式教育をうけているこの時期、陸軍大学校在籍中の好古はドイツ人を師としていた」と続けています（『坂の上の雲』一・「海軍兵学校」）。

「参謀と将官を養成する」陸軍大学校に明治一六年に第一期生として入校していた秋山好古は、改めて代数や地質学の授業を受けた後でドイツ陸軍の将校による「戦術、戦略をはじめあらゆる高等軍事学」の徹底的な教育を受けていたのです（一・「騎兵」）。

すでに、『竜馬がゆく』においては「鉄血宰相といわれるビスマルクが軍備拡充のために議会を停会し、独特の構想で軍国主義国家を築きあげつつ」あったプロシアの「国威は、いまや老舗の英仏を凌ごうとする勢いがある」と描かれていました（五・「清風亭」）。

一八七〇年（明治三）七月に普仏戦争がおこると九月にはセダンの要塞を包囲して陥落させたプロシアは、「軍事力的威力の徹底した信者で」、「これを外交の最大の武器につかった」宰相ビスマルクと参謀総長モルトケの独創的な戦略戦術により、「十万人の捕虜を得、ナポレオン三世を降伏させ、この戦勝によって大陸における最大の強国とされたフランスの栄光を消滅させ」、一八七一年にはドイツ帝国が成立してプロシア国王だったウィルヘルム一世がドイツの皇帝になりました（『坂の上の雲』一・「海軍兵学校」）。

ヨーロッパにおけるこのような状況の変化を肌で感じたのが、ロンドンに立ち寄った際に普仏戦争でフランスがドイツ軍に席巻されつつあることを知って、急遽、留学先をフランスからドイツに変更していた旧長州藩の桂太郎でした。桂太郎は帰国すると「機会あるごとに日本陸軍をドイツ式にかえることの利点を省内で力説し、とくに山県陸軍卿を説き」、「ついにかれをドイツ好きに変えてしまった」のです（一・「馬」）。

ここでは少し説明が必要でしょう。旧奇兵隊出身の政商であった山城屋和助に便宜をはかり、継続的に賄賂をもらいつづけたことが発覚して、一時は陸軍の職を辞したもののわずか一年で復職した山県有朋は、自分の汚職を徹底的に追及していた司法卿の江藤新平が明治七年二月に起こした佐賀の乱で処罰され、西郷隆盛が西南戦争に破れて死に、大久保利通がその翌年に暗殺されると、軍で権力を握るようになっていたのです。

山県有朋と「明治憲法」などの問題については、『翔ぶが如く』を考察する第三章で論じることにしますが、日露戦争を主題とした『坂の上の雲』の後に時代をさかのぼって『翔ぶが如く』が書かれていることの意味に迫るためにも、この後に記されている司馬氏の山県観を引用しておきます。

「山県に大きな才能があるとすれば、自己をつねに権力の場所から放さないということであり、このための遠謀深慮はかれの芸というべきものであった…中略…官僚統御がたれよりもうまかった。かれの活動範囲は、軍部だけでなくほとんど官界の各分野を覆った」（一・「馬」）。

説明が少し長くなりましたが、普仏戦争を勝利に導いた「モルトケの陸軍学」のすべてを伝えるべく日本の陸軍に招かれた「師」が、明治一八年三月一八日に着任したドイツ陸軍の参謀将校メッケル少佐でした。このことに言及した司馬氏は、のちに「日露戦争の作戦上の勝利は、メッケル戦術学の勝利である」とさえいわれたほどであり、その死亡の報が伝えられた明治三九年には「その追悼会が参謀本部でおこなわれた」と書いています。

注目したいのは、当時の陸軍部隊で最大単位であった「鎮台」が、「国内治安のためのものであり」、「外国が攻めてきたときの防衛用の軍隊」だったが、メッケルにより「師団」という思想が導入されたことにより、「いつなんどきでも『師団』を輸送船にのせて外征するという活動的な姿勢を帯《お》びる」と『坂の上の雲』で説明されていることです。

「この時代の日本人ほど、国際社会というものに対していじらしい民族は世界史上なかったであろう」と書いた司馬氏は、「幕末からつづいている不平等条約を改正してもらうにはことさらに文明国であることを誇示せねばならなかった」とし、当時の日本の多くの指導者たちは「文明というのは国家として国際信義と国際法をまもることだと思い、その意思統一のもとに、陸海軍の士官養成学校ではいかなる国のそれよりも国際法学習に多くの時間を割かせた」と続けています。

しかし、メッケル少佐は陸軍大学校で「宣戦したときにもう敵を叩いている」という戦術を教えたのです。その講義を聞いた学生たちは最初、「そういうことが国際法上ゆるされるかどうか、ということをみな不審に思った」が、「いわば悪徳弁護士のような法解釈だが、違法ではないという。それが学生たちを安堵」させたと記した司馬氏は、「これによって『宣戦と同時攻撃』というのは日本人の伝統的やりかたになり、ついには世界中から、日本人のいつものあの手。という嘲罵をうけるようになった」ことに注意を促しています。

秋山好古はサンシールの陸軍士官学校に入学する旧松山藩の久松定謨《さだこと》伯の輔導者としてフランスに留学することになるのですが、それは「日本陸軍のすべての体制がドイツ式に転換しようとしており、陸軍の秀才のことごとくがドイツ陸軍に留学しようという情勢下にある」時期だったのです。

「将来、かれらドイツ留学派が日本陸軍をにぎるであろうし、ドイツからの輸入思想で軍政をうごかし、作戦を遂行してゆくであろう」、そのような時に好古があえてフランス留学に同意したのは、単に旧藩主への義理だけではなく、「国際公法の限界」について論じたメッケルへの批判が秘められていると私には思われます。

五、「笑止な猿まね」――日露の近代化の比較

明治二〇年（一八八七）にフランスに渡った秋山好古の目をとおして、司馬氏は日本が「開国するとともに髷《まげ》を切り、洋服を着」、さらには鉄道を敷くなど、「勃然《ぼつぜん》として洋化を志し、産業革命による今世紀の文明の主潮に乗ろうとした」ことは、「旧文明のなかにいる韓国からみれば狂気とみえたであろうし、ヨーロッパ人からみれば笑止な猿まねと思えたにちがいない」と記しています（一・「馬」）。

興味深いのはこのような好古の思いが、明治一八年にダーウィンの「自然淘汰《とうた》」説に依りながら「保護色の効用は、動物の生存上に取りて、実に偉大なりと申す可《べ》し」と書き、「蓋《けだ》し西洋人の眼より見て、己れと其文物制度を異《こと》にするものは、之《これ》を外道国視《げどうこくし》せざるを得ず」と書いた福沢諭吉が、異教異俗の国である日本が襲撃を免れ滅ぼされないためには「文物制度も彼に似せ、習慣宗教も彼に似せ、一切万事、西洋と其色を同《おな》じう」しなければならないと続けていたことを連想させることです(8)。

このように積極的な「欧化」を勧めた福沢諭吉の言葉は、鹿鳴館の時代に記されたこともあり日本古来の考えを守るべきだとする人々の激しい反発を呼び起こしました。キリスト者の内村鑑三も「利益もある保身擬態であるとしても、良心をもつ人間界にはあってはならないことである。そうしてうわべだけの西欧化ほど唾棄すべきものがあるだろうか」と、漱石に先んじて「西欧のうわべをまねること」の危険性を厳しく批判したのです(9)。

ただ、『学問のすゝめ』で「天は人の上に人を造らず、人の下に人を造らずと云へり」と高らかに唱えていた福沢諭吉のこのような変化には、『通俗国権論』で「結局今の禽獣世界に処して、最期に訴ふべき道は、必死の獣力に在るのみ。語《ご》に云《いわ》く、道二つ、殺すと殺さるゝのみと」と断言し、「百巻の万国公法は数門の大砲に若《し》かず」と主張するようになる福沢の強い危機感があったことは確かでしょう(10)。

秋山好古が「ヨーロッパ文明」と日本との「技術能力」や「富力」の差の大きさに「ぼう然とした」と書いた司馬氏も、日本が「一国のあらゆる分野をあげて秀才たちにヨーロッパの学問技術を習得」させている以上、「一軍事技術者である好古の立場は、ことがらが軍事だけにその物まねは息せき切った火急の事柄になっていた」と続けていました。

ただ、すでに留学前に「ドイツ式は、『攻撃は最良の防御である』という基本思想に立ち、攻撃主義を偏重するあまり、ときには戦術の論理をはずした蛮勇をさえ許容する」という点を見抜いていた好古が、フランス式とドイツ式の戦術の比較検討を行っていたことも、司馬氏はきちんと記しているのです。

すなわち、フランス留学後に好古は「物事を論理的に追及してゆく能力の高さとその構成力の堅牢さはもはやゲルマン人の国民性とでもいうべきもので、その能力が科学にむかうとき、おそるべき効果を発揮する」が、「この論理ずきは形式ずきになり」、「規律美のためには他の重要なことでも当然のように犠牲にする」ために、それが軽快さを本分とする「騎兵」にとっては致命傷となり得る可能性を見抜いたのです。

それゆえ秋山好古は、二度目の欧米来訪の途中でフランスに立ち寄った陸軍中将・内務大臣の山県有朋に対して、「フランス方式」の騎兵の必要性を直言したのです。司馬氏は『竜馬がゆく』で、その最晩年には「時勢の孤児」となることを選んだ坂本竜馬の孤影を描いていましたが、ここでも「思想上の異邦人」となることを厭わずにフランスに留学していた好古の決断が描かれているといえるでしょう。

注目したいのは、日露戦争をクライマックスとしたこの長編小説の「列強」の章で司馬氏が、日本の元禄時代の頃にピョートル大帝が「当時の西ヨーロッパ人からみれば半開国にひとしかった」ロシアを近代化するために、「保守家のあいだで『攘夷論』」がおこった」にもかかわらず、日本の断髪令に先だって「ひげをはやしている者には課税」するなど、「つぎつぎに改革と西欧化を断行した」と記していることです（二・「列強」）。

ことにピョートル大帝が「宮廷政治家たちを中心にした二百五十人の団体を組み、かれがみずからひきい、西欧文明の見学旅行をやった」ことについては、「日本の維新当時によく似たことがある」と書き、「岩倉具視を首領にした大見学団がそれで」あると記し、言葉を継いで、「この百五十年という大きな落差で日本がやっと開化したというのは、維新後、日本の欧米に対する運命のようになってゆく」と書いています。

次節で見るように、福沢諭吉は『民情一新』でピョートル大帝の改革を「魯の文明開化」と呼んで高く評価していましたが、日本に先駆けて急激な近代化を行っていたのがロシアであったことに留意するならば、『坂の上の雲』では、イギリスやドイツとともにロシアが文明論的な方法で比較されているといっても過言ではないと思います。

六、露土戦争とロシア皇帝の暗殺

国使としての任務を終えたトルコの軍艦が紀州沖で沈没して乗組員の多くが死亡したために、海軍兵学校を首席で卒業したばかりの秋山真之が一七期生八八名とともに、練習艦船でトルコに派遣されることになったのは、明治憲法が発布された翌年の明治二三年（一八九〇）のことでした。

本書の視点から興味深いのは、船中での教官の講義をとおして露土戦争が始まる前年の一八七六年に「憲法」を発布していたトルコとロシアの関係に言及されていることです。すなわち、トルコが「十六世紀にはハンガリーを征服し、その艦隊は地中海に覇《は》をとなえてヨーロッパの脅威になった」と語った教官は、「トルコは極東のシナとともにアジアにおける一大民族であるが、マホメット教を信じるがために風俗はいちじるしく異なる。その皇帝アブズル・ハミド二世はトルコ国を近代化すべく努力しておられるが、わが明治十年から翌年にかけてロシアと戦争し、敗北した。このため領土がはなはだちいさくなったが、なお大国たるをうしなわない」と説明したのです（一・「軍艦」）。

研究者の竹田美喜氏は、練習船で渡航した秋山真之がトルコの首都イスタンブール（コンスタンチノープル）から「世界は広いが思ったよりよほど狭い」との賀状を子規に送っていることを紹介しています。[11] 日本と中国の緊張と軍拡競争が進む中、英国において製造された巡洋艦「吉野」の受けとりに派遣されることになった真之は、露土戦争後の厳しい西欧の政治・軍事情況を自分の肌で感じることとなるのです。

教官の講義では露土戦争（一八七七〜七八）については詳しくは語られていませんが、日露戦争の考察を考える上でも重要ですので、少し立ち止まってロシアにおける「憲法」の問題にも注意を払いながらロシアの近代化と日本の関係を簡単に見ておきましょう。

上からの改革が行われたロシアでは、西欧の知識を学んだ若者を優遇して貴族に出世させる一方で、農民からは重税を取り立てたことで「富国強兵」には成功したものの、貴族の横暴や政治の腐敗が広まり、農民たちは奴隷に近い状態に置かれることになりました。

ナポレオンが率いる西欧の大国フランスの軍隊と戦った一八一二年の「祖国戦争」では生活に苦しんでいた農民たちも一致団結して戦ったために奇跡的な勝利を収め、さらに「諸国民の解放戦争」でもフランスに勝利してポーランドを併合しました。

これらの戦争の後でも国内の改革が行われなかったために、外征で外国での制度を見てきた貴族たちは農奴の解放や憲法の発布を求めて一八二五年にデカブリストの乱を起こしたのです。この反乱を厳しく処罰したニコライ一世が行ったのが、出版など言論を厳しく弾圧して「暗黒の三〇年」とも呼ばれるようになる政治でした。

それゆえ福沢諭吉は、自由民権運動と国会の開設への要求が高まりを見せていた明治一二年（一八七九）に書いた『民情一新』でピョートル大帝が明治維新に先立って西欧の学者を招き、若者を留学させるなどの改革を行ったことなどを高く評価しつつも、ニコライ一世が、西欧の「良書を読むを禁じ、其雑誌新聞紙を見るを禁じ」、大学においては「理論学を教へ普通法律を講ずる」ことを禁じて、「学校の生徒は兵学校の生徒」と見なした「未曾有《みぞう》の専制」を行ったために「国中に不満を抱く者多し」との鋭い分析をしていました。(12)

このようなロシア帝国と比較しつつ、憲法を有しているイギリスに言及した福沢諭吉は、「我日本にても、国会を開《ひらい》て立憲の政体を立《たつ》るの必要なるは、朝野共に許す所にして、嘗て之を非する者あるを聞かず」と憲法と国会の必要性を説いていたのです。

福沢がこの『民情一新』を書いたのは「トルコ国内の抑圧されたキリスト教徒の状態を改善し、保護する」とアレクサンドル二世が宣言して始めた露土戦争にロシアが勝利した直後のことでしたが、この戦争の後には日清戦争（一八九四〜九五）の後で起きた日本に対するドイツ・ロシア・フランスによる「三国干渉」と似たような出来事が起きていました。

最初にトルコとの間で結ばれたサン＝ステファノ条約では、「ロシアはルーマニア領ベッサラビアおよび黒海東南岸のトルコ領を獲得し」、セルビア、モンテネグロ、ルーマニアなどのトルコからの独立が認められ、トルコの宗主権の元で自治権を持つブルガリア公国の建設も認められていました。(13) しかし、バルカン半島におけるロシアの影響力が強まることを恐れたイギリスとオーストリアをはじめとする西欧列強による「干渉」によって、ロシアがトルコから獲得した領地はオーストリア帝国などに再配分されたのです。

日清戦争に勝利して新しく手に入れた領土を手放すことになった日本では「臥薪嘗胆」が唱えられて、ロシアへの「復讐」の戦争の準備が始まりましたが、西欧の列強による「干渉」もロシア人のナショナリズムを高揚させただけでなく、憲法の発布を拒否して権力の独占を続ける皇帝への憎しみをつのらせて一八八一年にアレクサンドル二世が暗殺されたのです。

ロシア史研究者の和田春樹氏は、ロシア皇帝の暗殺によってロシアにおける憲法制定の試みが閉ざされてしまったことを詳しく分析するとともに、近代化に踏み出していた日本においては、その衝撃が一〇年後の国会開設を決定した明治一四年（一八八一）の詔勅につながった可能性があることを指摘しています。(14)

実は、幕末狂瀾の時代を描いた連作小説『幕末』の「あとがき」で司馬氏も、ロシア皇帝の暗殺にふれて、「ロシア革命党」が、「失敗をかさねつつ、じつに十五年の長きにわたった。歴史の平静な時期の人間には、想像もできない異常さである」と書き、「暗殺は、歴史の奇形的産物だが、しかしそれを知ることで、当時の『歴史』の沸騰点がいかに高いものであったかを感ずることができる」と記していました(15)。

安政の大獄を行った大老・井伊直弼が暗殺されたあとで、前政権の徳川幕府が急速に崩壊に向かったことを当時の明治政府の要人たちが熟知していたことを考慮するならば、それを防ぐために国会開設の詔勅を急いで出したことは十分にあり得ることだと思えます。

このように見る時、言論の自由がほとんどなかった「昭和初期」に青春時代を過ごした司馬氏はロシアの帝政と幕府を「絶対専制権力」としようとした井伊直弼の政治手法とを重ねて考察していたと言っても過言ではないでしょう。権力者の専制を防ぐために考えられた「憲法」の重要性についての司馬氏の思いはきわめて深かったのです。

七、「泣かずに笑へ時鳥」――子規と畏友・漱石のこと

では、このように激しく変化する国際情勢のなかで日本に留まっていた正岡子規は何をし、どのようなことを考えていたのでしょうか。

子規が常磐会の寄宿舎に移ったのは明治二一年のことですが、この寄宿舎は「坪内逍遙の塾の

あった真砂町《まさごちょう》十八番地の家を買い」とって建てられたもので、『本郷界隈』（『街道をゆく』第三七巻）では、その構造が具体的に次のように記されています(16)。

「建物は堂々としている。二階建てが二棟あり、その二棟が平屋だてによってつながれていて、小さいながらも城の天秤櫓《てんびんやぐら》のような形であった。敷地三百坪で、集会所、図書室、食堂がついていた」。

松山に帰郷して東京専門学校（現在の早稲田大学）に通っている中学校の同窓生二人の見舞いを受けた際に子規が「『当世書生気質』をよんだのは東京へ出て早々じゃったが、おおげさにいえば読みおわったあとは気が立ってねむれなんだ」と語ったほどに東京専門学校の坪内逍遙から多くの影響を受けたと司馬氏は描いています。かつて強い影響を受けた逍遙の塾のあとに建てられた寄宿舎に移ったことに子規は深い感慨を抱いたと思われます。

さらに子規が「二葉亭四迷の『浮雲』に感心し」、また饗庭篁村《あえばこうそん》の小説にも傾倒したが、「いまではすでにその熱もさめはじめている」と語ったことも記されています。

注目したいのは、「この年の二月に憲法が発布されて、日本中が大さわぎした」が、「あしはちかごろ、政論にあきた」と子規が言ったと記されていることです。ただ、後に詳しく見るように、このことは子規が「憲法」に関心を失ったのではなく、かつて熱中していた抽象的な「政論」から は離れたといえるでしょう。

寄宿舎における子規の部屋について司馬氏は、「この二階の部分がちょうど坂の上になっており、子規の文章をかりると、／『常磐会寄宿舎第二号室（子規の部屋）は坂の上にありて、家々の梅園を見下し、いと好《よ》きながめなり』／という風景になる」と、「坂の上」という用語を用いながら書いています。

その後で司馬氏は、訪れた友人の柳原極堂《やなぎはらきよくどう》がふとんを布いて寝ている子規に驚くと、喀血をしたという返事が返ってきたと書き、「このころ肺結核といえば不治の病とされて」いたと続けて、和名では「あやなしどり」などと言い、「杜鵑、時鳥、不如帰、子規」などと表記するこの「ほととぎす」には、「血に啼くような声に特徴があり、子規は血を喀いてしまった自分にこの鳥をかけたのである」と説明しているのです（一・「ほととぎす」）。

長編小説『坂の上の雲』が日露戦争の考察を主眼としているために司馬氏は先を急いでいますが、子規が喀血をしたのは大日本帝国憲法が発布された明治二二年（一八八九）のことで、水戸への旅行から戻り「漢文、漢詩、和歌、俳句、謡曲、論文、擬古文小説という七つの文体」で書き、それぞれの巻に植物の名前をつけた詩文集『七草集』をまとめた直後の五月九日のことでした。

この時のことを子規は、閻魔大王の法廷に「被告」として呼び出された自分が判事や立会検事の牛頭赤鬼や馬頭青鬼の尋問に上京後の生活などを、ユーモアを交えながらつまびらかに語るという戯曲風の「啼血始末」で詳しく書き、さらにこう記していました[17]。

「且つ前申す通り私は卯の年の生れですから、まんざら卯の花に縁がないでもないと思ひまして『卯の花をめがけてきたか時鳥《ほととぎす》』『卯の花の散るまで鳴くか子規《ほととぎす》』などとやらかしました。

又子規といふ名も此時から始まりました」。

　この後で子規は赤鬼から「今より十年の生命を与ふれば沢山なり」と求刑されると描いているのですが、肺病に冒されて大量の吐血をしながらも、そのような自分の心境や生活状況をユーモアや駄洒落を交えつつ、客観的に描き出したこの作品からは、私には猫の眼をとおして主人公の苦沙弥先生の生活や友人たちとの洒脱な会話を描いた漱石の『吾輩は猫である』の精神を先取りしているとも感じられるのです。

　この年の一月にお互いに寄席好きということから急速に親しくなっていた漱石は、子規を見舞った後で医者に寄って療養の仕方を確認して、手紙で「小にしては御母堂の為め大にしては国家の為め自愛せられん事こそ望ましく存候」と記し、「to live is the sole end of man！」としたため、さらに追伸で「僕の家兄も今日吐血して病床にあり斯《か》く時鳥《ほととぎす》が多くてはさすが風流の某《それがし》も閉口の外《ほか》なし」と書いていました(18)。

　ことに漱石が、「帰ろふと泣かずに笑へ時鳥」、「聞かふとて誰も待たぬに時鳥」と励ましの俳句を二句添えていたことは、どれほど病床の子規を感激させたかを想像するのは難しくありません。

　一方、この後で子規が友人に回覧していた詩文集『七草集』を読んだ漱石は、個々の作についての感想をしたためたあとで、「これを要するに、大著七篇、みな趣を異にして巧を同じくすること、なお七草の、姿態を同じくせずして、しかもその澗《たに》に沿い籬《かき》に倚《よ》り、細雨微風に、楚楚として愛すべきに至りては、すなわち一《いっ》なるがごときなり」と絶賛しました(19)。

その際、漱石は初めて「漱石」の号を用いたのですが、この号について坪内氏は、「漢文を学ぶ初歩的な教科書」の『蒙求《もうぎゆう》』に、「孫楚《そんそ》という人が『枕石漱流』（石に枕《まくら》し流れに漱《すす》ぐ）と言おうとして、『漱石枕流』（石に漱ぎ流れに枕す）」と言い間違えたが、「頑固な孫楚は言い間違いを認めなかった。それでこの故事は、頑固な人や高慢な人を指すものになった」と説明し、この二人が「二十二歳のとき、互いに子規、漱石と名乗った」と結んでいます。(20)

この指摘はその後の子規と漱石との交友と文学観の深まりを考える上でも重要でしょう。子規の『七草集』から強い知的刺激を受けた漱石は、房総に遊んだときの見聞をもとに『木屑録《ぼくせつろく》』という漢詩文集を書きあげることになるのです。

一方、全文漢文と漢詩でしたためられた漱石の文章の格調の高さに打たれた子規は、すぐさま漢文で「ああ、吾が兄《けい》はなんの学を修め、なんの術を得て、この域に至れるや。書を開きてこれを読まば、庶人も公卿たるべく、師に就きてこれを学ばば、白痴も碩儒《せきじゆ》たるべし」と書き、「余の初め東都に来《きた》るや、友を求むること数年、いまだ一人をも得ず。吾が兄を知るに及んで、すなわちひそかに期するところあり」との返事を記しました。(21) 新しい文体を模索する試みでもあった子規の詩文集『七草集』は、漱石の『木屑録』の誕生と二人の交友の深まりの機縁ともなっていたのです。

注目したいのは、『ひとびとの跫音』で「子規は書くことが好きであった」と記し、「その表現欲はどうにもとめどがなかった」と書いた司馬氏が、「このことについては、学生時代、友人の漱石が、／『おまえ、そのやたらと書く癖をなんとか矯められないのか』という意味のことを、真顔で、しかし多少のユーモアをこめて忠告している手紙がのこっている」と記して、次のような箇所を引用していることとです（上・「律のこと」）。

「『御前の如く朝から晩まで書き続けにては此 Idea を養ふ余地なからんかと掛念仕る也。勿論書くのが楽（註・たのしみ）なら無理によせと申訳にはあらねど、毎日毎晩書て〳〵書き続けたりとて小供の手習と同じことにて、此 original idea が草紙の内から霊現する訳にもあるまじ』（注・原文は句読点なし）」。

漱石が明治二二年一二月三一日に書いたこの手紙で指摘していたのは、子規が筆の勢いに任せて書き続けていた随筆集『筆まか勢（「筆任勢」「筆まかせ」とも記す）』（明治一七年〜二五年、全四篇）」』のことです。

大岡信氏はこの随筆集について「その最初期の文業としてきわめて重要な意味と価値をもつ」と位置づけています、実際、大岡氏が指摘しているように子規は「漱石の初期文業の中で重要な位置を占める漢文による房総紀行『木屑録』の抜き書きや、それに対する熱烈な讃辞と驚嘆をも、実にまめやかに書き記している」だけでなく、「しばしばきわめて長文に及ぶ友人の手紙、しかも、時には自分自身に対する痛烈な批評をも含んでいる手紙を一字一句はぶくことなく筆写して」いたのです。(22)

「漱石の子規あての手紙は、明治二十二年五月十三日付の第一信から始まり、明治三十四年十二月十八日付ロンドンよりの第六十三信に至る六十三通である」と記した大岡信氏はこう続けています。「この数は偉とするに足りる。というのも、それらの書簡は一通としてありきたりの時候の挨拶などに終始するものでなく、しばしばきわめて真剣な議論や忠告を、諧謔《かいぎゃく》やいたわりでそっとくるみ込んでいる手紙だからである」。

一二月三一日付けの手紙でも子規の健康を案じた漱石は「伏して願はくは（雑談《ぞうだん》にあらず）御前少しく手習をやめて余暇を以《もつ》て読書に力を費し給へよ」と続けていました(23)。

一方、司馬氏は子規の「やたらと書く癖」について、しかし「結果としてはそのほうがよかった」と評価していますが、これから見ていくようにそのことは子規の観察力と文章力を高めることになったのです。

八、「時代の後ろ盾」――子規の退寮事件

長編小説『坂の上の雲』では、喀血をした後の子規について、「人一倍疲れやすいからだをもっていながら明治二十年ごろからベースボールに熱中し、仲間を組んではほうぼうで試合をしたりした。…中略…いずれにせよ、子規はこの喀血後十日ほどして様子がよくなるともう寄宿舎の門前の路上で球を投げたりした」と書き、「やはり天性の楽天家なのかもしれない」と記されています。

ここで「ベースボールに『野球』という日本語をあたえたのは」子規であったと河東碧梧桐などがしきりに書いていることを紹介した司馬氏は、松山に帰郷した際に、漢文の恩師である河東静渓を訪ねた子規が「日本文学における俳諧と和歌の位置について論じはじめ、そういう研究が

いままでなされていないことは日本国の恥ですから私がそれをやります」と語ったと記しています。そして、まだ中学生だった碧梧桐が「そういう子規の姿をあこがれと畏敬をこめて部屋の片すみからながめている」と描写した司馬氏は、子規が退去したあとで静渓が「『渠《かれ》二十三歳、然レドモ博識、吾輩ノ及ブトコロニアラザルナリ』／と日記に書いている」と続けています。

野球に熱中した子規が後に「若人のすなる遊びはさわにあれどベースボールに如《し》く者はあらじ」などの歌を詠んでいることはよく知られていますが、俳句との関連で注目したいのは、松山に帰省した子規が中学校の同窓生二人の見舞いを受けると、病気にもかかわらずに野球をやろうと提案したというエピソードを描いた司馬氏がこう続けていたことです。

「宗匠役の者がその運座のお膳だてをし、題を出し、ふんいきをもりあげ、やがて選をし、たがいに論評をしあって歓談する。そういう同気相集《あいつど》うたサロンのなかからできあがってゆく文芸であり、この形式ほど子規の性格や才質にぴったり適《あ》ったものはない」（一・「ほととぎす」）。

常磐会の寄宿舎でも子規が催す句会には多くの給費生たちが参加するようになるのですが、そのために子規は思いがけぬ災難に遭遇します。『坂の上の雲』の「日清戦争」と題した章の冒頭で司馬氏は、佃一予《つくだかずまさ》をリーダーとする「非文学党」といえるような一派によって子規が激しく攻撃され、明治二四年に寄宿舎から退寮させられたという出来事を描いています。

「正岡は、毒をまきちらしている」と佃たちが非難したことについて、「毒とは結核菌のことではなく、俳句・短歌のこと」であると指摘した司馬氏は、この当時の日本では「青年はすべからく大臣や大将、博士にならねばならず、そういう『大志』にむかって勉強することが疑いもなく正義とされていた」とし、そのような時代にあって「正岡に与《くみ》する者はわが郷党をほろぼす者ぞ」と語った「個一予の正義は、時代の後ろ盾をもっている」と説明しています（一・「日清戦争」）。

東京帝国大学を卒業したあとでは内務省の官吏となっていた個が非難したという噂は松山にまでひびいていたので、子弟が勉学のために上京する際には「正岡のノボルさんらには接近せぬようにおしよ」と戒められるということも起きたのです。このことを記した研究者の末延芳晴氏は、子規が「自分のやつてゐる俳句は国民文学としてぜひ研究せねばならぬ実に立派なものである、やめるどころではない、今後一層盛んに鼓吹するつもりだ」と後に松山で『ほととぎす』を発行することになる柳原極堂に語っていたことを紹介しています。(24)

俳句を「国民文学」と捉えた子規の見方に関連して注目したいのは、子規の健康への思いやりに満ちた温かい内容の手紙を送っていた漱石が、「読売新聞」に掲載された「明治豪傑譚」を士族出身の子規が気節論で高く評価したことに対し、返事によっては絶交をも辞さないような激しい文言を連ねた六千数百字にも及ぶ長文の手紙をこの年の一一月（七日）に書き、「四民平等」の視点から次のような厳しい批判をしていることです。(25)

小生元来大兄を以《もっ》て吾が朋友中一見識を有し自己の定見に由《よ》つて人生の航路に舵《かじ》をとるものと信じ居《おり》候　其《その》信じきりたる朋友がかかる小供だましの小冊子を以て気節の手本にせよとてわざわざ恵投せられたるは…中略…君の議論は工商の子たるが故に気節なしとて四民の階

級を以て人間の尊卑を分たんかの如《ごと》くに聞《きこ》ゆ　君何が故かかる貴族的の言語を吐くや君若《も》し
かく云はば吾之《これ》に抗して工商の肩を持たんと欲す

この厳しい手紙に対して子規が三日後に無礼を謝す手紙を出していることを紹介した研究者の中村文雄氏は、「それでも喧嘩別れしないところに、二人の切磋の道があった」と書いています。(26)この手紙が書かれたのは明治二四年のことでしたが、「佃一予の正義は、時代の後ろ盾をもっている」という文章に注目しながら年表を調べると、この前年に渙発されていた「教育勅語」の天皇の御名・御璽に対してキリスト教の信者であった第一高等学校教師の内村鑑三が少ししか頭を下げなかったことが問題とされたいわゆる「不敬事件」がこの年の一月には起きていたのです。このことがマスコミによってひろまったために、内村は「国賊」という「レッテル」を貼られて疲弊して肺炎にかかり、つききりで看病にあたった新妻は病死し、彼も退職を余儀なくされることとなっていました。

内務官僚となった佃一予たちなどから激しく攻撃された子規が、寄宿舎から追い出されただけでなく、「常磐会給費生という名簿からも削られてしまった」という事件もこのような時代背景とも深く関わっていたのです。

このことに気づいたとき、なぜ司馬氏が長編小説『坂の上の雲』を書き終えたあとで、時代を再び遡って「征韓論」に沸騰した時期から西南戦争の終結までを、「内務省」の設置や「新聞紙条例」の発布などの問題をとおして描いているかが理解できました。

寄宿舎を退寮した子規はその後、大学も中退して新聞社で働くことになりますが、大日本帝国憲法が発布された日に発刊された陸羯南の新聞『日本』と子規との関係をきちんと把握するためにも、『坂の上の雲』の筋からは離れますが、次章では長編小説『翔ぶが如く』において「近代化」の問題がどのように描かれているかを考察するとともに、「憲法」の発布と「教育勅語」の渙発に至る西南戦争以降の流れも概観することにします。そのことにより、「栄達をすてて」も「文学」を選んだ子規や漱石の創作活動の意義にも迫ることができるでしょう。

注

（1）『子規全集』第一〇巻、三九頁。
（2）『子規全集』第一〇巻、七二二頁。
（3）『子規全集』第一〇巻、一七頁。
（4）久保田正文「『筆まかせ』について」『子規全集』第一〇巻、七五三頁。
（5）『子規全集』第一〇巻、二四頁。
（6）『福沢諭吉選集』第七巻、岩波書店、一九八一年、二〇九頁。
（7）司馬遼太郎『「昭和」という国家』日本放送出版協会（ＮＨＫ出版）、一九九八年、一三三、一六〇頁。
（8）『福沢諭吉選集』第七巻、二一二～二一四頁。

(9)『内村鑑三全集』第五巻、岩波書店、三九五~三九六頁。
(10)『福沢諭吉選集』第七巻、岩波書店、一九八一年、五七~五九頁。
(11)竹田美喜「真之の子規宛はがき二枚 エルトゥールル号遭難事件始末」『坂の上の雲ミュージアム通信「小日本」』第五号、二〇〇九年、一四~一五頁。
(12)『福沢諭吉選集』第四巻、岩波書店、一九八一年、二九一~二九八頁。
(13)倉持俊一「クリミア戦争」『世界大百科事典』第八巻、平凡社、一九八八年、一八二頁。
(14)和田春樹『テロルと改革 アレクサンドル二世暗殺前後』山川出版社、二〇〇五年、一九六頁。
(15)司馬遼太郎『幕末』文春文庫(初出は『オール読物』一九六三年一月~一二月。初出時の題名は「幕末暗殺史」)。
(16)司馬遼太郎『本郷界隈』(『街道をゆく』第三七巻)朝日文芸文庫、一九九六年、一六一~一六三頁。
(17)『子規全集』第九巻、二九六頁(ルビを補った)。
(18)正岡子規「往復書簡」『子規と漱石』(『子規選集』第九巻)増進会出版社、二〇〇二年、一五二頁。
(19)正岡子規「『七草集』評」、前掲書『子規と漱石』、三〇~三一頁。
(20)坪内稔典『正岡子規の〈楽しむ力〉』NHK出版 生活人新書、二〇〇九年、一〇〇~一〇二頁。
(21)正岡子規「『木屑録』評」、前掲書『子規と漱石』、六三~六四頁。
(22)大岡信「手紙が思想を語り合った時代」、前掲書『子規と漱石』、三九四~三九五頁。
(23)正岡子規「往復書簡」、前掲書『子規と漱石』、一六一頁。

(24) 末延芳晴『正岡子規、従軍す』平凡社、二〇一〇年、九二～九六頁。
(25) 正岡子規「往復書簡」、前掲書『子規と漱石』、二〇七～二〇九頁。
(26) 中村文雄『漱石と子規　漱石と修――大逆事件をめぐって』和泉書院、二〇〇二年、二一七～二一八頁。

第三章　「文明」のモデルを求めて
――「岩倉使節団」から「西南戦争」へ

一、『翔ぶが如く』――「明治国家の基礎」の考察

長編小説『坂の上の雲』では主人公の一人の秋山好古や子規の叔父の加藤拓川などフランスに留学した若者や、アメリカに留学した秋山真之とその友人でロシアに留学した広瀬武夫、そしてイギリスに留学した夏目漱石など多くの若者の眼をとおして当時の世界が描かれています。それゆえ、司馬氏は昭和四七年（一九七二）八月に書いたこの長編小説の「あとがき」で、「書き終えてみると、私などの知らなかった異種の文明世界を経めぐって長い旅をしてきたような、名状しがたい疲労と昂奮が心身に残った」と書いていました。

その司馬氏が時代を再び遡って、米欧に派遣されたさまざまな使節団や留学生の観察などをとおして、「新しい国家像」のモデルの模索が真剣になされていた日本における近代化の問題が深く考察された長編小説『翔ぶが如く』の連載を毎日新聞で始めたのは、昭和四七年一月のことで

した。

『坂の上の雲』を執筆する際に用いたメモの一部に、『翔ぶが如く』を構想するメモが書かれていたこと」を明らかにした司馬遼太郎記念館の上村洋行館長は、このメモを司馬氏が両大作をほぼ同時に構想していたことを示す「貴重な資料」と紹介しています(1)。

長編小説『翔ぶが如く』では「征韓論」論争から明治六年に設置された「内務省」や明治八年の新聞紙条例と讒謗律《ざんぼうりつ》を経て、西南戦争に至る流れが克明に描かれているのですが、注目したいのは「書きおえて」と題された文章で広い歴史的な知識を有する司馬氏が、次のように書いていたことです(2)。


私は、維新から明治十年までのことに昏《くら》かった。かつては西南戦争以後に明治国家の基礎が成立すると思っていたが、まったくの思いちがいであった。「官」そのものも、またその思想も、あるいはそれに対する在野意識も、さらには「官」にあらざる者達の側の持つすべても、それらの基礎が明治十年までにできあがってしまっているような気がしている。


この短い文章から受けた衝撃を今でも覚えていますが、この記述は『坂の上の雲』を読者に正確に理解してもらうためには、「明治国家の基礎が成立する」明治一〇年までの出来事をきちんと描くことが必要だったと司馬氏が考えていた可能性が強いことを示唆していると思われます。

本章では『坂の上の雲』のテーマとの関わりに絞って『翔ぶが如く』を考察したいと思います

が、この作品も単行本で全七冊、文庫本で一〇冊からなる長編であるばかりでなく、「歴史はあたかも坂の上から巨岩をころがしたようにはげしく動こうとしている」と描かれているように、「征韓論」から西南戦争に至る非常に重たい時期が描かれています。

それゆえ、この時期の出来事を深く把握することは、西南戦争がこれから始まろうとする時期になぜ秋山好古が教員を辞めて士官学校に入校したのかということや、親友の陸羯南などとともに司法省法学校を退学になった加藤拓川が、なぜ明治一二年（一八七九）に中江兆民の仏学塾に入塾したのかを理解することにもつながるでしょう。

さらに、『翔ぶが如く』の流れと主要なテーマを確認することは、寄宿舎からの退寮を余儀なくされた正岡子規が、なぜ叔父の親友である陸羯南の新聞『日本』の記者の道を選ぶようになったのかを考える上でも重要だと思われます。

二、「征韓論」――「呪術性をもった」外交

『翔ぶが如く』の冒頭では「岩倉使節団」が派遣された翌年の明治五年九月に、司法卿・江藤新平の先遣隊として「警察制度の視察と研究」のために渡欧した川路利良《としなが》の観察が活き活きと描かれています。

しかし、ナポレオン一世のときに創られたフランスの警察制度を学んだ川路が、ヨーロッパでの一年間の視察を終えて帰国した頃、日本は「朝野を問わず征韓論で沸騰して」いたのです。司

馬氏は同行していた元幕府の士官でのちにジャーナリストとして高名を馳せることになる沼間守一に「時勢という悍馬には手綱がないのが特徴だ。時勢そのものがくたびれきってしまうまでその暴走をやめない」が、「英雄ほど悍馬にのせられる。英雄とは時勢の悍馬の騎乗者のことをいう」と語らせ、さらに薩摩の下級武士である郷士出身の川路の未来をこう予言させていました（一・「東京」）。

「君は警吏である前に薩人ではないか。しかも、君は西郷にひきたてられることによって新政府の錦衣《きんい》を着た男ではないか。君は薩人として業火《ごうか》に煮られるだろう」。

そして、薩摩の慣習に従うならば、まず「同郷の先輩」である西郷のところに報告に行くべきだった川路が、最初に直属の上司である司法卿の江藤新平に帰国の報告をして、「司法警察」とは別に内務省を設置し、内務卿を「全国行政警察の長」とすべきとする意見書を出したことに注意を促した司馬氏は、「新しい帝都において三千人のポリスをにぎっている」川路の重要性を示唆していたのです（一・「鍛冶橋」）。

その後で描かれている大久保利通との会見では、「大久保は川路からいわれるまでもなく、警察は内務省がにぎるべきであると思っており、さらには内務省こそ政府そのものであるという思想をもつにいたっている」と描かれ、さらに、ドイツの法学者シュタインから、英仏よりも遅れていたドイツでは「地方自治制を確立して十数年後にはじめて憲法が発布された」ことを例にあげて、「日本は憲法発布をいそぐ必要はない」と説明されたことが記されています（一・「鍛冶橋」）。

この二人への帰国報告の後で、ようやく川路は西郷が「書生同然の姿」で住んでいた日本橋小網町の旧武家屋敷に行き、幕末には「人斬り半次郎」と恐れられていた同じく下級武士である郷士出身の桐野利秋との緊迫した対面をすることになります。西郷が選り抜いたのがこの二人であり、「西郷は桐野を陸軍少将にして近衛兵をひきいさせ、川路に対してはのちの呼称でいう大警視にし、警察をひきいさせて東京の治安を担当させた」と記し、「近衛軍が薩摩の城下士上士で構成された」のに対し、警察官のうち二千人は薩摩の郷士で構成されていたと説明した司馬氏は、「征韓論」をめぐって激しく対立することになる二人の見解の違いをこう描いています。

桐野が若い薩摩系の将校をあつめては、「俺《おい》に二個大隊貸せ、釜山《ふざん》の岸に船を着け、鶏林八道《けいりんはちどう》（朝鮮の異称）をまっしぐらに突きすすんで朝鮮王を謝《あやま》らせて見する」と豪語したのに対し、川路は朝鮮に兵を送れば、「世界の列強は朝鮮に義侠《ぎきょう》的加担をするという名目を見出してえたりや応と日本を軍事的に潰しにかかるだろう」と考えます。「ヨーロッパの文明と実体を見てきた」川路は、「列強とはいままでそのでんで植民地をふやしてきた」ことを知っていたのです。

注目したいのはこの後で司馬氏が自国の側からだけでなく、「朝鮮からみれば日本は奇妙な国というほかない」と書き、「ほんのこのあいだまで尊王攘夷《じょうい》という非現実的スローガンをかかげて革命勢力が幕府を突きあげていたはずであるのに、その革命勢力が明治政府をつくるや掌《たなごころ》をひるがえしたように開国をいそいそとやってのけ、さらには、／——貴国も開国せよ。／と、余計な忠告の国使を朝鮮へ送りつけてきたのである」と続けていることです（一・「鍛冶橋」）。

ことに、ヨーロッパでは「外交は一国の利害で割りきられた政治技術の範囲を出ることがない」が、「孤絶した環境にある日本においては、外交は利害計算の技術よりも、多分に呪術性もしくは魔術性をもったものであった」という指摘は、残念ながら、この時期の日本の外交ばかりではなく、現在に至るまでの日本の外交についてもあてはまるようです（一・「情念」）。

司馬氏はここで、「文禄・慶長の役」を行った時期の豊臣秀吉には「すでに精神病理学の対象ともいうべき自己肥大の妄想傾向が濃厚であった」が、「加害者である日本側はその後朝鮮国とその民族を知ろうとする努力を怠った」ために、桐野利秋など「多くの壮士的征韓論者は、秀吉の無知の段階からすこしも出ていなかった」ことを指摘していました。さらに、萩の乱を起こした前原一誠が「神功皇后陛下の三韓を征し給ふ。豊太閤の又之に継《つづ》くや、共に皆、其《そ》の不逞《ふてい》を責むるに在り」と書いていることを紹介した第六巻の「密偵」の章で司馬氏は、この文章は「明治維新が書生の革命だったことの一面をよくあらわしている」と書いて彼らの歴史認識を厳しく批判しているのです。

「征韓論」を唱えた西郷がこの時期に置かれていた苦しい状況については様々な場面で描かれていますが、そこに踏み込むと複雑になるのでここでは江藤新平を主人公とした『歳月』においては、「全国三百万人といわれる没落士族を救う道」は外征以外にはないと考えていた西郷が、六月一二日の廟議では「いきなり出兵などは礼なきこと」で、「大使たる者は軍をひきいるどころか、身に一寸の武器を帯びず、あくまでも文明の使いとして京城に乗りこむべきである」とも語ったと描かれていたことを指摘しておきます（下・「征韓の一件」）。

『翔ぶが如く』でも司馬氏は「西郷の征韓論は、巨視的にいえば維新という革命の朝鮮への輸出といえるものかもしれない。／フランス革命は、本来、フランス一国にとどまるべきものであった。しかし王政の桎梏《しっこく》から解き放たれたフランス人民には、自分たちがかち得た権利を隣国にも普及させたいという願望が潜在的にあったにちがいない」と説明して革命とフランスのナショナリズムとの関係にも言及しています（三・「分裂」）。

この長編小説では「征韓論」についても、単に日本と韓国の視点からだけでなく、ヨーロッパをも視野にいれた広い視野から描かれていたのです。

三、「文明史の潮合《しおあい》」に立つ

『坂の上の雲』ではピョートル大帝による「西欧文明の見学旅行」と比較しながら、「日本の維新当時によく似たことがある」と書き、「岩倉具視を首領にした大見学団がそれで」あると記されていました（二・「列強」）。政府の実力者からなる使節団・四六名と随従・一五名の岩倉使節団が、二年近い歳月をかけて米欧一二か国を回覧する旅へと出発したのは、明治四年（一八七一）のことでした。

『翔ぶが如く』ではこの使節団の全貌は描かれてはいませんが、鉄血宰相と呼ばれたドイツ帝国のビスマルクとの会見から受けた副使の木戸孝允と大蔵卿の大久保利通の全く異なる印象が詳しく描かれており、「明治憲法」の発布に際して大きな役割を演じることになる伊藤博文にも言及されているのです。

「幕末以降の条約締盟国への国書の捧呈」と「条約改正の予備交渉」という二つの目的の他にも、

「各国の近代的な制度・文物の調査・研究」という目的を持っていたこの使節団は、帰国後には歴史家の久米邦武編修により、全一〇〇巻・五編五冊の『特命全権大使　米欧回覧実記』を刊行していたのです(3)。

このことを指摘した近代史家の田中彰氏は、この本の内容が、「一種のエンサイクロペディアとさえいえる」ような広がりを持っているだけでなく、「その考察は具象的なものから抽象的、原理的なものへと及び、東西文明比較論でもある」と指摘しています(4)。

さらに、この使節団には日露戦争の和平交渉で大きな働きをすることになる金子堅太郎や後に大山巌の後妻となる山川捨松など四二名の留学生も参加していましたが、その一人が一八六五年に一九歳で藩の留学生として長崎で英学と仏学を学び、フランスからの帰国後には仏学塾を開くことになる中江兆民（篤介、一八四七～一九〇一）だったのです。

ロシアのピョートル大帝は首都ペテルブルグの建設に際しては、灌漑技術の発展したオランダをモデルにしつつも、海軍はオランダではなくイギリスをモデルにしていました。司馬氏は『オランダ紀行』（『街道をゆく』第三五巻）で、オランダでは自ら船大工として働いていたことで、イギリスの「造船所で働いたり、艦船を見たりするうち、どうやら英国のほうが上だと気づいた」と書き、「ピョートルはそういう潮境を見た」と記しています(5)。

興味深いのは、司馬氏が同じようなオランダからイギリスへの「潮境」を見た人物として福沢諭吉（一八三四～一九〇一）を挙げていることです。緒方洪庵の高弟・村田蔵六（大村益次郎）を主人公とした長編小説『花神』（一九六九～七一）においては、福沢諭吉が横浜の居留地を訪れた際に、看板が英語もしくはフランス語で書かれていたために、「その文字が一字も読めなかった」ことの衝撃が次のように書かれています。

「九州の中津の田舎者である福沢はおもった。田舎者のとりえは、外界に出てきたとき見るもののすべてが驚きであるということであった。精神の躍動というのはおどろきからうまれるものであろう。福沢という、この文明に対して稀代の感受性をもった人物は、横浜で仰天することによって、横浜というほんの小さな一角から、世界を想像することができた」。

司馬氏は「この時期の福沢諭吉という青年はおおげさにいえば日本の文明史の潮合《しおあい》に立っていたといっていい。『蘭学の窓は小さい、英学の窓は大きい』と、福沢はおもった」と続けています（上・「麻布屋敷」）。

福沢の参加した「明六社」については、「讒謗律《ざんぼうりつ》」との関わりで第三節で考察することにしますが、文明史家としての司馬氏の視野の広さと理解の深さは、岩倉使節団も普仏戦争後のヨーロッパにおける新しい「文明史の潮合」を見ることになったことを『翔ぶが如く』で確認していることでしょう。

「鍛冶橋」の章では、普仏戦争後に渡欧した川路利良が、「プロシアの勝利も、プロシアがナポレオン方式の警察を導入したおかげである」と特記していたことに注意が促されています。さらに、鉄血宰相と呼ばれたドイツ帝国のビスマルクが、岩倉使節団との会見で「余が少年のころはプロシアはじつに貧弱な国であった。長じて余は列強の暴慢を知るにおよび、怒りをおぼえた」と語り、「侵略国とは英仏のことである。かれらは海外に植民地をむさぼり、しきりに強奪政策をおこなっている。わがゲルマン国は海外への野望はいっさいもたない」と明言したと司馬氏は描いています（一・「小さな国」）。

それゆえ、ビスマルクのこのような言葉から「日本のような小国でも、こんにちのドイツ国のように列強に伍しうる」ことを知った大久保利通は、「プロシア風の政体をとり入れ、内務省を創設し、内務省のもつ行政警察力を中心として官の絶対的威権を確立しようとした」のです（二・「好転」）。

『翔ぶが如く』では西郷隆盛の従弟で日清・日露戦争で活躍することになる大山巌が、普仏戦争の際に観戦武官として派遣されてドイツ側に従軍し、「胸壁は七重で、備砲は四千余門」もあった「メッツの大要塞《だいようさい》が陥《お》ちるとすぐにその戦跡を見学し」て、「両軍の死傷は約十万」も出た「この攻防戦の惨烈さにも思うところが多かった」とも記されています（一・「征韓論」）。

司馬氏は大山が山県有朋あてに出した手紙で、プロシアが「ヨーロッパのいかなる小国（たとえばスイス）の士官学校にも」、「留学生を最低七、八人は送っている」のに対して、フランスは「自国の勇を頼みて他を知らず、つまるところ今日の敗を取る」と分析し、比較という方法を排した「フランスの中華思想」を指摘していたと描いています。

さらに「スイスは日本の九州ほどの一小国であるが、大国の間にあって確固たる独立をとなえているのは奇とすべきである」とした大山は、その理由を「なぜといへば、ただ国人（スイス人）の勉強にあり」と高く評価していました。このことについて、司馬氏は「大山は極東の小さな母国とおもいあわせてスイスにはよほど感動したらしい。こういう大山が、対アジア戦を展開しようという征韓論に加担しなかったのは当然だったかもしれない」と記しているのです（一・「征韓論」）。

「日本近代国家創出のモデル選択肢を求めて米欧十二か国を回覧した」岩倉使節団の報告書『特命全権大使米欧回覧実記』を校閲した近代史家の田中彰氏は、ここでは大国ばかりでなく、「小国をつぶさに視察し、叙述している」ことに注意を促して、「一行は、小国が十九世紀七十年代の弱肉強食の国際政治のなかで、なぜ独立や中立を保ちえているのかに関心をもち、その典型をスイスにみた」とし、「此国ノ政治ヲ協定スルヤ、唯三章ノ目的アルノミ、自国ノ権利ヲ達シ、他国ノ権利ヲ妨ケス、他ノ妨ケヲ防ク是ナリ」と書かれていることを紹介しています(6)。

そして田中氏は、「そこには選択肢のひとつとしての小国」に対する考察があったが、「明治政府の選んだ道は、小国から大国へのプロシアの路（ドイツ帝国）であった」と結んでいます(7)。

こうして日本もプロシアと同じような形で「富国強兵」の路を歩むことになるのですが、『米欧回覧実記』をも視野に入れるとき、『翔ぶが如く』における大山巌のスイス留学とその国際的な視野の形成についての描写は、いっそう興味深いと思われます。なぜならば、大山巌はスイスのジュネーブで亡命ロシア人のメーチニコフとフランス語と日本語の交換教授を行っていたばかりでなく、岩倉使節団を迎える際にも亡命者の彼を伴っており、後には彼を東京外国語学校のロシア語教師として推薦していたからです(8)。

四、ポーランドへの視線とロシア帝国と日本の比較

注目したいのは、「国際公法というものがあってもそれは列強の都合で存在するものである」と語ったビスマルクに対して、幕末に坂本竜馬と共に活躍した木戸孝允（桂小五郎）が鋭い質問を発していたと描かれていることです。

司馬氏はその理由を「列強が東洋侵略をするという危機意識のなかからかれの国家設計を成立させた」坂本竜馬は、「国際公法を発見するにおよんで、／『文明とはこれだ』／と大いによろこび」、「海援隊でこの国際公法を翻訳出版しようとさえした」と説明しています（一・「小さな国」）。

それゆえ、木戸孝允が「欧州から帰ったあと憲政政治を主唱」したことに注意を促した司馬氏は、「明治初年では一顧もされず、のちに自由民権運動をおこす板垣退助でさえこの時期はその点に無知であった。憲政が実現するのは明治二十二年の憲法発布以後であることをおもうと木戸の政治思想の斬新さがわかるであろう」と結んでいるのです（二・「風雨」）。

『坂の上の雲』との関連で興味深いのは、米欧の視察後にはわざわざポーランド経由で帰国した木戸孝允が、「ポーランドがほろんだ原因の底の底を討《たず》ねれば」一つに帰すとし、それは「国家に憲法がなく、人民に権利がなかったから」であると、「自由民権運動のケムリも立っていないこの明治六年においてすでに言っている」と記されていることです（一・「小さな国」）。

カトリック国のポーランドとギリシャ正教を受容していたロシアとの関係は複雑で、一七世紀にはポーランドの方が優勢になったこともあるなど力関係には変化もあったのですが、エカテリーナ二世の時代にポーランドはロシアとプロシアおよびオーストリアの三国により分割されていました。

それゆえポーランド軍は国土の回復を願って、ナポレオンによる一八一二年のロシア侵攻に際しては、「大陸軍」と称される当時の多国籍軍の先頭にたってロシア軍とも戦ったのですが、この戦いでナポレオンが大敗を喫するとウィーン会議でロシア帝国に併合されました。その後も引き締めは徐々に厳しくなって、日露戦争の頃にはロシア語を話すことを強いられるようになっていたのです。

司馬氏は『坂の上の雲』第二巻の「列強」の章で、「朝鮮を通じて大陸文化を受容した」日本が、「この日露戦争のあと、日韓併合というものをやってしまい、両国の関係に悲惨な歴史をつくった」と書くとともに、「西方のゲルマン文化を東方のロシアにうけわたす役割をした」ポーランドをロシア帝国が併合したこととの類似性を指摘していましたが、このような視点は木戸孝允の観察を踏まえていたといえるでしょう。

しかも、『坂の上の雲』の「遼陽」の章で「一つの人種もしくは民族あるいは国家が、他のものに対して圧迫をくわえたときにおこる反撥ほどすさまじいものはない」と記した司馬氏はより具体的に、「かつてポーランド王国のあったこの地域はいまはロシア帝国の一州にされ、その青年は徴兵されて満州の野で日本軍と戦っている」と説明し、フィンランドも「ロシア語をもって公用語」とさせられ、日露戦争がはじまる前年には、「フィンランド憲法」を停止させられ、「ロシア帝国の任命による総督の独裁下」におかれたので、戦争が始まった年に、ロシア人の総督ボブリコフが暗殺されていたとも記していました。

こうして、日露戦争の時期には「これらロシアの衛星圏には不平党、独立党が精力的な地下工作をつづけており、ロシア本土にも、帝政の矛盾と圧政のなかから革命運動家が年々続出して」いたのです（三・「遼陽」）。

このようなロシア帝国と周辺国との関係を視野に入れた上で、司馬氏は「西洋流の憲法という言葉はまだ日本語として成立していなかった」ために、木戸が憲法について「政規」という言葉をつかいながら、「政規は万機の根本たれば」と述べ、「根本であるがゆえに、民法、刑法、商法など『一切の根葉』はことごとくここから出てここにもどる」とその報告書において筆をつくして記し、さらに「やがては議会制度にもってゆかねばならないが、それまでは政府の聡明な指導力をもって人民を教育し、かれらの品位を参政権を得せしめるまで高めてゆく」必要性も記していたことを紹介しているのです（『翔ぶが如く』一・「小さな国」）。

一方、木戸孝允と全く対照的に描かれているのが、旧長州藩出身の山県有朋です。フランス革命時の「フランス革命の闘士」でありながらも、利権で私腹を肥やし、さらには「王政の復活のために暗躍」したタレーランと比較しながら「山県も似ている」と記して旧奇兵隊出身の政商から莫大な賄賂を受け取った山城屋事件にふれた司馬氏はこう続けています。

「『国家を護らねばならない』／と山県は言いつづけたが、実際には薩長閥をまもるためであり、そのために天皇への絶対的忠誠心を国民に要求した。…中略…／大久保の死から数年あとに山県が内務卿（のち内務大臣）になり、大久保の絶対主義を仕上げるとともに大久保も考えなかった貴族制度をつくるのである。明治十七年のことである。華族という呼称をつくった」（二・「好転」）。

この後で、「明治憲法」の発布の前に「軍人勅諭」が渙発された問題にも言及されていますが、それは西南戦争までの流れを考察したあとで分析することとし、ここでは皇族の随行員として明治二九（一八九六）年五月に、ニコライ二世の戴冠式に出席した侯爵山県有朋が激しい衝撃を受けたことが、小説の流れを遮るような形で詳しく考察されていることに注目したいと思います。少し長くなりますが、重要な箇所なので引用しておきます。

金色燦然《こんじきさんぜん》としたギリシャ正教の宗教的荘厳美と、数万の貴族にとりかこまれてその頂点に位置し、さらには重厚な武器と金モールに飾られた近衛軍を従えたロシア皇帝というのは、広大なロシアの国土を征服した征服者の子孫で、国内の百種類ばかりの人種を宗教と法律で支配し、さらには巨億の富を生む帝室の領地をもち、その領地の農民を農奴《のうど》として使っている唯一人《ゆいいつにん》であった。政治的には専制権をもち、内閣があっても名ばかりで側近という程度にすぎない。

このロシア皇帝の神聖を荘厳《しょうごん》しているすべての美術的あるいは演劇的構成からみれば、日本の天皇は安っぽすぎた。

山県は帰国後、天皇をロシア皇帝のごとく荘厳すべく画期的な改造を加えている。歴史からみれば愚かな男であったとしかおもえない。ニコライ二世はロシア革命で殺される帝であり、この帝の戴冠式のときにはロシア帝室はロシア的現実から浮きあがってしまっていた時期なのである（二・「好転」）。

重厚な文体で書かれることが多い司馬氏の作品にしては珍しく激しい文体で記されているのは、「事実を描くことの重要性」を訴えた正岡子規を主人公の一人とした『坂の上の雲』が自分の思いとは異なった形で読まれていることに強い危機感を持ったためではないかと私は考えています。司馬氏はこのような記述でもまだ誤解が生まれることを怖れたかのように、一連の考察のあとで次のような激しい文章を叩きつけるように記しているのです。

「日本に貴族をつくって維新を逆行せしめ、天皇を皇帝《ツァーリ》のごとく荘厳し、軍隊を天皇の私兵であるがごとき存在にし、明治憲法を事実上破壊するにいたるのは、山県であった」。

五、「新聞紙条例と讒謗律《ざんぼうりつ》」から「神風連と萩の乱」へ

司馬氏の記述に沿って、歴史をだいぶ先に進んでしまいましたが、『翔ぶが如く』では、大久保利通がプロシア方式の政権運営を目指して明治六年に「内務省」を設立したことが、かえって在野勢力の強い危機感を生んで、『明六雑誌』の発刊などに至ったことや、その批判を封じ込め

るために発布された明治八年の「新聞紙条例」や「讒謗律」の問題点が強い説得力を持って描かれています。

すなわち、「内務省」が設置された明治六年に帰国したのが、幕末の一八六五年（慶応元）に薩摩藩から英国留学を命ぜられてロシアも訪れ、明治三年からは外交官としてアメリカに駐在して西欧における言論の状況に通じていた森有礼《ありのり》でした。

「旧態依然たる明治初年の太政官政府とその世情をみて、絶望的なほどに後進性を感じざるをえなかった」森が、啓蒙運動のための結社「明六社」を始めると、福沢諭吉をはじめ、思想家の西周《あまね》、国法学者で後に帝国大学総長となる加藤弘之、啓蒙思想家の中村正直（敬宇）、統計学の先覚者・杉亨二《こうじ》、洋学者の箕作《みつくり》秋坪《しゅうへい》、フランス法学者・箕作麟祥、法学者の津田真道《まみち》、そして教育家・西村茂樹など多くの旧幕府の洋学者たちが参加したのです。

明六社の機関誌『明六雑誌』が「創刊の明治七年以来、毎月二回か三回発行されたが、初年度は毎号平均三千二百五部売れたという。明治初年の読書人口からいえば、驚異的な売れゆきといっていい」と書いた司馬氏は、明治八年に福沢諭吉が「三田に演説館をひらき、聴講を一般に公開」すると、土佐の自由民権思想家の植木枝盛も「しきりに明六社と三田の演説会を聴講している」と続けています（『翔ぶが如く』五・「明治八年・東京」）。

興味深いのは、「征韓論から台湾へ従軍するまで」は、「多分に文学的な気分での領土拡張論者であったように思われる」熊本の民権論者・宮崎八郎との出会いをとおして、明治七年にフランスから帰国して仏学塾を開き、ルソーの『民約論』を翻訳した中江兆民のことが描かれていることです。

ただ、かれらの出会いを見る前に、明治七年に江藤が起こした佐賀の乱とそれに続く台湾出兵がどのように描かれているかを簡単に見ておきます。

山県の汚職を徹底的に追及していた司法卿の江藤が征韓論に敗れて下野し、明治七年(一八七四)二月に起こした佐賀の乱の鎮圧のために派遣された大久保利通が、「死刑をふくむ司法権まで閣議から委譲され」、「古代王のような全権」を持ったことを指摘した司馬氏は、「この権力は、東京政権の権力より強く、やがてはこの権力的気分が、明治国家の伝統になってゆくといっていい」と続けていました(三・「分裂」)。

日本人の殺害に端を発し、この年の五月に行われた台湾出兵をとおしてこの問題はより深く考察されています。すなわち、西郷従道は太政大臣三条実美からの中止命令が届いたにもかかわらず、「勅を奉じている」という理由で軍隊の一部を出発させていたのですが、それを知った大久保利通も「この外征を国内的にも公告することがなかった。さらに国際的にも、各国の外交筋に通牒《つうちょう》することとすらしなかった」のです(四・「長崎・台湾」)。

「『西郷とその同調集団がよろこぶであろう』/という、子供だましのような動機から/この異常な外征が企てられた」としたのである」と書いた司馬氏は、「勅命さえ手に入れれば公的な正義が成立するという、政治的論理を超越した奇妙な癖《へき》は幕末、京都で群れていた志士のあいだで一時期流行し、江戸幕府をゆるがしたものであったが、その勅命正義主義というトリックを、東京政府は対外活動の範囲にまで及ぼしてしまったのである」と描いています。

そして、参議の木戸孝允が「せめて国民に報らせよ」と痛烈に批判して辞職してしまったのは当然といっていいと記した司馬氏は、「勅命をひき出した」後で「それを握って軍隊の一部」を動かすというような、「奇術的な軍隊使用のやり方は、のちに体質的なものとして日本国家にあらわれる」ことになり、「ついには太平洋戦争をおこす道をひらいて国家を敗亡させた」と続けているのです。

『翔ぶが如く』では和平交渉のために清国に渡った大久保利通が、英国公使ウェードから「日本は台湾のことはいい加減にきりあげ、むしろ朝鮮に手を着けるほうがよい。それをやるなら、英国は助力を惜しまない」と語られていたことも描かれています。

「後年の日露戦争の外交状況が、すでにこのときに芽を出しているといっていい」ことに注意を促した司馬氏は、「英国の側からいえば、清国における自国の権益をロシアから守るために、日本の壮丁の血液をもってロシアの南下運動をはねのけさせたということになる」と、「大国」との軍事同盟の危険性をここで指摘しているのです（五・「北京の日々」）。

こうして台湾出兵は清国政府から五〇万両の賠償金を得ることで終結したのですが、明治初期の藩閥政治に対する国内の不満はそれで治まることはありませんでした。

西南戦争に至る過程の考察で重要と思われるのは、明治七年六月に設立された鹿児島の「私学校」について、『翔ぶが如く』では「私学校というのは学校を称しつつも、実質的には鹿児島軍団というべきものであった。…中略…この場合の私《し》とは、あくまでも公を正義とする政府の思想と対立するものであり」、「大久保を支軸とする公がすなわち悪であるとみているのである」と説明されていることです（四・「私学校」）。

一方、明治六年の「新聞紙発行条目」だけでは追いつかないほどに、世間の反政府攻撃が喧噪《けんそう》になると、政府は明治八年（一八七五）に「新聞紙条例」（讒謗律）という「反政府的言論に対する弾圧法」を発布しました（五・「明治八年・東京」）。この法律の厳しさについては、大久保利通の暗殺が描かれている第十巻・終章の「紀尾井坂」で安政の大獄の頃の幕府の政策と比較しながら詳しく描かれていますので、少し長くなりますがその箇所を引用しておきます。

――大久保を殺そう。／というふうに島田が決意したのは、飛躍でもなんでもない。殺すという表現以外に自分の政治的信念をあらわす方法が、太政官によってすみずみまで封じられているのである。幕末の志士も、ほとんどのものが口をあわせたように、／『言路洞開』／を幕府に対して要求してきた。野の意見を堂々と公表させよ、あるいは公議の場に持ちこませよ、という意味であり、幕府はそれを極度に封じ、私的に横議する者があっても『浮浪』として捕殺した。幕末における暗殺の頻発は、ひとつには在野を無視したための当然の力学現象ともいえなくなく、幕閣にある者も『言路洞開』の必要を口にした者が多かった。／明治初年の太政官が、旧幕以上の厳格さで在野の口封じをしはじめたのは、明治八年『新聞紙条例』（讒謗律《ざんぼうりつ》）を発布してからめである。これによって、およそ政府を批判する言論は、この条例の中の教唆煽動によってからめとられるか、あるいは国家顚覆論、成法誹毀《ひき》ということでひっかかるか、どちらかの目に遭った。

このような状況下で「讒謗律」に触れることを危惧した福沢諭吉が、『明六雑誌』廃刊の議を出したことに注意を促した司馬氏は中江兆民の仏学塾と比較しつつ、「慶應義塾という印象は、新政府の一面である開化的性格によく適《あ》っていた。福沢諭吉そのひとは政府から超然として、ときには政府とは別個に屹立《きつりつ》する文明的存在のように見られつつも、国権を大きく容認している点で政府の敵とは言えない」と続けています。

このような見方は意外なようにも見えますが、明治五年に出版した『学問のすゝめ』（初編）において、「天理人道に従て互の交を結び、理のためにはアフリカの黒奴にも恐入り」と高らかに記していた福沢諭吉は、明治一一年に書いた『通俗国権論』では「百巻の万国公法は数門の大砲に若かず」とビスマルクと同じような考えを記し、「一国の人心を興起して、全体を感動せしむるも方便は、外戦に若くものはなし」として、「富国強兵」と戦争の必要性を強調するようになっていたのです(9)。

比較という方法を重視した司馬氏は、山県有朋などの保守的な政治家と比較するときには際だって見える福沢の開明性だけでなく、後に見る中江兆民の思想と比較すると浮かび上がる福沢諭吉の保守性をも描いていたのです。

一方、台湾出兵が行われた際には志願兵として参加していた宮崎八郎は、中江兆民の仏学塾で「『民約論』の訳稿だけでなく、兆民自身の口から、座談としてルソーの人間や思想を豊富に」聞いて、「泣いて読む、盧騒《ルソー》民約論」と、「あたかも雷に打たれたような感動」を発したと司馬氏は描いています。

宮崎八郎などにより明治八年に開校された植木学校では、「中江兆民の教えを奉じ、ルソーの『民約論』などを教典として自由民権運動を鼓吹したこと、漢訳の万国公法なども教えた」ことを紹介した司馬氏は、こう続けているのです。

「中江兆民という存在が、十五年前に出ていれば、明治維新という革命に、おそらく世界に共通する普遍性が付与されたに相違ない」（五・「植木学校」）。

中江兆民の思想に影響を受けた宮崎八郎が「協同隊」を組織して西郷軍に参戦することになるのは不思議な気もしますが、それまで農民の代表が務めていた庄屋制度に代わって新しい政府の元で敷かれた「戸長」という制度に対する農民の反撥を司馬氏は次のように記しています。

「まことに、戸長というものほど、太政官国家の体質をばかばかしいほどに象徴しているものはない。／農民が出す民費で養われているにもかかわらず、官が任命し、官の威光を笠に着て君臨しているのである。／『こういうばかなことがあるか』／と肥後の農民はたれもが思っていた。かれらは江戸体制の経験者であった。…中略…江戸期のほうが数段進歩的だったのである」（八・「野の光景」）。

江藤新平が設立した司法省法学校や士官学校でも最初はフランス語が教えられていたのですが、明治八年には「その思想はドイツ風の国権主義」だった明六社・同人の加藤弘之の意見が主軸になって、政府が「官立学校にドイツ語学習をとり入れる方針」をとり始めるようになっていました。司馬氏はその理由を「フランスから輸入された急進民権思想が、若い不平士族の心を魅惑しつつあるのを、ドイツ学によって防ごう」としていたと説明しています（五・「明治八年・東京」）。

ここで注目したいのは、比較文明学者の梅棹忠夫氏が明治の初期にはボアソナードというフランス人の民法学者を雇って、いろいろと法改正の準備をしていた明治政府に対して、君権絶対主義を唱えた憲法学者の穂積八束《やつか》が、「民法出でて忠孝滅ぶ」と反対意見を述べて葬り去ったことにより今の家族制度が出来たことを指摘し、それは「武家の家族制度を模範に組み立てたもので、古来の日本の土俗的、あるいは民衆の持っていた家族制度とはかなり違います」と語って、民衆の伝統を排除した形で成立した日本の近代化に疑問を呈していたことです(10)。

ただ、明治政府の方針に強く反対したのは、民権論者だけではありませんでした。明治九年の三月に「廃刀令」が出されたこともあり、西郷隆盛が立ち上がることを期待してこの年の一〇月には熊本で神風連がまず決起したのです。

司馬氏は、この乱を起こした「神風連が、太政官をきらったのは、太政官が神道を本にせず、洋学を本にしたからである」と説明し、このとき配られた檄文が「太政官の文武の官吏を攻撃して」、「其大逆無道、神人共に怒る所の国賊たるや、更に弁を待たざるなり」と結んでいたことを紹介しています（「六・「鹿児島へ」」）。

さらに、明治元年に「神事（祭祀《さいし》、大嘗《だいじょう》、鎮魂、卜占《ぼくせん》」をつかさどる奈良朝のころの「神祇《じんぎ》官《かん》」が再興されていたことを説明した司馬氏は、「仏教をも外来宗教である」とした神祇官のもとで行われた「廃仏毀釈」では、「寺がこわされ、仏像は川へ流され」、さらに興福寺の堂塔も破壊されたことを紹介しています。神風連の一門からは佐久間象山を暗殺した「幕末のテロリスト河上彦斎《げんさい》」が出ていることにも言及した司馬氏は、「その意味からいえば、神風連という非寛容な思想結社は自分の思想の敵に対して言論でそれと対決するよりテロリズムをもってこれを排除するという思考の伝統があったことがわかる」と続けているのです（「六・「鹿児島へ」」）。

ただ、この長編小説では神風連が属した「勤王党」だけでなく、宮崎八郎などもいる藩校出身者の「学校党」、さらには横井小楠を学祖とする「実学党」の三つの流れが鼎立していた熊本の思想的な土壌が詳しく記されており、私にとっては作家の徳冨蘆花と思想家でジャーナリストの兄・蘇峰との関係を理解する上でもたいへん役立ちました。

『坂の上の雲』の「あとがき」で、「少年のころの私は子規と蘆花によって明治を遠望した」と記し、「蘆花とその全作品への私の心情は絵画でいえば暖色でいろどられて」いると記した司馬氏は、蘆花にとっては「父の代理的存在である兄蘇峰」が、「明治国家というものの重量感とかさなっているような実感があったようにおもわれる」と続けていたからです（五・「あとがき」）。

実際、『将来之日本』（一八八六）においては、具体的な統計資料に基づいて数字を挙げながら欧米列強における戦争や軍事費がいかに国力や民力を疲弊させてきたかを指摘した徳富蘇峰は、最初、平民主義を唱えて雑誌『国民之友』を創刊し、次いで『国民新聞』を発刊して、新聞『日本』を発刊した陸羯南とも並び称されました。

しかし、「神風連ノ乱は日本における思想現象のなかで、思想が暴発したという点では明治後最初のものであった」と『翔ぶが如く』では描かれていますが、日清戦争の後では「力の福音の信者となり、遂ひに帝国主義者として」、「忠君愛国」の理念を唱えるようになった蘇峰は、太平洋戦争の末期には神風連の乱を、「日本が欧米化に対する一大抗議であった」とし、「大東亜聖戦」

との関連で見れば、「尊皇攘夷」を実行した彼らは「頑冥・固陋でなく、むしろ先見の明ありしといわねばならぬ」と高く評価するようになるのです[11]。

神風連の乱に呼応して起こった秋月の乱や前原一誠が起こした萩の乱に際して、師匠・玉木文之進の養子となった実弟の玉木正誼などを鎮圧しなければならなかった乃木希典の苦悩や熊本城の攻防に際して乃木が軍旗を失ったことの問題も『翔ぶが如く』で詳しく描かれています。徳富蘇峰の吉田松陰観の変化については司馬氏の長編小説『世に棲む日日』も考察した拙著『「竜馬」という日本人――司馬遼太郎が描いたこと』（人文書館）で分析しました[12]。『翔ぶが如く』におけるこれらの記述も日清戦争前に書いた初版では吉田松陰を「革命家」として描いていた徳富蘇峰が、日露戦争勝利後に乃木希典の校閲で書き直した改訂版の『吉田松陰』では、なぜ松陰を「国権的な思想家」と捉え直していたかを理解する助けになるでしょう。

西郷隆盛が自重して兵を動かさなかったために、神風連の乱や萩の乱は個々に鎮圧されたのですが、大警視の川路利良《としなが》が派遣した「警視庁帰郷組」が、西郷の暗殺を企んでいるとの噂などに怒った私学校の生徒が政府の火薬庫などを襲ったことから、ついに西南戦争が勃発することになります（七・「鹿児島異人館」）。

六、「乱臣賊子」という用語――ロシアと日本の「教育勅語」

『翔ぶが如く』では、西南戦争の戦闘も具体的で詳細に描かれていますが、本書の視点から注目したいのは、公卿出身の政治家で使節団の特命全権大使を務めた岩倉具視（右大臣）が、デンマークやスウェーデンなどの「北欧の小国をみて日本の今後のゆき方についての思考材料にしてもよさそうであったが、しかしべつに何事もおもわなかった」と描いた司馬氏が、「岩倉がかろうじて持っている思想は、／『日本の皇室をゆるぎなきものにする』／というだけのもので」あったと書いていたことです（二・「風雨」）。

なぜならば、このような岩倉具視の思いを受け継いだのが山県有朋だったからです。山県は西南戦争の直後に近衛砲兵第一大隊が論功行賞や給与の減額を不満として蜂起した竹橋事件を直ちに鎮圧して五〇余名を死刑としたばかりでなく「軍人訓戒」を発したのですが、司馬氏はこの「軍人訓戒」が明治一五年の「軍人勅諭」につながるばかりか、さらに「明治憲法」や「教育勅語」にも影響を及ぼしていることを、山県有朋について集中的に考察した第二巻の「好転」の章で指摘していました。

注目したいのは、西南戦争後の明治二二年に発布された明治憲法の「起草者の筆頭は伊藤博文であった」と記した司馬氏が、「山県よりも開明的傾向のつよい伊藤が、『日本国皇帝』のあり方のモデルをロシアの皇帝《ツァーリ》に求めず、ドイツの皇帝《カイゼル》にもとめ、しかも皇帝《カイゼル》から専制性を抜いたものとして考えた」と記していることです。

実際、第四節で見たような木戸孝允の思想をよく知っていた伊藤博文は、大日本帝国憲法の草案から「臣民ノ権利義務ヲ改メテ、臣民ノ分際ト修正」すべきだという案が出されると「憲法」を創る意味は、第一に絶対的な「君権ヲ制限シ」、第二に「臣民ノ権利ヲ保護スル」ことであるとして厳しく反論したのです。そして伊藤は、「憲法ニ於テ臣民ノ権利ヲ列記セズ、只責任ノミヲ記載セバ、憲法ヲ設クルノ必要ナシ」とし、そのような憲法ならば、憲法を有しても「君主専制国ト云フ」と批判しました(13)。

それゆえ、「伊藤が起草した明治憲法は議会主義をとり、立法、行政、司法の三権分立が明示されているという点では世界の進運にさほど遅れたものではない」と記した司馬氏は、アメリカのルーズベルト大統領が「日本は議会主義をとり、ロシアは皇帝専制の政体である」ゆえに、日本が日露戦争に勝つと考えたことを紹介していたのです。

『翔ぶが如く』ではその後、山県有朋により憲法発布に先立って明治一五年に実現された「軍人勅諭《ちよくゆ》」の問題が次のように詳しく説明されています。「教育勅語」との関連を考える上でも重要なので、引用しておきます。

「『兵馬の大権は朕《ちん》が統《す》ぶるところである』／『兵馬の大綱は朕みずから之《これ》を攬《と》り、肯《あえ》て臣下に委《ゆだ》ぬべきものではない』／とし、軍隊をもって天皇の私兵であるかのごとき印象をあたえしめている。山県がこの勅諭を実現せしめたのは、陸軍大将西郷隆盛の乱がふたたびおこらぬようにというむしろ軍人に対する道徳的説諭を目的としたものであったが、昭和期に入ってこの勅諭が政治化した軍人をして軍閥をつくらしめ、三権のほかに『統帥権《とうすいけん》』があると主張せしめ、やがて統帥権は内閣をも議会をも超越するものであるとして国家そのものを破壊せしめるもとをつくった」。

実際、「明治憲法」の発布によって日本では「国民」の自立が約束されたかにみえたのですが、その日の朝に起きた文部大臣森有礼への襲撃によって暗転します。その日のことを夏目漱石は、長編小説『三四郎』で自分と同世代の広田先生にこう語らせています(14)。

「憲法発布は明治二十二年だったね。その時森文部大臣が殺《ころ》された。君は覚えていまい。幾年《いくつ》かな君は。そう、それじゃ、まだ赤ん坊の時分だ。僕は高等学校の生徒であった。大臣の葬式に参列するのだと云って、大勢鉄砲を担《かつ》いで出た。墓地へ行くのだと思ったら、そうではない。体操の教師が竹橋内《たけばしうち》へ引っ張って行って、路傍《みちばた》へ整列さした。我々は其処《そこ》へ立ったなり、大臣の柩《ひつぎ》を送ることになった」。

この記述はその後の日本の歴史を理解するうえでも、きわめて重要でしょう。「軍人勅諭《ちょくゆ》」を実現していた山県有朋が森文部大臣の後に、自分が内務大臣の時の部下であった芳川顕正を起用して作成を急がせたことで、憲法発布の翌年には「一旦緩急アレハ義勇公ニ奉シ以テ天壌無窮ノ皇運ヲ扶翼スベシ」と明記された「教育勅語」が渙発されることになるのです。

司馬氏はのちに『甲賀と伊賀のみち、砂鉄のみちほか』で、明治以降の日本においては「義勇奉公とか滅私奉公などということは国家のために死ねということ」であったと指摘し、「われわれの社会はよほど大きな思想を出現させて、『公』という意識を大地そのものに置きすえねばほろびるのではないか」という痛切な言葉を記すことになります(15)。

文明史家としての司馬氏の鋭さは、『「昭和」という国家』において、天皇の侍講を務めた儒学者の元田永孚《もとだながざね》に言及しながら、「教育勅語の文章を原稿にするとき、おそらく元田永孚は漢文で書いていたと思うのです」と語り、「それにしても難しい漢文ですね」、「難しいというより、外

国語なのです」と続けて、「教育勅語」の模倣性を示唆していたことにも現れていると私は考えています。(16)

事実、明六社にも参加した教育家の西村茂樹が書いた「修身書勅撰に関する記録」には、清朝の皇帝が「聖諭廣訓を作りて全國に施行せし例に倣ひ」、我が国でも「勅撰を以て普通教育に用ひる修身の課業書を作らしめ」るべきだと記されていたのです。(17)

しかも、ロシア思想史の研究者の高野雅之氏は、「祖国戦争」の後で憲法の制定や農奴の解放などを求めて蜂起したデカブリストの乱を厳しく処罰したニコライ一世の求めに応じて出された「ウヴァーロフの通達」を「ロシア版『教育勅語』」と呼んでいますが、日本の「教育勅語」がこのロシアの「通達」を強く意識して作成されていた可能性もあるのです。(18)

なぜならば、西村茂樹が編んだ「修身書勅撰に関する記録」は、まず「西洋の諸國が昔より耶《キリ》蘇《スト》教を以て國民の道徳を維持し来れるは、世人の皆知る所なり」とし、ことにロシアでは、形式的にはともかく実質的には皇帝が「宗教の大教主」をも兼ねていると書き、次のように続けていたからです。(19)

ロシアでは「國民の其の皇帝に信服すること甚深く、世界無雙の大國も今日猶《なお》君主獨裁を以て其政治を行へるは、皇帝が政治と宗教との大權を一身に聚めたるより出たるもの亦多し」と続けた西村は、我が国でも「皇室を以て道徳の源となし、普通教育中に於て、其徳育に關することは皇室自ら是を管理」すべきであると説いていたのです。

司馬氏が中学に入学した翌年の一九三七年には文部省から『國體の本義』が発行され、「國體の本義解説叢書」の一冊として教学局から出版された『我が風土・國民性と文學』と題する小冊子では、「敬神・忠君・愛国の三精神が一になっていることは」、「日本の国体の精華であって、万国に類例が無いのである」と強調されていました(20)。

しかし、ロシアの「教育勅語」ともいえる「ウヴァーロフの通達」も、ロシアの貴族たちにも影響力をもち始めていた「自由・平等・友愛」の理念に対抗するために「ロシアにだけ属する原理を見いだすことが必要」と考えて、「正教・専制・国民性」の「三位一体」を強調した「愛国主義的な」教育を行うことを求めていたのです。「教育勅語」が渙発された後の日本は、宗教的な「荘厳さ」だけでなく、教育システムの面でもロシア帝国の政策に近づいていたといえるでしょう。

「内務省」の強化もこのような流れと密接につながっています。司馬氏は「警察の創始者」であった川路利良の「ポリス思想」には、「市民へのサーヴィス」というフランス式の要素が入っていたが、それを好まなかった山県有朋が「明治十八年ドイツから顧問をまねき、国家の威権の執行機関としてのドイツ式の警察に切りかえ」ていたことを指摘し、明治二〇年には内務大臣だった山県が、「すべての反政府的言論や集会に対して自在にこれを禁止しうる権限をもった」と書いていたのです（『翔ぶが如く』二・「好転」）。

このように見てくるとき、東京帝国大学政治学科を卒業して内務省に入っていた佃一予《つくだかずまさ》たちがなぜ子規を厳しく批判したかという理由が明確になったと思えます。しかも、「佃はよほど青年の文学熱がきらいだったらしく、明治三十年ごろ、常磐会寄宿舎のなかに子規のやっている俳句雑誌『ホトトギス』や小説本がまじっているというので大さわぎをし、監督内藤鳴雪を攻撃し、窮地に追い込んだ」ことを指摘した司馬氏は、『坂の上の雲』で次のように書いているのです（一・「日清戦争」）。

「（佃には——引用者注）大学に文科があるというのも不満であったろうし、日本帝国の伸長のためにはなんの役にも立たぬものと断じたかったにちがいない。…中略…この思想は佃だけではなく、日本の帝国時代がおわるまでの軍人、官僚の潜在的偏見となり、ときに露骨に顕在するにいたる」。

日露戦争の旅順の攻防に際して、「君死にたまふこと勿《なか》れ（旅順口包囲軍の中に在る弟を歎きて）」という詩を書いた与謝野晶子が批評家の大町桂月によって「国家の刑罰を加うべき罪人」とまで非難されることになることを考えるならば、この指摘は非常に重要です。時代的には少し後のことになりますが、大町桂月による批判の問題は、子規や夏目漱石の文学観にも深く関わるので、簡単に見ておくことにします。

与謝野晶子はこの詩で結婚したばかりで年若い新妻を残して戦場に向かった弟を想いやり、「この世ひとりの君ならで／あゝまた誰をたのむべき／君死にたまふことなかれ」と最後の第五連で記してこの詩をむすんでいました。しかし、この詩が『明星』九月号に発表されると「当時、文芸批評や評論などで名を知られていた大町桂月」が雑誌上で、前年に発表された木下尚江の反戦小説『火の柱』などを意識しながら、社会主義者には「戦争を非とするもの」がいたが、晶子は韻文で戦争を批判したとし、「『義勇公に奉すべし』とのたまへる教育勅語、さては宣戦詔勅を非議」したとして「教育勅語」を持ち出しながら与謝野晶子を激しく非難しました。[21]

これに対して晶子は「無事で帰れ、気を附けよ」と、「まことの心をまことの声に出だし」たのであると反論しましたが、桂月はこれをも「日本国民として、許すべからざる悪口也、毒舌也、不敬なり、危険也」とし、「もしわれ皇室中心主義の眼を以て、晶子の詩を検すれば、乱臣なり、賊子なり、国家の刑罰を加ふべき罪人なりと絶叫せざるを得ざるべきもの也」とより厳しく批判したのです。

西南戦争の後で福沢諭吉が「丁丑公論《ていちゅうこうろん》」を書き、そこで「政府の本能が専制であるからといって、ほうっておけばきりもなくなってしまう」とし、この稿の目的は「日本国民抵抗の精神を保存して、其《その》気脈を絶つことなからしめん」がためであると書いていたことを本書の第一章第四節で紹介していました。

序章で見たように、正岡子規は明治二五年（一八九二）に木曽路の「白雲」を見つめながら旅をして「かけはしの記」を書き、東京帝国大学文科大学国文科の中退と新聞『日本』への入社を決断したのですが、それは前年にロシアの皇太子ニコライが大津で襲撃されるという日本中を震撼させた事件が起きて、新聞などへの規制がより厳しさを増すようになっていた時期だったのです。

注

（1）上村洋行「『坂の上の雲』『翔ぶが如く』　司馬さん、同時に構想」「産経新聞」二〇一二年一月一八日。
（2）司馬遼太郎『翔ぶが如く』第十巻、文春文庫（新装版）、二〇〇二年、三〇四頁（初出は「毎日新聞」一九七二年一月〜七六年九月）。
（3）田中彰『近代日本の歩んだ道　「大国主義」から「小国主義」へ』人文書館、二〇〇五年、二三〜二五頁。久米邦武編、田中彰校注『特命全権大使　米欧回覧実記』全五巻、岩波文庫、一九七九〜一九八二年参照。
（4）田中彰、前掲書、三〇頁。
（5）『オランダ紀行』（連載『週刊朝日』一九八九年一二月一日号〜一九九〇年八月三一日号、単行本　一九九一年三月、朝日新聞社）
（6）田中彰、前掲書『近代日本の歩んだ道　「大国主義」から「小国主義」へ』、二三一頁。
（7）同右、二三三頁。
（8）渡辺雅司訳『亡命ロシア人の見た明治維新』講談社学術文庫、一九八二年。および、渡辺雅司『明治日本とロシアの影』ユーラシア・ブックレット第四九号、東洋書店、二〇〇三年参照。
（9）『通俗国権論』（『福沢諭吉選集』第七巻）岩波書店、二一二〜二一四頁。
（10）米山俊直「同時代の思索者――司馬遼太郎と梅棹忠夫」『日本の未来へ　司馬遼太郎との対話』所収、日本放送出版協会（ＮＨＫ出版）、二〇〇〇年、二六二〜二六三頁。
（11）徳富蘇峰『近世日本国民史』（『西南の役（一）――神風連の事変篇』）民友社参照。

（12）高橋誠一郎『「竜馬」という日本人――司馬遼太郎が描いたこと』人文書館、二〇〇九年、三五四～三五七頁。
（13）飛鳥井雅道『明治大帝』講談社学術文庫、二〇〇二年、二三八～二四〇頁。
（14）『漱石全集』第五巻、一九九四年、五七八頁。
（15）司馬遼太郎『甲賀と伊賀のみち、砂鉄のみちほか』（『街道をゆく』第七巻）朝日文芸文庫、一八八頁（初出は『週刊朝日』一九七四年一二月～七五年二月）。
（16）司馬遼太郎『「昭和」という国家』日本放送出版協会（NHK出版）、一九九八年、五五頁（放映は、NHK教育テレビ「雑談　昭和への『道』」一九八六年五月～八七年三月）。
（17）西村茂樹「修身書勅撰に関する記録」『教育に関する勅語渙発五〇年記念資料展覧圖録』（教学局編纂）一九四一年、一〇〇頁。
（18）高野雅之『ロシア思想史――メシアニズムの系譜』早稲田大学出版会、一九八九年、一〇五頁。
（19）西村茂樹、前掲論文、『教育に関する勅語渙発五〇年記念資料展覧圖録』、一〇〇頁。
（20）教学局編纂『我が風土・國民性と文學』（國體の本義解説叢書）一九三八年、六一頁。
（21）井口和起『日露戦争の時代』吉川弘文館、一九九八年、五～九頁。

第四章　「その人の足あと」――新聞『日本』と子規

一、「書読《ふみ》む君の声近し」――陸羯南と子規

しばらく『坂の上の雲』の筋から離れていましたが、子規が自分の落第と退学についてまっさきに「親友の加藤恒忠から子規をあずかり、子規の東京遊学中のことについては責任をもたされて」いた陸羯南《くがかつなん》に報告に行くと、「いいのさ」と、「子規よりも自分をなぐさめるようにいった」と『坂の上の雲』では書かれています（一・「日清戦争」）。

羯南の言葉の背景について、「だいたい、叔父の加藤恒忠も陸羯南も司法省法学校の三年のときにストライキをおこし、退学を命ぜられた。子規のばあいよりも不穏であり、とても子規を説諭できない」と書いた司馬氏は、退学後の羯南の窮迫について次のように記しています。

「津軽藩の貧乏士族の家に生まれた羯南はいったん弘前《ひろさき》にもどったが、継母とのおりあいもわるく、また食うにあてもなく、たまたま創刊したばかりの青森新聞にたのみこんでそこに入ったが、ほどなくやめ、北海道にわたった。当時紋別《もんべつ》に製糖所があってそこにつとめたのだが、ここ

もおもわしくなかった。ついにきりあげて上京したが、職のあてもない。たまたま法学校でフランス語を学んでいたため、その語学力を買われて太政官文書局の翻訳をして暮らした」。

前章で言及した「日本近代法の父」とも呼ばれるボアソナードとの関係で注目したいのは、羯南が「法科の専科が始まる前に放校になった」ために司法省法学校での講義を聞くことはできなかったものの、明治一七年に「外国人の土地所有」についてのボアソナードの「答議書」を訳していたことです。しかも、このことからボアソナードの真摯な人間性に気づいた羯南は、「一意日本の為に至難なる立法業を完成せしめた」と深い感謝の言葉も新聞『日本』に記していました。(1)

明治一八年(一八八五)に創設された内閣官報局の編輯課長に昇進した羯南は、明治二一年春に依願退職して谷干城などの援助で新聞『東京電報』を創刊し、六月には「日本文明の岐路」と題した三回連載の社説を執筆しました。その内容を歴史家・有山輝雄氏は次のように要約しています。

「日本も固有の文化を基軸にした『国民主義』を立てなければならない。しかし、『国民主義』は決して排外主義ではなく、日本文化にとっての『道理と実用』を標準に外国文化を採用する」。(2)

有山氏は羯南の「国民主義」という用語には、藩閥の関係者のみが「外国風の歓楽驕奢」や「政権上の特許利潤」を享受していた当時の政治体制への批判も蔵していると指摘していますが、その理念は新聞『日本』に受け継がれていたのです。

明治時代には神田雉子町にあった『日本』という新聞社の性格について司馬氏は、『本所深川散歩・神田界隈』(『街道をゆく』第三六巻、二五五〜二五七頁)で、次のようにこの新聞の性格について詳しく記しています。

「この新聞は論説を主とし、社会面がなかった。／こんにちでいう学芸欄はあった。『文苑』欄で、ひょっとすると、そういう欄をもった最初の新聞だったかもしれない。／陸羯南が『文苑』という欄を設けたのは、明治時代が文章の混乱期だったからである。／羯南は日本人の文章力を高めようとした。／たとえば、『日本』の『文苑』では落合直文らが国文的文章を書き、国分青厓が漢詩を書き、／羯南その人が、論理の堅牢な文章をもって論説を書いた」。

さらに司馬氏は、「ついでながら、当時は新聞社に職階性がなく、老若にかかわらず、みな同《どう》人《にん》とよぶ間柄であった。ほかに池辺三山もいだし、鳥居素川もいた。／主筆兼社長が、陸羯南であった。羯南の思想と文章と人柄でもってこれだけの人材があつまった」と続けているのです。

この記述からは羯南の人柄が浮かび上がってくるように感じますが、司法省法学校を退学した後で「私が味わったああいう苦しさは、あれを女にたとえれば女郎にさえなれずに夜鷹《よたか》をして北海を放浪しているといったものです。あなたは決して味わってはなりませんよ」と子規に語った羯南は、「私の社においでなさい」と新聞『日本』への入社を勧めたのです。

ただ、初任給を一五円しか出せないことを気にした羯南が、「『なんなら他の新聞社に紹介してやってもよい。朝日や国会〔新聞〕にならば、三十円、五十円でかけあってみる自信はある』と語った」とも記されています（『坂の上の雲』一・「日清戦争」）。

その提案を「子規は即座にことわった」と記した司馬氏は、「要するに子規は陸羯南という恩人のもとで働く以外のことを考えたことはなく、結局はこの『日本』新聞社の社員としてそのみじかい生涯をおわることになる」と続けています。

この記述は新聞記者としての子規について考えるうえできわめて重要だと思われますが、司馬氏はさらに、寒川鼠骨《さむかわそこつ》という同郷の若者から相談された際に、「考えるまでもないがの。日本におし」と語った子規が、その理由として「人間のえらさに尺度がいくつもあるが、最少の報酬でもっとも多くはたらく人ほどえらいひとぞな。」と語り、こう続けたと記しています。

「人間は友をえらばんといけんぞな。日本には羯南翁がいて、その下には羯南翁に似たひとがたくさんいる。正しくて学問のできた人が多いのじゃが、こういうひとびとをまわりに持つのと、持たんのとでは、一生がちごうてくるぞな」。

実際、子規の病気のことなどを心配した羯南は「ついでに、私のそばに越してきなさい」と勧めたばかりでなく、「いっそ、母さんや妹さんをよんではどうだろう」と提案し、勤務についても「毎日出る必要はありませんよ」とも語っていたのです。このことを紹介した司馬氏は、「保護者の羯南のとなりに住めるというのは、病身のこの落第生にとっては心丈夫であったろう」と書き、隣家に引っ越してきた子規が「羯南宅から、しばしば読書の声がきこえてきた」ことから「芭蕉《ばしょう》破れて書読む君の声近し」という句を作ったと描いています（一・「日清戦争」）。

二、「国民主義」と「大地主義」

新聞『日本』に入社した後の子規の活躍を一刻も早くに分析したいという気持ちに駆られてい

ますが、日露戦争がまだ終結していない一九〇五年四月五日からこの新聞は、帝政ロシアの政治体制を厳しく批判したトルストイの長編小説『復活』の翻訳を連載することになります。それゆえ、本節ではトルストイが農民の教育のために一八六二年二月に創刊した月刊雑誌『ヤースナヤ・ポリャーナ』の紹介記事も掲載していたドストエフスキー兄弟の雑誌『時代』と比較することで、新聞『日本』の特徴の一端を明らかにしておきたいと思います。

新たに創刊された新聞『日本』が政府の「欧化主義」を批判することが多かったために、その思潮は徳富蘇峰が『国民新聞』で唱えた「平民主義」との違いを示すためもあり、しばしば「国粋主義」と規定されてきました(3)。

しかし陸羯南自身は、自分たちの思潮を「国民論派」と呼び、これが「欧化風潮に反対して」起こったことを認めつつも、「国粋保存と言える異称」が自国の伝統以外を認めない「守旧論派の代名詞」として、「国民論派の発達を妨げる一大妨障なりき」とこの呼び方を批判していました(4)。

司馬氏もこのような視点から新聞『日本』を評価していたようで、産経新聞論説委員などを経て筑波大学の教授を務めた後輩の青木彰氏に、「よいジャーナリストを育てるために」、「自らも『国民論派』と呼ぶ中道主義の言論活動を展開した陸羯南についての〝講座〟」を設けてはどうかという提案の手紙を送っていました(5)。このことを紹介した青木氏は、〝陸羯南と新聞『日本』の人々〟というようなテーマで、「いわば明治の知識人の孤愁といったものを通して、『日本・日本人』に迫ろう」とする長編小説の構想が司馬氏にはあったのではないかと記しています。

新聞『日本』の創刊号が発行されたのは、大日本帝国憲法が発布された明治二二年（一八八九）二月一一日のことでしたが、その創刊の辞において陸羯南は、「いま世間でおこなわれている新聞というのは、政権をあらそうための政党機関誌であるか、それとも私利を追求する商品であるか、そのどちらかに位置する」と指摘し、自分の新聞は「もとよりいまの政党には関係がなく、また商品をもってみずからあまんずるものでもない」と書いていました(6)。

さらに、「『日本』は国民精神の回復発揚を自任すといえども、泰西文明の善美はこれを知らざるにあらず。その権利、自由道義の理はこれを敬し、その風俗慣習もある点ではこれを愛し、とくに理学、経済、実業のことはもっともこれを欣慕す」と記すとともに、「『日本』は狭隘《きょうあい》なる攘夷論の再興にあらず、博愛の間に国民精神を回復発揚するものなり」と高らかに宣言していたのです。

注目したいのは、時代的には少し先のことになりますが、子規が熊本の第五高等学校に赴任していた漱石に宛てた手紙で、新聞『日本』が「当代でもっとも著名な記者をかかえているがどうにも売れゆきがよくない」と書いていることです。この記述について『坂の上の雲』では、この新聞は「左右の感覚でいえば中央に位置する考え方かもしれないが、中道はつねに成立しがたい」とし、「さらに新聞のばあいはいかなる方面からの支持をもうしなうばあいがある」とその不振の理由が記されています（二・「子規庵」）。

この説明に注目するならば陸羯南の「国民主義」の理念には、農奴制の廃止や言論の自由を求めて捕らえられ、シベリアに流刑となっていたドストエフスキーが首都に帰還してから兄とともに発行した総合雑誌『時代』（一八六一年一月号～一八六三年四月号）で唱えていた「大地主義」の理念と重なる点が多いと思えます。

日本よりも約一五〇年も前に「文明開化」が行われていたにもかかわらず「憲法」の発布にまでは至らなかった帝政ロシアでは言論の自由が厳しく制限されており、ドストエフスキーが発行した雑誌『時代』の創刊から発行禁止にいたる流れは、「憲法」を持たなかった帝政ロシアの問題点を示しているばかりでなく、新聞『日本』のたどる道を先取りしている面もあるのです。この点については拙著『欧化と国粋――日露の「文明開化」とドストエフスキー』で詳しく考察しましたので、ここでは簡単に雑誌『時代』の内容を紹介することにより、両者の共通点を指摘しておきます。

クリミア戦争の敗戦により農奴制の問題が認識されて、農奴解放などが行われた「大改革」の時代に首都に戻ったドストエフスキーは、新しい雑誌の発刊に際して「われわれはこの上なく注目に値する重大な時代に生きている」と記し、この時代の変革の意義を「ピョートル大帝の改革にさえ匹敵するものである」と指摘しました(7)。

そして彼はナポレオンが大軍を率いてロシアに侵入した際に民衆が示した力にも注意を喚起しながら、自分たちの使命は「われわれの土壌から採られた、国民精神の中から、そして国民的源泉から採られた形式を創り出すことである」としてスラヴ派的な原理を認めるとともに、西欧の理念が果たした役割にも注意を払って、それは「あのようにねばり強く、あのような勇気をもってヨーロッパがその個々の民族において発展させている諸思想のジンテーゼとなるかも知れない」と記して、スラヴ派と西欧派の対立を乗り越える第三の道として「大地主義」の理念を標榜したのです。

現代の日本の読者のドストエフスキー観にも強い影響力を持っている文芸評論家の小林秀雄はこの「大地主義」について、「その教義は、要するに西欧派とスラヴ派との折衷主義であつて、…中略…穏健だが何等独創的なものもない思想であり、確固たる理論も持たぬ哲学であつた」ときめつけていました[8]（傍点引用者）。

しかし、上からの強引な「文明開化」で生まれた「民衆」と「知識人」との間の断絶を克服するために、多くが文盲の状態に取り残されている民衆に対する教育の普及の重要性を強調していたこの雑誌は、国際政治の欄ではイタリアを統一しようとしていたガリバルディをめぐる情勢を詳しく伝えていましたし、「黒人奴隷」をめぐって一八六一年に南部が分離独立していたアメリカの情勢の紹介にも力を注いでいました[9]。

ドストエフスキー自身も長編小説『死の家の記録』では厳しい検閲にもかかわらず、自分の体験を元にして監獄の劣悪な状況を描き出して改革の必要性も強く訴えていたのです[10]。それゆえ、トルストイはこの長編小説について「我を忘れてあるところは読み返したりしましたが、近代文学の中でプーシキンを含めてこれ以上の傑作を知りません」と書いていたのです[11]。

いきすぎた「欧化」を批判するとともに、自国中心的な「国粋」をも諌めたドストエフスキーの「大地主義」は、単なる「折衷主義」ではなく、ロシアの厳しい現実を踏まえて地道な改革を試みようとする勇気のある思想だったのです。しかし、ドストエフスキーの雑誌『時代』は政府から発行停止処分を受け、さらにその後で創刊した雑誌『世紀』は左右のイデオロギー的な烈しい対立のなかで購読者を失って、ついに廃刊となっていました。

同じような問題は新聞『日本』についてもあてはまるでしょう。『ひとびとの跫音』では加藤拓川の親友の陸羯南が、新聞『日本』に明治二三年（一八九〇）に連載した「近時政論考」で、「維新以来の政論の変遷を分類」し、中江兆民の思想の特徴を次のように紹介していたことに注意が促されています（下・「拓川居士」）。

「自由平等は人間社会の大原則なり。世に階級あるの理なく、人爵あるの理なく、礼法慣習を守るべきの理なく、世襲権利あるの理なく、従て世襲君主あるの理なし。俗は質樸簡易を貴ぶ」。「四民平等」が打ち出されたとはいえ、帝政ロシアの貴族制度に似た華族制度が導入されていた日本において、中江兆民の思想の説明という形で、羯南は「人爵あるの理なく」という考えを記していたのです。この文章を引用した後で司馬氏は「羯南の右の文章は、拓川の生涯における思想——というよりも思想的な気習——を要約しているかのようでもある」と記しています。それは叔父・拓川から強い影響を受けていた子規の新聞『小日本』についても当てはまるのではないかと思えます。

そのことについてはもう少し後で考察することにしますが、次節では子規が新聞記者となる一年前の明治二四年（一八九一）に起きていた大津事件とそれに対する新聞『日本』の反応と、「喧嘩っ早くて正義感の強い」若い叔父の加藤拓川のフランスの新聞に対する批判を見た後で、二人が子規に示した深い配慮を見ておくことにします。

三、陸羯南と加藤拓川

大津事件とは日本政府の招待で表敬訪問したロシア帝国の皇太子ニコライが、沿道を警備中の巡査に二度にわたって斬りつけられるという国中を震撼させた衝撃的な大事件のことです。

この事件について司馬氏は、「素朴な攘夷主義の信者であった」津田三蔵が、「憂国的感情という、ときにもっとも危険な心情」に駆られて起こしたこの事件により、ニコライが受けた傷は「骨膜に達するほど」であり、この時の屈辱感が後に皇帝となったニコライを復讐としての日露戦争に駆り立てる一つの要因となったことを『坂の上の雲』で示唆しています（二・「列強」）。

ロシアとの戦争になることを恐れた内閣は、「緊急勅令」を出して津田を超法規的な手段で「皇室罪《こうしつざい》」によって死罪」とすることでこの事件の決着を図ろうとしたのですが、これに対して大審院長の児島惟謙は、通常の「謀殺未遂罪」を適用させて、司法の独立を守りました。

一方、「新聞紙条例」が発布された明治八年以降の日本では帝政ロシアと同じような厳しい検閲が行われていたのですが、この時期にはそれまでは原則的に事後検閲だった新聞記事に対しても事前検閲が実施されるようになっており、「巡査と内務大臣」などの記事が検閲で削除されると、新聞『日本』は「題名以外全面削除」されたままで発行することにより、「言論報道抑圧への抗議の意思表示」をしていたのです。(12)

このような新聞『日本』に対する発行停止処分の件数は「明治二二年から二九年の八年間に計

三〇回、停止日数のべ二二九日」に及び、子規が入社するまでの三年間に絞っても、明治二二年が三一日、明治二三年が三二日、明治二四年にも二九日の停止日数を数えるのです。それゆえ、明治二四年の一一月には不定期刊行の新聞『大日本』が、新聞『日本』が発行停止とされている時期の代用新聞として創刊されたのですが、それも発行停止の処分を受けることが多かったために廃刊となっていました(13)。

これだけの厳しい処分を受けながらも、検閲に対する抗議の意志を示しつつ、新聞の発行を続けた羯南など明治の言論人の気概と勇気には驚かされますが、大津事件が起きた年に「山県総理大臣に奉るの書」という関西の旧民権派グループの作成した文書を紹介する記事を掲載した新聞『日本』は新聞紙条例の朝憲紊乱罪《ちょうけんびんらんざい》に問われていました。そして、明治二四年には、「発行人・印刷人・編集人禁錮一ヵ月、罰金二五円」の刑罰と「犯罪用に供したる器械没収」など、新聞社にとって経済的には致命的とも思われるような重い処分が確定していました(14)。

他の新聞社を断ってでも子規が新聞『日本』に入社しようとしていたのは、このような時期のことだったのです。子規の決意を考える上で注目したいのは、日本では官憲が「沸騰する民権運動やその刊行物をおさえこむことで、気ぐるいしたようになって」、「新聞、出版に関する取締条例を強化し、さらには政論に関する集会を綿密に監視し、ささいなことでも解散を命じたり」するようになっていた時期にフランスに留学した叔父・加藤拓川の報道観を司馬氏が『ひとびとの跫音』で描いていることです。

加藤拓川が中江兆民の私塾仏蘭西学会（のち仏学塾）で学んでいたことを紹介した司馬氏は、

「兆民の徒である拓川にとって不幸なことに、かれがながい船旅のあげくにパリについたとき、フランスの新聞は、フランス政府が極東侵略（ヴェトナム支配や対清戦争）に熱中しているのを、連日、記事や銅版画で報じつづけていたことであった」と書き、拓川は「維新を経た少年のころの攘夷家として憤りを感じた」にちがいなく、「国家や愛国ということの本質を、底ざらえにして考えざるをえなかったのではないか」と続けています。

フランスで書いた七章から成る論文「愛国論」で拓川は、「愛国心と利己心とは其心の出処も結果の利害も同様」なので、「愛国主義の発動はとかくに盗賊主義に化して外国の怨を招き、外国の怨は人類総対の怨となる」と書いていたのです（下・「拓川居士」）。

このことを紹介した司馬氏は、拓川が「つづまるところ、世の人々は忠恕を心得ればよい」と結論していたことにふれて、「おのれのまごころをつくし、他人への無限の思いやりをもつという忠恕」こそが、「地球を『同類相喰』の場から救う」と拓川は考えたと続け、もし「このまま思想と文章による在野活動をしていれば」、「幸徳秋水よりもさきに似たような思想を先唱する人になっていたかもしれない」と記しています。

そのような拓川が後にブリュッセルで子規の訃報に接して、「正岡儀、多年一方《ひとかた》ならぬ御厚恩に浴し、今更どのように感謝申しあげてよいかわかりません」との書簡を陸羯南に送っていたことを紹介した成澤榮壽氏は、「羯南と拓川との子規の病状・歿後を巡るたびたびの往復書簡は共に真情あふれるものがある」と記しています(15)。

実際、子規の病気のことを心配して「私のそばに越してきなさい」と勧めていた羯南が子規に示した配慮にはひとかたならぬものがありました。司馬氏は、『ひとびとの跫音』において、「子規の『仰臥漫録』の明治三十四年九月五日のくだりに、陸羯南の夫人が、その四女と五女のふたりをつれて病室へやってくるところが出ている」ことや、『子規全集』（講談社版）の月報に掲載された娘の最上巴さんの次のような談話速記を紹介しています（上・「子規旧居」）。

「私どもが子どもの時分には、子規庵と陸の家とは狭い空地を隔てて隣同志でした。子規さんが亡くなられてから空地に一軒建ちまして、それからは一軒おいた隣同志となったのです。当時の子規庵は今よりもずっと庭が広くて、庭に面して縁のついた八畳と、縁のない六畳の間が続いてあり、子規さんは六畳の部屋に寝ていました。その六畳の間の障子は、寝たままでも庭の雞頭や鳥籠が眺められるように、亡くなられる二、三年前からガラス戸に変えられていました」。

羯南が朝鮮から帰ったときには「むこうでみやげにもらった少女用の晴れ着を巴さんに着せ、正岡さんが退屈しているだろうから行って見せておあげ、と隣家へゆかせた」ところ、「子規はよろこび、巴さんをしきいむこうの八畳の間に立たせ、自分はめずらしくふとんの上に起きあがって写生をした」と記し、「墨で描いたためにそれぞれの部分に白、紫、黄といったように書き入れ、絵の余白に『芙蓉ヨリモ朝顔ヨリモウツクシク』と書き添えた」とのエピソードも『ひとびとの跫音』には記されています。

そして、「病中、痛みのために号泣するとき、竹藪のむこうからやってくる翁（といっても当時、四十代であった）が枕頭で『よしよし』とつぶやきつつ子規の手を握ってくれていると、ふしぎに痛みがやわらいだ」と子規が漱石への手紙に書いていることを紹介した司馬氏は、陸羯南の風貌と屋敷について次のように記しています。

「写真でみる羯南の風貌は北辺のうまれらしく白皙秀麗で、両眼がきわだって大きい。挙措に古武士の風があり、みずから『文章は是れ精神の顕表なり』（近時憲法考）といっているように、文体からその風骨を十分察することができる。…中略…上根岸の羯南の屋敷は質素だったが、子規の病室から縁まで出ると、屋敷境いの藪が見え、あるじの人柄をあらわすようにどこか市井の隠者のような風韻があった」。

四、獺祭書屋主人《だっさいしょおく》

話がだいぶ先に進んでしまいましたが、陸羯南が子規の入社を認めたのは、自分の親友加藤拓川の甥であるという義理からだけではありませんでした。一九世紀の戦争を主題とした『坂の上の雲』では、子規の紀行文についてはほとんど言及されていませんが、病が重くなった頃に過ごした根岸の庵には「柱に、菅笠《すげがさ》がひとつ、それが部屋中でのもっとも重要な装飾であるかのようにかけられている」と描いた司馬氏は、それが明治二四年の暮れに旅行したものであると説明し、「武蔵野のこがらし凌《しぬ》ぎ旅ゆきし／むかしの笠を部屋にかけたり」と子規が詠んでいることを紹介しています（二一・「子規庵」）。

『子規全集』に載せた文章で司馬氏は、子規が喀血する直前の明治二二年四月三日から徒歩で水戸に赴き、七日、汽車で帰京するまでをその半年後にしたためた「水戸紀行」に言及して、

「子規ほど草創期であることを意識し、社会の共有のものとしての文章について多く発言し、模索し、苦慮した者はすくないかもしれない。みずからさまざまの文章をつくり出し、同時期に試みの幾種類かを併用したりしてついに晩年の写生文を成立させるにいたる」と書いているのです。[16]

実際、子規はその冒頭に記した自序で、「紀行に四種類あり　其の文章に漢文を以てする者、和文を以てする者、新聞体の文を以てする者、雅俗折衷、和漢混合何でもかでもかまはず記する者の四種あり」と書き、それぞれの文体の特徴を分析し、「新聞体の文」を高く評価していました。[17]

この自覚的な文体の比較は、「はじめに」で言及した木曽路の紀行を描いた「かけはしの記」や後に見る東北への紀行を描いた「はて知らずの記」の意義を理解する上でも重要でしょう。

「子規と新聞『日本』の関係は、すでに学生時代からであった」と司馬氏が書いているように、明治二四年六月に上野を出発して木曽路から美濃路へと旅をしていた子規の「かけはしの記」は、翌年の五月から六月にかけて新聞『日本』に連載されました。

その掲載が終わると今度は子規の「獺祭書屋《だっさいしょおく》俳話」が、新聞『日本』に六月二六日から一〇月二〇日まで断続的に掲載された後、一二月一日に子規は『日本』新聞社に入社したのです。

『坂の上の雲』では訪ねてきた秋山真之に、「相変わらずの獺祭《だっさい》じゃが」と「自分の部屋のきたなさについて」語った子規が、「獺《かわうそ》という水辺に棲《す》むいたち科の動物は、その巣に雑多な魚をあつめて貯蔵する習性があるが、古代中国の詩人はこれをもって、あれは魚を祭っているのだ、とした」と説明し、子規は「あしの巣もそうだ。本や反古《ほご》を散らかしてそれを祭っているのだ」

と語ったと描かれています（二・「須磨の灯」）。

そして司馬氏は、「獺祭書屋俳話」について「子規の若さからくる幼稚さが多分にあるにしても、俳句という、いわば古くさい、明治の知識人からみればとるにもたらぬ日本の伝統文芸に近代文学の光があてられた最初の評論であろう」という評価をしています。さらに言葉を継いで、子規の句についても、「はじめはどうにもならぬほどへたで」あったが、「作るにつれてしだいにうまくなった。実作を重ねて練磨したというよりも、かれは古今の俳諧をたんねんに調べることによって文芸思想として深くなり、それが実作に影響したということのほうが大きい」という解釈を示しているのです（一・「日清戦争」）。

実際、「獺祭書屋俳話」の最終回で子規は、「俳句に限らず総て詩歌文章を解するには其作者と其特性と其時代の風潮とを知らざれば大なる誤謬を来たすは常のことなり」との指摘をしていました。このような子規の文学論は、現代の文学解釈と比較しても見劣りしない新しさがあると思えます。

子規の才能と努力を高く評価した羯南は、採用したあとでは新聞に俳句欄を設けて子規に「俳句時事評」の執筆を任せました。俳人の坪内稔典氏は子規が「いろいろな形式を工夫して」いた試みの例として「政府と議会と衝突すれば議会は和衷協同の語を藉《か》りて勉めて之を避けんとす」と記した後で、「批判がストレートにならない」ように「鞭《むち》あげて入日招くや猿まはし」の句を添えていることを指摘しています。(18)

「筆まかせ」で歴史上の三傑を時鳥《ほととぎす》の句にて比較することの意義を指摘していた子規は、ここでも「秋のくれ」という共通の単語を入れることで閣僚たちの性格や思いを次のように詠んでいたのです。

首相　命には何事もなし秋のくれ
内相　稲妻の勢弱し秋のくれ
外相　鬚のびて剪刀さびぬ秋のくれ
農相　狸ぬれて葎《むぐら》に帰る秋のくれ
蔵相　渋柿の渋まだぬけず秋のくれ

五、羯南という号――「北のまほろば」への旅

子規が新聞『日本』に入社した翌年の明治二六年（一八九三）は俳聖と敬われた松尾芭蕉の二百年忌にあたっていましたので、全国でさまざまな催しが行われました。子規もこの年の夏のはじめに病身の体ながら白河をとおって、象潟《きさかた》、仙台、松島など、松尾芭蕉の足跡を訪ねるほぼ一カ月にわたる奥羽旅行を行っていました。

ここで思い起こしておきたいのは、『坂の上の雲』の第一章で「春や昔十五万石の城下哉」という句について、「多少あでやかすぎるところが難かもしれないが、子規は、そのあとからつづいた石川啄木《たくぼく》のようには、その故郷に対し複雑な屈折をもたず、伊予松山の人情や風景ののびや

かさをのびやかなままにうたいあげている点、東北と南海道の伊予との風土の違いといえるかもしれない」と説明されていたことです。

この長編小説ではその後、石川啄木についての記述はないのですが、明治四一年に上京した東北出身の詩人・啄木は「ふるさとの訛《なまり》なつかし／停車場《ていしゃば》の人ごみの中に／そを聴《き》きにゆく」という歌を詠んでいます。

次章で見るように、子規は「歌論」で東北出身の恩師・陸羯南の「お国言葉」である東北弁のことを弁護していますが、松山中学校でバッタを床に入れた主人公の「坊っちゃん」が、寄宿生を呼び出して問い詰めると「そりゃ、イナゴぞな、もし」とやりこめられる場面が描かれている漱石の『坊っちゃん』からも同じ姿勢を感じます。方言をいかしたこの会話からも、子規のお国言葉の思い出を大切にした漱石の思いが秘められていると思われるのです。

「はて知らずの記」の冒頭で汽車の利便性を強調して、「みちのくへ涼みに行くや下駄はいて」との戯れの句を記して上野停車場から出発した子規は、「汽車見る見る山をのぼるや青嵐《あおあらし》」の句を詠んで白河駅で降り、関所跡などを見学していました(19)。白河という地名から思い起こされるのは、加藤拓川の司法省法学校時代の友人で、戊辰戦争で新政府に抵抗した南部藩の家老の家に生まれた原敬《たかし》(20)が、「白河以北一山百文」という侮蔑句からとった「一山」を敢えて自らの号としていたことです。

白河を発った子規は、「とにかくに二百余年の昔　芭蕉翁のさまよひしあと慕ひ行けばいづこか名所故跡ならざらん。其《その》足は此《この》道をも踏みけん　其目は此景をもながめけんと思ふさへ　たゞ

其の代の事のみ忍ばれて俤《おもかげ》は眼の前に彷彿《ほうふつ》たり」と記しています。(21)

それゆえ、その後に詠まれた「その人の足あとふめば風薫る」との句は、当然、俳聖・芭蕉のことを指しているといえるでしょう。ただ、この旅で多賀城址の壺碑《つぼのいしぶみ》を見た子規は、「小き堂宇を建て、風雨を防ぎたれば　格子窓より覗くに文字定かならねど　流布の石摺《いしずり》によりて大方は兼てより知りたり」と記し、「のぞく目に一千年の風すゞし」という句を詠んでいました。鎮守府将軍大野東人《おおののあずまひと》によって建てられたこの碑文には「靺鞨《まつかつ》ノ国界ヲ去ル三千里」という一行が記されていることにも司馬氏は『北のまほろば』(『街道をゆく』第四一巻)で言及していたのです。

〝靺羯〟という表記を好んだ羯南が、少年時代に作った「風濤、靺羯ノ南ヨリ来《きた》ル」という漢詩が師から激賞されたことで、羯南はそれを生涯の号としたと説明した司馬氏は、この詩が「津軽の地理と気象学的環境をみじかくみごとに言いあらわしている」とも記しています。(22)

このことを知ったとき、子規のこの旅の目的には自分の恩師を生んだ東北の歴史と風土を自分の足と目で追体験したいという切実な思いもあったためであり、「その人」には恩師の羯南も含まれているのではないかと思うようになりました。

稲作を強要される以前の縄文時代には陸奥が「信じがたいほどにゆたかだった」ことが明らかになってきたとも司馬氏は記していますが、隋や唐の時代に靺鞨と呼ばれ、その後六九八年に高句麗人とともに渤海《ぼっかい》国を建国したツングース系の諸族は日本とも関係を持っていました。この記述からはツングース系の清国と江戸時代の日本との交流を描いた『韃靼疾風録』を書くことになる司馬氏もまた羯南の視野の広さから影響を受けているようにも感じられます。

芭蕉の『奥の細道』の範囲にとどまらず、船で最上川を下り、酒田や秋田、さらには八郎潟などにも足をのばしていた「はて知らずの記」については、『坂の上の雲』では言及されてはいませんが、陸羯南を生んだ奥州の歴史にたいする子規や司馬氏の思いの深さを知るためにも、『北のまほろば』における記述をもう少し見ておきたいと思います。[23]

唐の時代の詩人・李白、杜甫、白楽天などが、その詩でペルシアなど遠い西域のことを詠んでいることを紹介した司馬氏は、「平安貴族の詩心は、唐詩というまゆでつつまれて成育したといってもいい」と書き、彼らは「関東《あずま》のかなたにひろがる陸奥《みちのく》の天地を連想し」、松島や塩釜などの名所を、「九世紀ごろには想念のなかで磨かれた景観として第一等の歌枕（歌の名所《などころ》）に仕上げた」と説明しています。そして、平安末期に西行が陸奥《みちのく》へ旅をしたのは「当然ながら歌枕《うたまくら》聖地をたずねるのが目的だった」と書き、「一代の事業として白河の関を越え『奥の細道』の旅をした」芭蕉の旅を「西行の跡を慕い、歌枕の地を見たいためであった」と記しているのです。

個人的なことになりますが私にとって興味深かったのは、ここでは『古今集』に載っている「みちのくの安達《あだち》の真弓《まゆみ》わが引かば　すゑさへより来《こ》　しのびしのびに」という歌を紹介した司馬氏が、「〝安達〟の地名もいま二本松市に残っているが、弓をつくるニシキギ科の木を産したというだけで陸奥を想像する触媒になった」ことも指摘されていることです。

『坂の上の雲』では子規は子どもの頃には能狂言を見たときも「こわい、こわい」と泣き出したと描かれていましたが、徒歩で二本松の町を通り過ぎた子規は、安達が原の鬼塚に立ち寄った際には、「涼しさや聞けば昔は鬼の家」の句を詠んでいました。[24]能や狂言の文化も盛んだった松山で育った子規の能に対する知識は深く、能の「黒塚」との関係を詠んだこの句にも反映されていたのです。

このとき子規は知るよしもなかったのですが、この二年後には後に日露戦争の和平交渉に際しては大きな役割を果たすことになるこの町出身の朝河貫一が、大隈重信、勝海舟、徳富蘇峰らの援助で一八九五年にアメリカのダートマス大学に留学しています。奥羽戦争の際に会津藩などとともに薩長軍と戦い、圧倒的な武力の差から敗北していた旧二本松藩士の息子だった朝河は、「不偏不党の真理を追求」するために、さらにイェールの大学院で歴史を専攻します。(25)

一八九八年には徳冨蘇峰の雑誌『国民之友』に「日本の対外方針」という論文を寄稿し、日露戦争中の一九〇四年には英文で書かれた『日露衝突』という著書を発行して、「アメリカの世論を日本に傾けさせ」ていた朝河の広い視野と見解は日本側の使節金子堅太郎をとおして講和成立にも大きな役割を果たすことになったのです。(26)

さて、奥州の旅の記述が長くなりましたが、帰京して紀行文「はて知らずの記」を翌年の七月二三日から九月一〇日にかけて新聞『日本』に連載した子規は、「人生は固《もと》よりはてしらずなる世の中に、『はてしらずの記』を作りて今は其《その》はてを告ぐ」と記し、「秋風や旅の浮世のはてしらず」の句でこの紀行文を結んでいました。

こうして『奥の細道』の旅を自分の眼や足で追体験した子規が、この紀行文の後に連載した「芭蕉雑談」で「芭蕉の俳句は過半、悪句駄句を以《もっ》て埋《う》められ」と書いたことについて司馬氏は、「芭蕉に悪罵《あくば》をなげかけたのではなく、芭蕉の作品に対して、はじめて近代的批評精神による公正な場をあたえようとしたといっていい」と説明しています。

さらに、「上乗と称すべきは二百余首にすぎず」という子規の厳しい批判についても、晩年に「蕉風《しょうふう》の俳諧を創始した」芭蕉が、「むしろ一人で二百首も上乗の作を残したというところに芭蕉の一大文学者たるところがある」と高く評価したものだと解釈しているのです（一・「日清戦争」）。

実際、漱石が留学後に行った「現代日本の開化」で、日本の「文明開化」を西欧の近代化を大急ぎで「模倣」した、「皮相上滑りの開化」と規定していることを想起するならば、「芭蕉の文学というのは古《いにしえ》を模倣したものではなく、みずから発明したものである」という子規の記述は芭蕉への深い敬意の現れであると思えます。

六、新聞『小日本』と小説「月の都」

「絵入り振り仮名つき」の「家庭向きで上品な」小《こ》新聞として、子規が編集主任を務める『小日本』が創刊されたのは、日清戦争が勃発することになる明治二七年（一八九四）二月一一日のことで、『坂の上の雲』ではこう記されています。

「かれが編集主任になった『小日本』の編集室は、『日本』が手ぜまなので、社屋から半丁ばかり離れたところに設けられた。角屋の土蔵を借りた。その土蔵の二階八畳が、かれの編集室だった」（二・「日清戦争」）。

子規が入社してから新聞『日本』の「文苑」には俳句欄が設けられていましたが、新聞『小日本』の創刊号では「小説を寄稿する者は選択の上相当の報酬を以て之を申受くへし」とし、「和歌俳句を寄稿する者は選択の上之を誌上に掲くへし」としていました。ことに俳句の募集では毎回「題」と期限を設定し、「寄稿は一人に付五句を超ゆへからず」、「懸賞俳句は選抜の上首位より三人の者に一ヶ月間無料にて本紙を呈すへし」とした新企画も発表され、「弦音《つるおと》にほたりと落ちる椿かな」などの漱石の俳句も掲載されたのです。(27) ここには自分が「平民的な文学」と考えていた俳句や文学をとおして新聞の販路を広めようとする子規の才覚も感じられるように思えます。

司馬氏は『日本』の編集主任の古島一雄（号は一念）の眼をとおしてこのような子規の才能を次のように描いています。当初は「子規のことを、／——どうせ浮世ばなれした文学青年だろう。／とみていたのだが、『小日本』を編集するようになった子規を見て意外におもった。…中略…子規の才能にはもともと新聞をやれるような常識的な感覚がまじっていたし、事務処理にかけては社内のだれにも負けなかった」（一・「日清戦争」）。

残念ながら、長編小説『坂の上の雲』は、この後で日清戦争の考察と描写に入ってしまうのですが、新聞『小日本』に掲載された巻頭論説や論説記事だけでなく、子規の小説「月の都」なども長編小説『坂の上の雲』の構造や特徴と深くかかわっていると思われるので、本節ではそれらの内容を考察しておきたいと思います。

この新聞の創刊号の巻頭論説で、「我皇国《みくに》は開闢以来《このかた》世界の万国に優れて貴き皇国ながらの魂あり、是を『日本魂《やまとだましひ》』とはいふなり」と高らかに歌い上げた子規は、「紀元節の佳辰を以て此社会にこそ現れたれ」と結んでいました。

それゆえ、子規の従軍の問題を鋭く分析した評論家の末延芳晴氏は子規がここで、「重ねていへば近くば人間《ひとのよ》の文化を開き、遠くば天地《あめつち》の化育を賛《たす》けんは是れ此『日本魂《やまとだましひ》』になん」と書いていたことに注意を促して、このような考え方こそが「そののち日本が『大東亜共栄』の旗を押し立て」ることになる「精神的バックボーンとなっていった」と厳しく指摘したのです[28]。

たしかに、この文章だけを引用すると子規もここで「日本魂」の絶対性を主張しているようにも感じられますが、子規の「比較」という方法や、憲法がなく言論の自由が保障されていなかった帝政ロシアで検閲にも配慮しながら発行されていた総合雑誌『時代』を参考にするとき、問題はその記述に現れているほど単純ではないことに気づきます。

その冒頭で「亜米利加《あめりか》には自《おのづ》から亜米利加魂あり」という言葉で始まっていた巻頭論説は、イタリアには「イタリア魂」が、ロシアには「ロシア魂」など、「己《おの》がじし其《そ》の國魂《くにだましひ》を備へぬ者なし」と続けて、ナショナリズムの相対化をし、仁義や博愛の心を持つことが「天地《あめつち》の化育を賛《たす》けんは是《こ》れ此《この》日本魂になん」と記して、日本人がそのような普遍的な価値を世界に広めるべきだとの主張をしていたのです[29]。

『小日本』創刊の日が「紀元節」であることも強調されていますが、「国民主義」を謳った新聞『日本』が創刊されたのも大日本帝国憲法が発布されたのと同じ二月一一日であることを思い起こすならば、ここでは秘かに「憲法」の発布の意義も讃えられていたといえるでしょう。つまり、社説で用いられていた「日本魂」を讃える表現も、ドストエフスキーが帝政ロシアの厳しい検閲から逃れるために用いた「イソップの言葉」に似た用語であり、他の国家にも言及することで、「日本魂」の相対化をしていた可能性があると思われるのです。

「家庭向きで上品な」新聞を目指しつつも、おそらく子規が書いたと思われる論説の趣旨はきわめて激しかったのです。たとえば、三月二九日の「貧と富」と題する論説記事では、「貧富人生免れ難しと雖《いえど》も貧者益々貧にして富者益々富まは其極や奈何《いかん》」と問いかけて格差の問題点を指摘して「極富の人に救済の義務」を説いていました。さらに、四月二九日の「政府党の常語」という論説記事では、「感情」、「譲歩」、「文明」、「秘密」などの用語が政府与党によって常用され、ことに「秘密」という語に関しては、「秘密秘密何でも秘密、殊には『外交秘密』とやらが当局無二の好物なり、…中略…斯かる手段こそ当局の尊崇する文明の本国欧米にては専制的野蛮政策とは申すなれ」と厳しく批判していました。

また、この新聞には北村透谷の自殺についての次のような記事が掲載されましたが、この記事は子規によって書かれていた可能性が高いのです[30]。少し古い文体で句読点もなく読みにくいとは思いますが全文を引用しておきます。

北村透谷子逝く　文学界記者として当今の超然的詩人として明治青年文壇の一方に異彩を放ちし透谷北村門太郎氏去る十五日払暁に乗し遂に羽化して穢土の人界を脱すと惜《をし》いかな氏年末だ三十に上《のぼ》らずあたら人世過半の春秋を草頭の露に残して空しく未来の志を棺の内に収め了《おは》んぬる事嗟々《あゝ》エマルソンは実に氏が此世のかたみなりけり、芝山の雨暗うして杜鵑《ほととぎす》血に叫ぶの際氏が幽魂何処《いづこ》にか迷はん。

文芸評論家の北村透谷は『戦争と平和』や『イワンの馬鹿』の英訳を読んでトルストイの戦争観に言及し、評論「トルストイ伯」を書き、内田魯庵訳の『罪と罰』についても高く評価していました。(31)次章で見るように、一九〇五年には『復活』の魯庵訳が新聞『日本』に掲載されることになることを想起するならば、この文章を強い関心を持って読んだ読者は少なくなかったと思われます。

卯之花舎《うのはなや》の署名で発表された子規の小説「月の都」も、『小日本』に連載されたのですが、この小説が書かれたのは子規がまだ学生の頃で、若い仏師の悲恋を描いた幸田露伴の『風流仏』から強い感銘を受けた子規が、「退寮事件」後に駒込に家を借りて二四年の冬期休暇中に一気に書き上げていました。

俳人の碧梧桐は「この猛精進を風のたよりに聞いただけでも、私達は胸を躍らせたものだった」と書いていますが、(32)意気込みに反して幸田露伴から高い評価を得られなかったためにしばらく篋底に眠っていたこの小説を、子規は露伴からの批評も取り入れて全面的に改稿した形で、新聞の創刊号から三月一日まで掲載したのです。

この小説を初めて読んだ時には、上巻の題名「渙亨王假有廟利渉大川利貞〔かんはとおる。おうゆうびようにいたる。たいせんをわたるにあり。ただしきにりあり〕」をはじめ、各章につけられている「用拯馬壮吉〔もつてうまのそうなるをすくえば、きち〕」、「渙奔其机悔亡〔かんのときそのおしまにはしる。くいほろぶ」」などの意味がまったく分からずに困惑しましたが、子規がかつて漱石に易を占っていたこともあったことを思いだして調べると、それらが易教の言葉から取られたものであることが分かりました。

「易の卦を構成する六つの横画」である「爻《こう》」を章の意味で用いるなどの工夫もいくぶん空回り気味ですが、美文調で書かれている内容も主人公たちの心理や感情の動きがあまり描かれていないためにこの小説から深い感動を得ることは難しく、失敗作とされることが多いようです。しかし、司馬作品の研究者の視点から見ると、この小説の着想や主人公たちの形象には興味深い点が多々ありますので、その筋や内容を簡単に紹介しておきます。[33]

「三十一文字の徳は神明に通じ、十七文字の感応《かんのう》は鬼神を驚かすといふめるを、花に寄せ鳥に寄せては詠《よ》み出《い》づる歌に恋の誠をあらわし…」という文で始まるこの中編小説では、花見の宴に招かれた主人公の高木直人が、「桜の精」のような水口浪子の「優《ゆう》にして才《ざえ》あり博《ひろ》く学んで深く蔵《かく》す奥ゆかしさ」や「殊に其《その》歌其手跡《そのしゅせき》」の見事さに深い恋心を覚えるようになります。

高木直人は浪子の父親が花婿に望むのは上流階級の商人（紳商）か法学博士であることを知り、その「不見識」にあきれつつも「今より一、二年意を曲げて法律を学び博士の号を取りて彼奴《かやつ》の鼻明《あ》かせんか」とも考えるのですが、母親が風邪をこじらせて亡くなり、自分も病を煩ったことなどで零落してしまいます。

一方、直人を恋い慕うようになっていた水口浪子は、ロシアの詩人プーシキンの代表作『エヴゲーニイ・オネーギン』のヒロイン・タチヤーナのように女性の方から手紙を出すのですが、直人は「月の都へ旅立ち候」との張り紙をして旅だってしまうところで上巻が終わります(34)。

下巻では浮き世を捨てて無風という行脚僧から白風という名をもらって旅を続けた直人が、それでも浪子への思いを断ち切れずに彼女の乳母の元を訪れ、恋に破れて投身自殺をはかった浪子が、一度は助けられたものの全快することなく亡くなったことを知り、形見の遺書と小袖を受取って悄然と立ち去ることが描かれています。

その後、狂人となってさまよった直人は三保の松原にまでたどりつきますが、たまたまそこに訪れた僧の無風が、松の枝に掛かった小袖を見つけ、さらに波間に浮かぶ破れ笠を拾うと「月の都へ帰り候」という文字が幽《かす》かに読み取れるところで小説は終わります。

ここで注目したいのは、時間的にはもう少し後のことになりますが、従軍記者として満州に渡り、病を得て帰国した子規が「須磨の灯《ひ》か明石《あかし》のともし時鳥《ほととぎす》」という句を詠み、療養院で『源氏物語』を読んだことが『坂の上の雲』では描かれていることです(二・「須磨の灯」)。

実は、須磨や明石のことが記されている『源氏物語』の「絵合わせ」の巻では、殿上人の価値観が鋭く批判されていると思える『かぐや姫の物語』が「日本最初の小説」として語られているのです(35)。

『小日本』には「竹の里人」の号で子規が「御仏のいとも尊しくれなゐの雲か桜の花のうてなか」などの和歌も載せていることに注意を促した柴田宵曲《しょうきょく》は、「こういう歌は直に後年の作品に接続するわけではないけれども、何らか旧套《きゅうとう》に慊《あきた》らぬものが底にほのめいている」と指摘しています(36)。

しかも、古代中国の歴史書『史記』だけでなく、日本の古典にも詳しく『竜馬がゆく』や『風の武士』でも「月の都」に帰ることになる「かぐや姫」に言及していた司馬氏は、『坂の上の雲』を書き終えた直後から『空海の風景』の連載を始めていました。そのことを考えるならば、古めかしい形式で書かれており悲恋に終わりながらも、「月の都」への思いが記されることにより普遍性と深い余韻を持って終わるこの小説が、司馬氏の詩心を強く揺さぶり、新しい構想にもつながった可能性があると思えます。

最後に指摘しておきたいのは、この小新聞では挿絵として日本画も掲載されていましたが、後に子規が『墨汁一滴』において、「初め余の新聞小日本に従事するや適当なる画家を得る事に於いて最も困難を感ぜり」と記し、画家の浅井忠の紹介で中村不折《ふせつ》と「神田淡路町小日本新聞社の楼上」で知り合ったいきさつを記すとともに、「余が不折君のために美術の大意を教へられし事は余の生涯に幾許《いくばく》の愉快を添へたりしぞ」と記していることです。(37) このことは子規の「写生」という方法にも深く関わっているでしょう。

こうして子規が懸命になって編集したにもかかわらず、短期間に二度の発行停止処分などを受けたことで「身代わり紙」であった『小日本』は七月一五日には廃刊になりました。このことにふれた『坂の上の雲』の記述を引用しておきます。

「『小日本』は誕生してほどなく政府の弾圧をくらって発行停止になり、子規は『日本』にもどることになるが、とにかく子規の編集者としての腕は、新聞にうるさい古島一念（一雄の号）もみとめるようになり、子規の死後、／『天がその才幹をねたんでこのひとを夭折《ようせつ》させた』とまで古島は言い、その死を惜しんだ」(一・「日清戦争」)。

七、日清戦争と詩人の思想

日清戦争が勃発したのは、子規が『日本』にもどってからまもなくのことでしたが、注目したいのは司馬氏が「少年のころの私は子規と蘆花によって明治を遠望した」と名前を挙げていた徳冨蘆花が、日清戦争を背景に大山巌大将の娘の悲恋を小説化した代表作『不如帰《ほととぎす》』で、すでに「参謀本部」の問題点の一端を指摘していたことです(38)。

この小説は肺病が原因で夫の母親から海軍大尉・川島武男との離縁を迫られた浪子の苦しみや、妻の健康を案じつつ「絶望の勇をあげて征戦の事」に従った川島大尉の黄海海戦での活躍などを描いてたいへんな人気を得ていました。蘆花が一八九七年から『国民新聞』に連載した『不如帰』という小説の題名からは、病を押して従軍していた正岡子規を強く意識していたのではないかと感じていましたが、自殺を試みて助けられる女主人公の名前が子規の小説の主人公と同じ浪子と名づけられていたのは、「月の都」に対する敬意を示すためではないかとも思われます。

興味深いのは、両者から強い影響を受けていた司馬氏が『坂の上の雲』では、日清戦争の描写や子規の従軍記事をとおして、「参謀本部」の問題をはるかに鋭く指摘していることです。

たとえば、六月二日の閣議で軍隊を韓国に出兵することが決定された際に首相の伊藤博文が、「『清国との勢力均衡をはかるという埒外《らちがい》に出るな』ということを、陸相大山巌《いわお》に言いふくめ」、大山も「絶対に戦争を誘発する行動はとるな」との「厳重な訓示」を旅団長らの東京出発に際して行っていたが、「短期決戦のかたちをとれば成算あり」と判断した参謀次長川上操六は、「外相陸奥宗光と内々で十分なうちあわせ」をして、宣戦布告をせずに日清戦争を始めたと『坂の上の雲』では描かれているのです（一・「日清戦争」）。

こうして始まった日清戦争について司馬氏は、当時の小国プロシアがフランスに勝利した普仏戦争と比較しながら、「日本は国が小さすぎたが、しかし清国との戦争に勝とうとした」とし、勝つために日本が採用した「システムと方法」こそ、「先制主義」により敵の不意を衝くプロシアの参謀本部方式であると説明しています。

さらに『坂の上の雲』では、「明治二十年一月にドイツに派遣され、ほぼ一年半、ベルリンに滞在し、参謀本部の組織と運営を研究」した陸軍の川上操六は、「国家のすべての機能を国防の一点に集中するという思想」を持ち帰ったと記され、「プロシャ《ママ》憲法」を範とした明治憲法でも、「いわゆる統帥権は首相に属して」おらず、「作戦は首相の権限外」だったことも指摘されているのです。

もっとも重要だと思われるのは、この戦争は「参謀本部の川上操六が火をつけ、しかも手ぎわよく勝ってしまった」が、「昭和期に入り、この参謀本部独走によって明治憲法国家がほろんだ」と書いた司馬氏が、ここですでに「憲法上の『統帥権』という毒物のおそるべき薬効と毒性」を指摘していたことです。

しかも、『坂の上の雲』では、「目下、ドイツ帝国の伸張期にあるが、そういうドイツの現実を他の欧州人たちは、／『プロシャでは国家が軍隊をもっているのではなく、軍隊が国家をもっている。』／と、冷笑した」とも記されています。

実際、普仏戦争に勝利して一八七一年に成立したドイツ帝国は、岩倉使節団の一員としてビスマルクと会見した大久保利通や、その時期に留学していた旧長州藩の桂太郎たちや、その後で留学した川上操六には理想的な国家に見えたのですが、その存続は五〇年に満たず、第一次世界大戦後の一九一八年には滅亡してしまうことになるのです。

少し先を急ぎましたが、『坂の上の雲』はこの後で騎兵を率いて難攻不落と言われた旅順要塞を詳しく「捜索」した秋山好古の明晰な意見書や、蛮勇ともいえるような果敢な戦いと旅順の陥落を描いて「日清戦争」の章が終わり、それに続く「根岸」の章の冒頭では、子規の「ついのすみか」となる現在の「子規庵」の構造が次のように詳しく描かれています。

「間かずは五つで、玄関は二畳、その右が三畳の茶ノ間になって、ここに母のお八重がいる。妹のお律はその左の四畳半にいた。玄関の奥が八畳で、これが客間というべきものであろう。客間の左が六畳の部屋で、ここを子規は居間兼書斎にした。この書斎は南にむいている」。

この描写からは子規の生活風景も浮かんでくるようですが、それに続く「子規は、朝はねたり本をよんだり書きものをしたりしている。午後二時ごろ新聞社へゆき、二時間ほどつとめて退社する」という記述からは、羯南がいかに子規の健康にも気を配っていたかが感じられます。

その後で、ようやく戦時中の子規の生活が次のように具体的に描かれます。

「この時期、子規は自分の新聞に、／『文学漫言』／というつづきものを書いていた。／ところが社の連中が従軍記者になってどんどん出てゆくため、子規が書かねばならぬ分量が多くなった。文学欄が担当であったが、ときに国会にも出かけて行って政治記事を書いたりした」。

新政府が成立してから二七年がたったこの頃の「国家」と「国民」との関係についての考察はその後で描かれているのです。重要な箇所なので少し長くなりますが引用しておきます。

「明治政府は、日本人に国家とか国民とかという観念をもたせることにひどく苦慮したようである。このため／——天子さまの臣民。／という思想を、植えつけようとした。忠義の観念は、封建時代の大名とその家来においてすでに濃厚な伝統がある。これをおしえることのほうが、国家と国民の関係を道徳において説くよりもよりわかりやすかった。…中略…維新後の国民教育のなかから育った者が、壮丁《そうてい》の年齢をこえた。それらが戦場におくられている」（一・根岸）。

このような風潮の中で「この二十代の後半にあるかれは、ひとなみに昂奮した」と子規について書いた司馬氏は、その後で「詩人の思想は、一国の社会の成熟の度合と緊密なかかわりがある」と説明し、「戦争そのものについての懐疑や否定の思想が日本の知識階級のあいだにめばえるのはさらにのちのことである」と記していました（傍点引用者）。

しかも、この時期に子規が「進め進め角《つの》一声月上《のぼ》りけり」という「稚拙な句をつくっている」と書いた司馬氏は、「日本人ははじめて手に入れた『国家』と、戦争という国家最大の盛事に対し、ことごとくが子規のこの句にうかがえるような無邪気な昂奮に心をおどらせていた」と書いたあとこう続けているのです。

「そのくせ子規は、この駄句とはまったくべつに、しかも同時期に、かれのその後の評価を決定するあたらしい詩境をひらいているのである。／五月雨《さみだれ》や大河を前に家二軒／蕪村《ぶそん》の句である。／日清戦争がはじまろうとしているころ、子規は百十年前、貧窮のうちに死んだこの天明《てんめい》期の俳人の再評価に熱中していた」。

さらに、芭蕉の「五月雨をあつめて早し最上川《もがみがわ》」という句と蕪村の句を比較することにより、後者の方が「はるかに絵画的実感があるうえに、刻々増水してゆく大河という自然の威力をことさらに威力めかしくうたうことをせず、ほんのひと筆のあわい墨絵の情景にしてしまい、しかもその家二軒の心もとなさをそこはかとなく出している」と説明しています（一・「根岸」）。

この後で、子規が「先生」と呼んでいた常磐会時代の舎監・内藤鳴雪をたずねた際の会話を描いて、「この日の座談も、蕪村であった」と記し、「『写生』／ということの重要性を子規が発見するにいたるのは、ちょうどこの戦争の最中である」と記した司馬氏は、子規の「稲刈るや焼場の烟《けむり》のたたぬ日に」などの句を紹介して、「これらの句のよしあしはべつとして、衒気《てらい》や気おいをおしころすことによってひたすらに目を平明にし、ひたすらに的確な写生の姿勢をとろうとする子規の心境がここに出ている。子規の句境の飛躍はこの時期にはじまる」と書いているのです（一・「根岸」）。

八、子規の「従軍記事」

激戦が行われている時期に従軍を熱望していた子規の要望は、彼の健康を心配した羯南などの拒否にあってなかなか適わなかったのですが、記者がもう一人必要と言うことになり急遽、実現しました。

『坂の上の雲』では、新聞『日本』の編集同人が送別の宴を張ってくれた席上で、子規が「かへらじとかけてぞちかふ梓弓《あずさゆみ》／矢立《やたて》たばさみ首途《かどで》すわれは」という、いさましい短歌を詠んだことが記されています。その後で司馬氏は、「子規に会ってから矢もたてもたまらぬ文学青年になって」しまい、仙台の第二高等学校を退学して上京していた高浜虚子と河東碧梧桐《かわひがしへきごどう》の二人に、「『これはあとでお読み』／と、一通の封書をわたした。／（遺書かもしれない）／と、ふたりはさすがに緊張し、本郷の虚子の下宿にもどってから二人で披《ひら》いた」と描写しています。

「征清の事起りて、天下震駭《しんがい》し、旅順、威海衛の戦捷《せんしょう》は神州をして世界の最強国たらしめたり」という激しい言葉で始まる手紙を司馬氏は、「要するに戦いに勝ち、『最強国』になったからこれから産業も起こる、学問芸術もさかんになる。われわれ文学に志す者もぼやぼやしていられない」という意味であったと要約していますが、ここからも文学に対する子規の強い意志が伝わってきます。

子規が遼東半島の金州に上陸した二日後には日清講和条約が締結され、「戦のあとにすくなき燕かな」などの句を詠んだ子規は、戦争を体験することはなかったのですが、異国の地で戦後の風景を詩人の目で見ることになります。評論家・末延芳晴氏は『子規全集』第八巻「漢詩　新体詩」に収められた「金州雑詩」のなかの「金州城」と題された詩で、子規が杜甫の詩を下敷きに「わがすめらぎの春四月、／金州城に来て見れば、／いくさのあとの家荒れて、／杏の花ぞさかりなる」と詠んでいるだけでなく、「髑髏」では「三崎の山を打ち越えて／いくさの跡をとめくれば、此処も彼処も紫に／菫花咲く野のされこうべ」と詠んでいることに注意を促して、子規の従軍新体詩が「反戦詩」へとつながる可能性を指摘しているのです[39]。

第二軍兵站軍医部長として駐留していた森鷗外と出会った子規は、連日、俳諧も論じてもいたのですが、ここでは子規の「従軍記事」を考察することにより、『坂の上の雲』における従軍記者の記述との関連を考察することにします[40]。

子規が従軍記者として配属されたのは、普段は天皇と皇居を警衛する近衛師団であり、神官僧侶を「上等室」に入れる一方で、新聞記者を「下等室」に入れるといった「不公平」な取扱が行われていました。それゆえ、帰国してからおよそ八カ月後の明治二九年（一八九六）の一月一三日から「従軍記事」を連載して、その冒頭で「国あり新聞無かるべからず。戦あり新聞記者無かるべからず」、「新聞記者にして已に国家を益し兵士を利す」と新聞記者の意義を高らかに宣言した子規は、さらに「若し夫の某将校の言ふ所『新聞記者は泥棒と思へ』『新聞記者は兵卒同様なり』等の語をして其胸臆より出でたりとせんか。是れ冷遇に止まらずして侮辱なり」と激しい語調で続けていたのです。

さらに、軍隊における新聞記者の待遇のひどさを「どういうことなのだ」と問いただすと、「ナニ神官僧侶は奏任官見たやうなものだ」が、「……君等は無位無官ぢや無いか無位無官の者なら一兵卒同様に取扱はれても仕方が無い」という答えが返ってきたことを記した子規は、「此時吾は帰国せんと決心せり。…中略…何となれば彼曹長の如きは吾職務を傷けたるものにして管理部長の如きは吾品格を保たしめざるものと信じたればなり」と記していました。「おそらくは日本の近代新聞・文学史上初めて正面から書かれた、軍人及び軍隊批判の記事であった」とこの記事を位置づけた末延芳晴氏は、そのような記事を子規が書けた理由として、新聞『日本』の陸羯南が、軍部の専横に批判的で、「一国政府の腐敗は常に軍人干政のことより起こる」(「武臣干政論」)と主張していた」ことを挙げています。

『坂の上の雲』では子規の「従軍記事」についてはふれられていませんが、そのことは司馬氏が無関心だったことを意味しません。なぜならば、日露戦争の描写では日本人記者が「軍夫のようなあつかい」をされたことが描かれているばかりでなく、外国の記者にきちんと情報を伝えようとしなかったことの問題が考察されているからです(三・「遼陽」)。

すなわち、英米仏の新聞・通信の記者たちがそれぞれの公使館を通じて「早く従軍させよ」と外務省に申し入れると、「大本営の課長級」は、「いまそれどころではない。第一、かれらをつれてゆけば作戦上の秘密がみな敵へ知られてしまうではないか」と頭から拒絶したと記されています。

さらに戦場においても「参謀たちは、この内外の記者団と接触することをうるさがり、ともすればハエのように追っぱらったりした」ために、外国人記者団の憤激を呼んで「怒って本国にひきあげる者が続出」し、「ロシア側の従軍記者の記事が世界じゅうにながされること」になったことも指摘されているのです。

興味深いのは、日本側の会見のまずさを指摘した司馬氏がその一方で、遼陽決戦の後でクロパトキンが記者会見を開いて、「われわれは予定の退却をおこなっているのみである」と発表したために、日本軍非勝利説が世界に広まり、「ロンドンにおける日本公債の応募は激減し、日本の戦時財政に手いたい衝撃をあたえることになった」と描いていることです。

「情報」の重要性については、第六巻の「大諜報」の章や第七巻の「退却」で詳しく分析されているので改めて次章で考察することにします。

九、「愚陀仏庵」での句会――「写生」という方法

従軍からの帰途の船中で再び大喀血をした子規は、神戸県立病院で生死の間をさまようような状態が続きます。このことを知った漱石は、病気見舞を兼ねた手紙で「小子近頃俳門に入らんと存候。御閑暇の節は御高示を仰ぎ度《たく》候」と伝えたばかりでなく、さらに八月には須磨の保養院に移っていた子規に自分の住む下宿への入居を勧誘していました。仏文学者・批評家の粟津則雄氏が書いているように、「そこには、病床の子規を楽しませたいという心配りが働いていたと見るべき」でしょう(41)。

『坂の上の雲』では、故郷の伊予松山に戻った子規と松山中学の英語教師として赴任した夏目漱石との再会について漱石が『ホトトギス』に書いている文章がいくつかの箇所に分けられて現代の読者にも分かりやすいように効果的に紹介されていますが、ここでは原典の流れに沿った形で引用しておきます。

「僕が松山に居た時分、子規は支那《しな》から帰ってきて僕のところへ遣《や》って来た。自分のうちへ行くのかと思ったら……中略……此処《ここ》（漱石の下宿）に居るのだという。僕が承知もしないうちに当人一人で極《き》めて居る。……上野（貸し主）の人が頻《しき》りに止める。正岡さんは肺病だそうだから伝染するといけないからおよしなさいと頻りにいう。僕も多少気味が悪かったけれども断らんでいいとかまわずに置く」。「僕は二階に居る、大将（子規）は下に居る、其《その》うち松山中の俳句を遣《や》る門下生が集つて来る、僕が学校から帰つて見ると毎日のやうに多勢来て居る、僕は本を読むこともどうすることも出来ん、尤《もつと》も当時は余り本を読む方でもなかったが、兎《と》に角《かく》自分の時間というものがないのだから止むを得ず俳句を作った」。

司馬氏はここには「語り口をおもしろくするための誇張があるようだが」と指摘していますが、この記述は漱石における創作活動にもかかわる重要なものでしょう。

「愚陀仏」という漱石の別号から、子規がこの下宿に家主《いえぬし》には断りなしに「愚陀仏庵」という庵号を付けていたと書いていた司馬氏は漱石が松山で「愚陀仏は主人の名なり冬籠《ふゆごもり》」という句を作ったことを紹介するとともに、秋山真之の顔をきちんと描写できなかった漱石を「写生能力の不足じゃな」とからかった子規が『源氏物語』に言及しながらこう語ったと記しています。

「おどろかされるのは、源氏の写生力じゃ。ちかごろ文壇では写実派などととなえだしているが、その写実の上でもいまの小説は源氏にはるかに劣っている」（二・「須磨の灯」）。

このような「写生能力」の問題は、事実の認識と記録の能力にもかかわっています。小説「月の都」を考察した本章の第六節では与謝野晶子訳の『源氏物語』にも言及しましたが、ここで思い起こしておきたいのは、旅順の攻防に際して「君死にたまふこと勿《なか》れ」という詩を書いた与謝野晶子を批評家の大町桂月が厳しく批判していたことです。

『坂の上の雲』ではこのことにはふれられてはいませんが、注目したいのは『子規全集』の解説「文章日本語の成立と子規」において司馬氏が、「私どもが夏目漱石と正岡子規、もしくは森鷗外を所有していることの大きさは、その文学より以前に、かれらが明治三十年代においてすでにたれもが参加できる文章日本語を創造したことである」と記し、さらに次のように続けていることです(42)。

「文章を道具にまで還元した場合、桂月も鏡花も蘇峰も一目的にしか通用しないが、漱石や子規の文章は愚痴も表現できれば国際情勢も論ずることができ、さらには自他の環境の本質や状態をのべることもできる」。

大町桂月や徳富蘇峰の文章と比較しながら子規と漱石について記されたこの言葉は、『坂の上の雲』において正岡子規が担っている役割を考える上でも重要でしょう。

この時期の重要性に注目して「愚陀仏庵の句会を通して俳人漱石が誕生する」と書いた俳人の坪内稔典氏は、別れにあたって子規と漱石が「秋」を詠んだ句を紹介するとともに、子規が松山を去った（明治二十八年十月十九日――筆者注）「その直後の二十二日から『俳諧大要』の連載が新聞『日本』で始まった」と続けて、その冒頭の言葉を記しています(43)。

「俳句は文学の一部なり文学は美術の一部なり故に美の標準は文学の標準なり文学の標準は俳句の標準なり即ち絵画も彫刻も音楽も演劇も詩歌小説も皆同一の標準を以て論評し得べし」。

この記述からは、すでに一〇年前に比較という方法に目覚めて、大学生の時にはドイツ語で書かれた哲学の一部門である「美学」の著書を叔父の拓川に頼んで送ってもらい、なんとか読もうとしていた子規の方法論的な深まりが感じられます。日本文学の独特な表現形式である俳句にも普遍性を認めた子規のこの文章は、漱石がロンドンで書き始めることになる『文学論』への強い刺激となったとも思われます。

別れにあたって子規と漱石が秋を詠んだ句については、終章で見ることにしますが、「漱石が俳人として知られたのもこの時期であった」と記した坪内氏は、「明治の新風を起こそうとした」子規が評論「明治二十九年の俳句界」で、新風を担う俳人として河東碧梧桐、高浜虚子などととともに、夏目漱石にも言及して、「漱石は明治二十八年始めて俳句を作る。始めて作る時より既に意匠において句法において特色を見《あら》はせり」と書き、「累々《るいるい》と徳孤《こ》ならずの蜜柑《みかん》哉」などの句を挙げていることを紹介しているのです(44)。

注

（1）松田修一『道理と真情の新聞人　陸羯南』東奥日報社、二〇一五年、一一二～一一三頁。
（2）有山輝雄『陸羯南』吉川弘文館、二〇〇七年、一〇四～一〇五頁。

（3）鹿野政直「ナショナリストたちの肖像」『陸羯南・三宅雪嶺』（『日本の名著』第三七巻）中央公論社、一九八四年、一一頁。
（4）陸羯南「国民論派の発達」、前掲書『陸羯南・三宅雪嶺』、一二四頁。
（5）青木彰「陸羯南への思い」『司馬遼太郎の跫音』中央公論社、一九九八年、三六九頁。
（6）陸羯南「創刊の辞」、前掲書『陸羯南・三宅雪嶺』、一二三一～一二三二頁
（7）ドストエフスキー、染谷茂訳「土壌主義宣言」『ドストエフスキー全集』第三七巻、新潮社、一九八〇年、三一三～三一五頁。
（8）小林秀雄『ドストエフスキイの生活』（『小林秀雄全集』第五巻）新潮社、一九六七年、八四頁。
（9）高橋誠一郎『欧化と国粋――日露の「文明開化」とドストエフスキー』刀水書房、二〇〇二年、第二章参照。
（10）同右、第三章参照。
（11）グロスマン、松浦健三訳編「年譜（伝記、日記と資料）」『ドストエフスキー全集』（別巻）新潮社、一九八〇年、四八三頁。
（12）有山輝雄、前掲書『陸羯南』、一四六頁。
（13）浅岡邦男「解説」『「小日本」と正岡子規』大空社、一九九四年、一一～一三頁。
（14）有山輝雄、前掲書『陸羯南』、一四六頁。
（15）成澤榮壽『加藤拓川――伊藤博文を激怒させた硬骨の外交官』高文研、二〇一二年、一八七頁。
（16）司馬遼太郎「文章日本語の成立と子規」『子規全集』第一三巻、七九二頁。
（17）『子規全集』第一三巻、四七二～四八二頁。

(18) 坪内稔典『正岡子規 言葉と生きる』岩波新書、二〇一〇年、八二〜八五頁。
(19)『子規全集』第一三巻、五三二頁。
(20) 有山輝雄、前掲書『陸羯南』、七頁。
(21)『子規全集』第一三巻、五三五頁(一部、ルビを補った)。
(22) 司馬遼太郎『北のまほろば』(『街道をゆく』第四一巻)朝日文芸文庫、一九九七年、二六、九六頁。
(23) 同右、二一一〜二一四頁。
(24)『子規全集』第一三巻、五六七頁(なお、この句は「はて知らずの記」初出時に掲載された)。
(25) 古川愛哲『「坊っちゃん」と日露戦争——もう一つの「坂の上の雲」』徳間文庫、二〇〇九年、二三五〜二三六頁。
(26) 安倍善雄『最後の「日本人」朝河貫一の生涯』岩波現代文庫、二〇〇四年、二八頁、および四五〜五七頁参照。
(27) 浅岡邦男「解説」、前掲書『「小日本」と正岡子規』、三三一頁。
(28) 末延芳晴『正岡子規、従軍す』平凡社、二〇一〇年、三〇九頁。
(29) 正岡子規編集・執筆『小日本』全二巻、大空社、一九九四年参照。
(30) 浅岡邦男「解説」、前掲書『「小日本」と正岡子規』、三四頁。
(31)『北村透谷選集』岩波文庫、一九七〇年参照。
(32) 河東碧梧桐『子規を語る』岩波文庫、八九頁。
(33)『子規全集』第一三巻、一二五〜一六一頁(ルビの読みは『子規選集』第八巻に収められている「月の都」に依った）。

（34）『エヴゲーニイ・オネーギン』とドストエフスキー作品とのかかわりについては、高橋誠一郎『ロシアの近代化と若きドストエフスキー』成文社、二〇〇七年、第二章参照。

（35）与謝野晶子訳『源氏物語』上巻、角川文庫、一九七一年、五一一頁。

（36）柴田宵曲『評伝　正岡子規』岩波文庫、一九八六年、一一五頁。

（37）『子規全集』第一一巻、二一七〜二二〇頁。

（38）高橋誠一郎『司馬遼太郎の平和観――「坂の上の雲」を読み直す』東海教育研究所、二〇〇五年、第二章参照。

（39）末延芳晴、前掲書、二四六〜二六四頁参照。

（40）同右、第七章「子規が体験した軍隊生活」参照。

（41）粟津則雄「解説」和田茂樹編『漱石・子規　往復書簡集』岩波文庫、二〇〇二年、四九五頁。

（42）司馬遼太郎「文章日本語の成立と子規」『子規全集』第一三巻、七八七頁。

（43）坪内稔典、前掲書『正岡子規　言葉と生きる』、一〇二〜一〇三頁。

（44）坪内稔典編『漱石俳句集』岩波書店、一九九〇年、二二三頁

第五章　「君を送りて思ふことあり」――子規の視線《まなざし》

一、「竹ノ里人」の和歌論と真之――「かきがら」を捨てるということ

秋山真之のアメリカ留学の前に子規が「君を送りて思ふことあり蚊帳《かや》に泣く」という句を新聞『日本』に載せたことを紹介した司馬氏は、「子規ほど地理的関心の旺盛な男はめずらしく、世界というものをこれほど見たがる人物もすくないと真之はかねがねおもっている。しかし皮肉なことに、運命はその後の子規を病床六尺に閉じこめてしまった」と続けていました（『坂の上の雲』二・「渡米」）。

そして、司馬氏は日露戦争の激戦の描写に先だってアメリカに留学して米西戦争を詳細に観察した秋山真之やロシアに留学したことでロシアを内側から見ることになった広瀬武夫の観察をとおして、ロシアの実態や当時の世界情勢を描いています。

ただ、そのことは『坂の上の雲』という長編小説における子規の役割を低めるものではなく、子規の「比較」や「写生」という方法に注目するならば、アメリカやイギリスに留学した秋山真

之や夏目漱石の視線は、子規の視線《まなざし》とも重なっていると思えます。

たとえば、アメリカに派遣されることが決まった真之と子規との会話では、すでに日露戦争が話題となっており、日本はロシアに勝てるのだろうかと問われて、「わからん。戦争の要素には外交のことが大きく入ってくる。どこかの強国が日本を支援せぬかぎり、とてもむりだろう」と答えた真之が、さらに「強国とは、アメリカかね」という質問には、「英国かもしれんな」と言ったと描かれているのです（二・「須磨の灯」）。

さらに、「英国はこの戦争で清国ばかりを支援したではないか」と子規から反駁された真之に「国の外交というのは変わるものだぜ。とくに英国外交は現実をみて変わる」と語らせた司馬氏は、「真之はこの戦争中、英国は日本が優勢とみてにわかに態度を変えてきたことを具体的に知っている」と書き、「戦争の初期、きわめて反日的であった」英国政府は、日本の善戦を見た後では、「方針を一変し、その東洋艦隊に対して親日的態度をとるように訓令した」と続けていきます（二・「須磨の灯」）。

このような真之の会話からは、感情に流されずに冷静に事実を判断しようとする子規の視線や方法と重なるものが感じられます。実際、「真之は、戦略戦術の天才といわれた。／が、ひょっとすると、天才ではないかもしれない」と書いた司馬氏は、「その発想法は、物事の要点はなにかということを考える。／要点の発見法は、過去のあらゆる型を見たり聞いたり調べることであった」と続けているのです（二・「渡米」）。

真之の活躍を描いた「米西戦争」に続く「子規庵」の章の冒頭で、「子規は相変わらず、根岸の里で病を養っている」と書き始めた司馬氏は、「たれいうともなくこの家賃五円の根岸の家を子規庵とよぶようになった。／子規がねている部屋は、相変らず小庭に面した南むきの六畳の間である。このむさくるしい病室が書斎であり、客室にもなる」と書いています。

子規が明治二九年に新聞『日本』に連載していた随筆「松蘿《しょうら》玉液《ぎょくえき》」において「ベースボールの歴史、競技の仕方、ベースボールの特色などを三回にわたって」書いていることを紹介した坪内稔典氏（子規研究者、佛教大学教授）は、「彼の文学観の著しさは、作者が面白いと思うものを読者にも面白いと思わせることだった」と指摘しています[1]。

そして坪内氏は、子規が詠んだ「久方のアメリカ人のはじめにしベースボールは見れど飽かぬかも」などの歌を紹介し、「『久方の』はあめ〔天〕にかかる枕詞だが、それをアメリカの『アメ』にかけて遊んでいる」と説明しています。

たしかに、それまで和歌では漢語や洋語は俗語とみなされて、歌に用いてよい雅語とはされなかったことを考えるならばこの句の新しさがわかるでしょう。太平洋戦争の頃になると日本では、英米など西欧の言語は「敵性言語」として排斥され、野球の「ストライク・アウト」などの用語も「よし・だめ」などと言い換えられることになるのです。

このような子規の和歌観は、専制政治や農奴制を批判したために南方へと左遷されていたロシアの詩人プーシキンにも通じるところがあると思われます。代表作の韻文小説『エヴゲーニー・オネーギン』でプーシキンは、主人公の服装を描写する際に「そうは言っても、ズボン、フロック、チョッキなどという、そういう言葉がまるでわがロシア語にないのである」と書いて、外国語を用いることを忌避し、ロシア語のみで表現しようとする「国粋主義」的な傾向を批判していました(2)。

「祖国戦争」後のロシアのナショナリズムの勃興期に多感な少年時代から青年期を過ごしていたプーシキンは、ロシアの地方貴族の娘タチヤーナが当時の貴族たちの習慣に従ってフランス語で書いた手紙を、ロシア語に訳すという形をとることで、農民の言葉と見なされていたロシア語が読者の感情にも訴えることができる豊かな表現力をもつことを明らかにし、母国語で考え、表現することの重要性も示していました。

閉ざされた空間の「子規庵」でガラス戸越しに見える庭の草木や風景を詠いながらその詩境を深めていたことに注意を促した俳人の柴田宵曲は、「ガラス障子にしたのは寒気防ぐためが第一で、第二にはいながら外の景色を見るためであった。果たしてあたたかい。果たして見える」と子規が記していることに注意を促していますが(3)、子規は「ガラス戸」という洋語を用いて「ガラス戸の外は月あかし森の上に白雲長くたなびける見ゆ」という歌などを詠んでいたのです。

『坂の上の雲』では「庭のみえるガラス戸のそばに、小石を七つならべてある」ことにふれて、俳句仲間がその石を「満州のアムール河の河原でひろうたものぞな」と持ち帰ってくれたものであることが説明され、「七つの小石を毎日病床からながめているだけで、朔風《さくふう》の吹く曠野《こうや》を想像することができるのである」と書かれています。

子規に「古今《こきん》や新古今の作者たちならこの庭では閉口するだろうが、あしはこの小庭を写生することによって天地を見ることができるのじゃ」と語らせた司馬氏はこの後で、「竹ノ里人」の雅号で新聞『日本』に発表された「歌よみに与ふる書」という一〇回連載の歌論について「事をおこした子規は、最初から挑戦的であった」と書き、次のように詳しく考察しています。

「その文章は、まずのっけに、／『ちかごろ和歌はいっこうにふるっておりません。正直にいいますと、万葉いらい、実朝《さねとも》いらい、和歌は不振であります』／という意味を候文で書いた。手紙の形式である。／『貫之《つらゆき》は下手な歌よみにて、古今集はくだらぬ集に有之候』／という。歌聖のようにいわれる紀貫之をへたとこきおろし、和歌の聖典のようにあつかわれてきた古今集を、くだらぬ集だとこきおろしたところに、子規のすご味がある」。

しかし、「歌は事実をよまなければならない。その事実は写生でなければならない」と主張した「子規への攻撃が殺到」します。

「子規の恩人である陸羯南などは、短歌にも一家言があり、『日本』の社長として子規の原稿に横ヤリなどは入れないが、しかし子規の論ずるところにははっきりと反対であった。また『日本』の社内には歌を詠んだり歌に関心のある記者が多い。これらが、ぜんぶといっていいくらいに子規の論に反対であった」。

そのような厳しい批判にもひるまずに子規は持論を展開したのですが、司馬氏は子規の歌論の意味を、「英国からもどって」きた真之との会話をとおして分かり易く説明しています。

すなわち、「あしはこのところ旧派の歌よみを攻撃しすぎて、だいぶ恨みを買うている。たとえば旧派の歌よみは、歌とは国歌であるけん、固有の大和言葉でなければいけんという。グンカンということばを歌よみは歌をよむときにはわざわざいくさぶねという。いかにも不自然で、歌以外にはつかいものにならぬ」と子規は語ったのです。

司馬氏は子規が外国語を用いることや「外国でおこなわれている文学思想」を取り入れることが、「日本文学を破壊するものだという考えは根本があやまっている」と主張し、「むかし奈良朝のころ、日本は唐の制度をまねて官吏の位階もさだめ、服色もさだめ、唐ぶりたる衣冠をつけていたが、しかし日本人が組織した政府である以上、日本政府である」と続けたと描いています。

一方、「日本人が、日本の固有語だけをつかっていたら、日本国はなりたたぬということを歌よみは知らぬ」という子規の歌論を聞き、彼が書いた新聞の切り抜きを読んだ真之は、「升サンは、俳句と短歌というものの既成概念をひっくりかえそうとしている。あしも、それを考えている」と語ります。

そして真之は、古い伝統を持つスペイン海軍とアメリカ海軍を比較しながら、遠洋航海に出た軍艦には、「船底にかきがらがいっぱいくっついて船あしがうんとおちる」と指摘して、「作戦のもとになる海軍軍人のあたま」も、「古今集ほど古くなくても、すぐふるくなる」ので、「固定概《かきが》念《ら》」は捨てなければならないと主張したのです（二・「子規庵」）。

この記述に注目するとき、子規の俳句論や和歌論は古今東西の海軍の戦術を丹念に調べてそれを比較することで最良の戦術を求めようとした真之の方法についてだけでなく、イギリスに留学した夏目漱石やロシアに留学した広瀬武夫の見方にも深く関わると思われます。

二、「倫敦消息」――漱石からの手紙

「子規庵」の章で司馬氏は、「いま熊本の第五高等学校の教授をしている夏目漱石が、ちかくイギリスに留学することになっているのを子規はきいていた」と書いていますが、一九〇〇年九月八日に横浜埠頭からドイツの客船「プロイセン」号で旅立った漱石は、スエズ運河を通過してナポリで上陸し、列車で着いたパリに一週間ほど滞在した後に一〇月二八日にロンドンに到着しました。

ただ、漱石は後に『文学論』の「序」において、自分の命令された研究の題目が「英語」であり、「英文学」ではなかったために最初は提案を辞退したが、校長などの慰留によって文部省を訪れ、許される研究の範囲を確認した後に了承したと記しています(4)。

このことに注目した日本文学研究者の小森陽一氏は、漱石が「英語」と「英文学」の差異にこだわったのは、「同じ第一回文部省官費留学生として」ドイツに留学することになった、かつての同級生の国文学者芳賀矢一《はがやいち》やニーチェの紹介者の高山樗牛《たかやまちょぎゅう》の二人には、「美学や哲学とあわせて『文学』を『研究』する『命令』が出ていた」ためだろうと推測しています(5)。

イギリス留学の後半には漱石が部屋に閉じこもって必死に『文学論』を書いていたことを想起するならば、おそらくこの推測は正しいと言えるでしょう。

一方、文芸評論家の柄谷行人氏は一九七八年五月に書いた「風景の発見」で、夏目漱石の『文

学論』を「突然に咲いた花であり、したがって、種を残すこともなかった」と書いていました。(6)しかし、一九九二年の「詩と死——子規から漱石へ」では、新聞『日本』の意義にも言及しながら、子規が紙上で展開した「俳諧大要」の試みとは、「普遍性への志向」であり、漱石の「文学論」の試みはそれを受け継いでいると規定しています。(7)

病身の子規が俳句の詳しい分類と比較をもとにして日本に留まりながらも美学的な視点から「俳諧大要」を書いていたのを読んでいた漱石にとって、英国へ留学する意味は、すぐれたイギリスの技術を学ぶ手段としての英語教育のためではなく、英文学や哲学を学び、英国の社会をも考察したかったのだと思えます。

実際、漱石は到着翌日の日記に「ロンドン市中に歩行す。方角も何も分らずただ南亜〔引用者注——南アフリカ〕より帰る義勇兵歓迎の為め非常の雑沓《ざっとう》にて困却《こんきゃく》せり」と記してボーア戦争にも言及しているのです。

そして明治三三年一二月二六日の子規宛のハガキでは、「詳細なる手紙差上度《さしあげたく》は候へども何分多忙故時間惜き心地致し候故《ゆえ》端書にて御免蒙《こうむ》り候…中略…当地ハ昨日が『クリスマス』にて始めて英国の『クリスマス』に出喰《く》はし申《まうし》候」と書き、「柊《ひいらぎ》を幸多かれと飾りけり」と「屠蘇《とそ》なくて酔はざる春や覚束《おぼつか》な」の二句を添えて送っていました。(8)

さらに、翌三四年の四月には少し時間ができたとみえて、九日、二〇日、二六日に病の床にある子規の依頼に応じて長文の手紙を出し、それらの一部は「倫敦消息」と題して『ホトトギス』に掲載されたのです。(9)

「（前略）夫《それ》だから今日即ち四月九日の晩をまる潰しにして何か御報知を仕様《しよう》と思ふ。報知し度《たい》と思ふ事は沢山あるよ。こちらへ来てからどう云ふものかいやに人間が真面目になつてね。色々な事を見たり聞《きい》たりするにつけて日本の将来と云ふ問題がしきりに頭の中に起る」。

本書の視点から興味深いのは、新聞『日本』の記者でもある子規に次のように書いていることです。

「是《これ》から吾輩は例の通り『スタンダード』新聞を読むのだ。西洋の新聞は実に《（ママ）》でがある。始《はじめ》から仕舞まで残らず読めば五六時間はかかるだらう。吾輩は先《まず》第一に支那事件の処を読むのだ。今日のには魯《ロ》国新聞の日本に対する評論がある。若《も》し戦争をせねばならん時には日本へ攻め寄せるは得策でないから朝鮮で雌雄を決するがよからうといふ主意である。朝鮮こそ善《よ》い迷惑だと思つた」。

この後で漱石は長編小説『復活』を書いたトルストイが、明治三四年（一九〇一）二月に宗務院によって教会から破門されたというニュースが新聞『スタンダード』に記載されていることをこう伝えています。

「其《その》次に『トルストイ』の事が出て居る。『トルストイ』は先日魯西亜《ロシア》の国教を蔑視《べつし》すると云ふので破門されたのである。天下の『トルストイ』を破門したのだから大騒ぎだ。或《あ》る絵画展覧会に『トルストイ』の肖像が出て居ると其前に花が山をなす、夫《それ》から皆が相談して『トルストイ』に何か進物をし様なんかん《（ママ）》て『トルストイ』連は焼気《やけ》になつて政府に面当《つらあて》をしているといふ通信だ。面白い」。

比較文学者の清水孝純氏は、『漱石資料――文学論ノート』に付された「『文学論』の序の腹案」の（四）に、「Tolstoi What Is Art」と記されていることに注意を促して、「漱石は、『文学論』の構想への真の刺激を実はトルストイの『芸術とは何か』から得たのではないか、漱石の試みの壮大さは、他ならず近代文明告発の書ともいうべきこのトルストイの著作の壮大さとよく見合うものではないか」と想定しています(10)。

この問題に深く立ち入る余裕はここではありませんが、子規の書いた詩人・北村透谷の死亡記事や子規の「俳諧大要」を強い関心を漱石が持って読んでいた可能性が高いことに留意するならば、子規への手紙で漱石がトルストイにも言及したことからは、子規の哲学的な深い関心にも応えようとする姿勢が強く感じられます。

同じ明治三四年の四月二六日に書いた手紙で、「魯西亜《ロシア》と日本は争はんとしては争はざらんとしつつある。支那は天子蒙塵《てんしもうじん》の辱《じょく》を受けつつある。英国はトランスヴハールの金剛石を掘り出して軍費の穴を塡《うず》めんとしつつある。此多事なる世界は日となく夜となく回転しつつ波瀾《はらん》を生じつつある」と書いてボーア戦争にも言及した漱石は、こう結んでいました。「我輩のすむ小天地にも小回転と小波瀾があつて…中略…而《しこう》して我輩は子規の病気を慰めんが為に此日記をかきつつある」。

漱石のこの文章を読みながら私は、『文学評論』という題名で出版されることになる「一八世紀英文学」の講義の構想も、漱石は子規を最初の聞き手と想定しながらロンドンのころから温めていたのではないかと考えました。なぜならば、子規は「飯待つ間」で子供たちからいじめられていた子猫を描いており、俳人の秋尾敏氏は「まったくの私見だが、夏目漱石の『吾輩は猫である』は、この『飯待つ間』の猫を受けての作品ではなかろうか」と指摘していますが、私もまったく同感で、二つの作品を続けて読むと子規の見つけた子猫を苦沙弥先生が引き取ったかのようにさえ感じられるからです[11]。漱石が大学で「一八世紀英文学」の講義を行ったのは、ちょうど『吾輩は猫である』を書いていた時期と重なり、この講義はたいへんな人気を呼んだとのことですが、その遠因も漱石が子規のことを思い浮かべながら語りかけるように書いていたからではないかとも思えます[12]。

全部で六編からなるこの著作には第四編の「スウィフトと厭世文学」などで文学者と作品についての深い分析もなされていますが、第一編の「序言」には、子規が喜びそうな「文学史は科学か」という普遍性を目指したテーマも論じられ、「文学の批評家および文学史家は科学的態度を除去する能わず」と記されているのです。

少し寄り道をすることになりますが、漱石の作品を嫂登世への思いという視点からスキャンダラスに解釈した文芸評論家の江藤淳は、「『文学論』を書いていた漱石には、自らの復讐の対象である文学の感触を楽しんでいるような、奇妙に倒錯した姿勢がある」とも記していました[13]（傍点引用者）。しかし、ロンドンでの漱石を考察した末延芳晴氏は、そのような解釈は「『文学論』とその『序』が持つ本質的意味を読み誤ってしまって」いると厳しく批判しています[14]。本書の第三章では、「憲法」がなく表現の自由も厳しく制限されていた帝政ロシアで苦闘していたドストエフスキーの作品を主人公の情念に絞って考察した小林秀雄の解釈の問題点を指摘しましたが、江藤淳の漱石論からも同じような傾向が強く感じられます。

実際、「一八世紀の状況一般」と題された第二編で漱石は、作家とその作品と社会状況との深い関わりを明らかにしており、そこでは「英国の哲学」や「政治」、「芸術」が論じられ、「脚本の検閲」や「議員買収」にも言及されているだけでなく、「珈琲店《コーヒー》」の紹介では、店内で読むことのできる新聞についてもふれているのです。

第三編の「アヂソン及びスチールと常識文学」では、「自由と学問と文学」の後に「新聞の歴史」の項目が置かれ、『タトラー』、『スペクテーター』、『ガーディアン』の各紙が詳しく紹介されています。もし子規が漱石の帰国後も生きていたら、彼が眼を輝かせてこれらの話題に聞き入っていたことは確実でしょう。

一方、漱石のイギリス滞在中に日英同盟が一月に締結されました。漱石は明治三五年三月一五日に岳父中根重一に宛てた手紙で、日英同盟に沸く日本を批判して次のように書いたのです(15)。

「新聞電報欄にて承知致候がこの同盟事件の後本国にては非常に騒ぎをり候よし、かくの如き事に騒ぎ候はあたかも貧人が富家と縁組を取結びたる喜しさの余り鐘太鼓を叩きて村中かけ廻るやうなものにも候はん」。

日露戦争が勃発する危険性が高まってきたこの頃について『坂の上の雲』の「列強」の章においては、日本では「新聞が、よく読まれた。どの町内にも一人は新聞狂のような人物がいて、時事に通じていた。それ以前のどの時代にもまして、時事というものが国民の関心事になっていた。それほど、世界ことにアジアの国際情勢と日本の運命が、切迫していたといっていい」と描かれています。

司馬氏は『時事新報』や『報知新聞』の次のような見出しを引用しています。「露国の大兵、東亜に向ふ」(「時事新報」)。／「まさに来らんとする一大危険・露国の満州占領は東亜の和平を攪乱《こうらん》す」(「万朝報」)。／「露清密約問題に大学教授ら憤起。伊藤内閣の軟弱外交を痛罵《つうば》す」(「報知新聞」)。／「露国国旗を寸断《ずた》々々に蹂躙《じゅうりん》(「報知新聞」)」。

ここでは徳富蘇峰の『国民新聞』については言及されていませんが、かつては軍国主義の危険性を指摘し平民主義を唱えていた蘇峰も、日清戦争の後では「国家膨脹主義」を唱えるようになり、外遊後に内務省勅任参事官に任命されると、それまでの政府批判の論調から一転して、「桂内閣の政策を一貫して支持」するようになっていました(16)。

新聞記事の見出しを示すことで司馬氏は日露戦争の気運が新聞などをとおして高まっていく当時の日本の雰囲気を具体的に示しているのですが、そのために司馬氏が新聞のこのような書き方を擁護していると勘違いしている読者も少なくないと思います。しかし、ここでは当時の日本の状況が新聞報道の問題をとおして浮き彫りにされているのであり、司馬氏の見方と重なってはいないことに注意を払う必要があるでしょう。

日本の新聞報道に対する司馬氏の見方については第六節で『坂の上の雲』の記述を詳しく分析することにしますが、後に雑誌『文藝春秋』の冒頭に載せた「この国のかたち」で司馬氏は、ナショナリズムを駆り立てて戦争を煽るような記事の書き方を厳しく批判しているのです(17)。

「ナショナリズムは、本来、しずかに眠らせておくべきものなのである。わざわざこれに火をつけてまわるというのは、よほど高度の（あるいは高度に悪質な）政治意図から出る操作というべきで、歴史は、何度もこの手でゆさぶられると、一国一民族は潰滅してしまうという多くの例を残している（昭和初年から太平洋戦争の敗北までを考えればいい）」。

漱石は子規に書いた手紙でイギリスがダイヤモンドを手に入れるために始めたボーア（南ア）戦争を厳しく批判していましたが、『坂の上の雲』ではこの戦いでイギリス軍の参謀長をつとめ、日露戦争には観戦武官として参加していたハミルトンの言葉が記されています。「典型的な帝国主義戦争として内外に悪評高かった南阿《なんあ》戦争（一八九九〜一九〇二）に従軍した」ハミルトンは、「軍人としての義務があるから私は最善をつくしたつもりだが、ああいう戦争はよくない」と語り、「侵略戦争は民族戦争をやる相手に対して勝つことはほとんど不可能にちかいという原則をもつようになった」と描かれているのです（五・「乃木軍の北進」）。

三、「澄んだ眼をしている男」——広瀬武夫のピエール観

秋山真之の親友・広瀬武夫も「少尉当時からロシアに関心をもち、ロシア語を独習」していたためにロシアに派遣されていました（二・「渡米」）。島田謹二氏の名著『ロシアにおける広瀬武夫』によりながら、司馬氏は広瀬武夫がゴーゴリの『隊長ブーリバ』やアレクセイ・トルストイの全集に熱中するなど「日本人としては、ロシア文学をロシア語で読むことができたごく初期のひとびとの一人であろう」と書いていています（三・「旅順口」）。

注目したいのは、菊池寛の『西住戦車長伝』に描かれている「西住小次郎が篤実で有能な下級将校であったことはまちがいない」としながらも、司馬氏が、西住戦車長が「軍神」になりえたのは、陸軍が「軍神を作って壮大な機甲兵団があるかのごとき宣伝をする必要があった」からであると批判した後で『ロシアにおける広瀬武夫』からは、「この個性的な明治の軍人がすぐれた文化人の一面をもっていたことを知った」と続けていることです。(18)

実際、広瀬武夫の留学を詳しく調べて、広瀬の蔵書本の中には七冊本のプーシキンの他に九冊本のトルストイがあることを明らかにした島田氏は広瀬が『大尉の娘』を気に入っていたばかりか、「叙事詩『ルスランとリュドミーラ』を脚色したミハイル・グリンカの楽劇をマリヤ座でみた」だけでなく、「たびたび話題に上るので、フォン・ヴィージンの喜劇『ネドロスリ』もみた」ことも記しています。(19)

司馬氏は広瀬が、「プーシキンの詩の幾編かを漢詩に訳した」ことにも触れていますが、草鹿外吉氏も「日本で最初にプーシキンが翻訳された一八八三年から一九一〇年まで」、プーシキンの抒情詩がほとんど翻訳されなかったことを指摘し、その理由の一つとして「明治の文明開化における西欧偏重という歴史的事実」を挙げるとともに、「日本におけるプーシキンの抒情詩の活字になっているもっとも古い訳は、日露戦争で戦死した海軍士官広瀬武夫の漢詩訳『詩人』『夜』『とらわれびと』（一八九八年訳）の三篇であること」を紹介していました。(20)

この意味で注目したいのは、「祖国戦争」後のロシアの貴族社会を痛烈に批判して、デカブリストたちにも影響を与えたグリボエードフの『知恵の悲しみ』についても、広瀬が「セリフは口

語にちかい言葉でありながら、りっぱな詩になっているのが耳にこころよい」との感想を持った

と島田氏が記していることです。

三年間の外遊から戻ってすぐに父親の頃からの旧知の貴族ファームソフの夜会に出席した喜劇『知恵の悲しみ』の主人公チャーツキイも、「祖国戦争」で勲功を挙げて「まだ若いが高い官等に上って」いる将校のスカロズープが、「モスクワは火事のおかげですっかり綺麗《きれい》になった」と語ると、「家は新しくなったが、偏見は昔のままです」と痛烈な皮肉をとばし、さらに「友達や親類に法の制裁を防いで貰いながら立派な家をこしらえて」いると貴族たちを批判していたのです(21)。

トルストイが『戦争と平和』の前に憲法の発布を求めて蜂起したデカブリストを題材にした小説を書いていたことは知られていますが、この意味でも『知恵の悲しみ』についての広瀬の感想は興味深いものがあります(22)。

『坂の上の雲』では「広瀬のロシア駐在はながかった。足かけ五年におよび、その間、おおぜいのロシアの海軍武官につきあったが、広瀬はかれらのあいだでもっとも人気のある外国武官だった」と書かれており、ロシア貴族の娘アリアズナからも愛されたことも紹介されています(二・「風雲」)。

さらに帰国に際して広瀬が、モスクワからイルクーツクまでは「シベリア鉄道の速度や回数など、いざ軍隊輸送につかわれたばあいの輸送能力を知るため」に鉄道を利用し、その後は「極寒のシベリアをソリで横断」したとも書かれています。

司馬氏はふれていないのですが、『ロシアにおける広瀬武夫』ではようやくウラジオストーク

に到着し、ペテルブルグで世話になった日本貿易事務官・川上俊彦《としつね》から、「広瀬君もロシヤ滞在はずいぶん長かったですね。いろいろもの思うことも多いでしょう」と問われた広瀬は、「そう、ずいぶんいろいろなことがありました。体験の上からも知識の上からも私の生涯のうちでもっとも重要な時期でした」と答えたと描かれています。

さらに、「いろいろな方面で、せまかった私の眼をロシヤは開いてくれました」と続けた広瀬は、「あのころは日本からもっていった日本人の眼で、ロシヤの風俗を外から眺めて、日本人の心で判断して、笑ったり怒ったりしていたのだと思います」とし、「国家としては、日本の恐るべき敵でしょうが、個人的な交際を考えると、いい人が多いですな」とも語っていたのです（傍点引用者）。

島田氏はロシア滞在の終わり頃には『戦争と平和』を読み上げていた広瀬が、この長編小説の構造について、「ずいぶん長いもので、はじめは迷宮にはいったような気がしましたが、だんだん家族と家族の結びつきがわかってきました。しまいにはボルコンスキー家と、ロストフ家の人々が記録の中からぬけだして、生きてきました」との感想を述べたと描いています。

『坂の上の雲』の主人公たちとの比較で興味深いのは、「ピエール・ベズーホフがことにいい」と語った広瀬が、川上から「君にもピエールのようなところがあるよ」といわれると「そう。理想家というのでしょうね。ピエールは、神秘家でもなければ、聖者でもありません。ただ心をきよくして単純な生き方をしているうちに、満ちわたる生命《いのち》の光をあびたんです。澄んだ眼をしている男と書いてありますね。……」（傍点引用者）と分析していることです(23)。

島田氏は広瀬が、「日本の将校だから、日本のために戦うのは当然だが、同時に、ロシヤにも報いるような道をみつけたい。それが人道というものでしょうね」と続けたと描いています。

この記述からは、トルストイが『ロンドン・タイムズ』に発表した「戦争は又もや起これり、何人にも無用無益なる疾苦《しつくこ》此に再びし」という厳しい日露戦争批判の論文「悔い改めよ」が、幸徳秋水と堺利彦の訳で『平民新聞』に掲載され(24)、内村鑑三などキリスト者だけでなく、与謝野晶子の詩「君死にたまふことなかれ」にも影響を与えたことが想起されます(25)。

一方、広瀬が尊敬して軍港クロンシュタットまで会いに行ったことのあるマカロフ中将について、『坂の上の雲』では「貴族の出身でなく、平民の出身で」、「帆船時代の水夫《セーラー》からたたきあげ」で、その著作は「海軍の専門分野だけでなく、海洋学や造船学の分野にまでおよんでおり、その点からいえばロシアがもつもっとも有能な学者といっていい」ほどで、まさに「ロシア海軍の至宝」というような存在だったと書かれています(三・「旅順口」)。

旅順港の海戦で亡くなった悲劇の将軍マカロフを謳った石川啄木の「老将軍」という詩にふれて司馬氏は、「啄木の思想的成長」は徳冨蘆花の場合と同様に、ロシアと深く関わっていると指摘しています(26)。後に見るように、司馬氏は近代戦争の悲惨さを体験した秋山真之が戦後に僧侶となろうとしたことを描いていますが、広瀬の語った言葉からは彼が日露戦争で死ななければ、立派なトルストイ主義者となり、「人道的な視点」から平和にも大いに貢献しただろうという感慨さえ抱きます。

さらに、「澄んだ眼をしている男」というピエールについての広瀬の表現から連想されるのは

『坂の上の雲』の正岡子規のことです。病魔に襲われて寝たきりになる子規とピエールを比較するのは奇異に映るかもしれませんが、『戦争と平和』の冒頭の夜会のシーンでは自由と平等の理念を高く評価したピエールの言葉が描かれており、『坂の上の雲』でも「国会」開設の必要性を訴えた子規の演説「天将《まさ》ニ黒塊《コックワイ》ヲ現ハサントス」が批判されたために、松山中学を退学して上京したことが描かれていました。また、軍人ではないにもかかわらず戦場を訪れて自分の眼で事実を確認しようとしたピエールと子規の行動からも共通の姿勢が感じられるのです。

それゆえ、広瀬のロシア文学観にふれたこれらの箇所になぜ司馬氏が言及していないのかと不思議にも思えましたが、「陸羯南と新聞『日本』の人々」というテーマで本を書くという構想があったかもしれないという元産経新聞編集局長で、その後筑波大学・東京情報大学教授を歴任した青木彰氏の言葉を思い出したときに納得できたように思えました[27]。

研究者とは異なり作家はその知識を、すべて読者の前に提示するのではなく、自分の構想にもっともふさわしい場面でそれを描くからです。「プーシュキンの叙事詩『ルスランとリュドミーラ』を脚色したミハイル・グリンカの楽劇をマリヤ座で」見ていた広瀬は、ロシアの貴族社会の腐敗を暴いたトルストイの『復活』も読んでいたと記されています[28]。

第七節で見るように、子規の死後にトルストイの『復活』が内田魯庵訳で新聞『日本』に掲載されたことや、子規の畏友・漱石のロシア文学に対する関心の深さに留意するならば、実際に司馬氏には「陸羯南と新聞『日本』の人々」というテーマの長編小説の構想があった可能性があるのではないかと私にも思えるのです。

四、虫のように、埋め草になって――「国民」から「臣民」へ

「日本国がロシア国に対して国交断絶を通告したのは、明治三十七年二月六日であった」が、「すでに戦闘はそれ以前からはじまっている」と書いて、日清戦争と同様に日露戦争も日本の先制攻撃で始まったことを指摘した司馬氏は、短期決戦を目指した日本軍とロシア軍との戦略の違いに注意を向けています。

すなわち、「日本軍に数倍する大兵力の集結を待ち、最後の決戦を予定するが、それまでの戦闘はできるだけ兵力の使い減らしを避け、日本軍に対しては適当に消耗を強《し》いつつ、何段階かにわけて後退してゆく」というロシア軍の戦略は、一八一二年のナポレオンとの「祖国戦争」だけでなく、ヒトラーとの「大祖国戦争」でも用いられることになる戦略だったのです（三・「砲火」）。

このような両軍の戦略の違いを踏まえて司馬氏は日本陸軍の最初の大きな戦いであり、「貧乏で世界常識に欠けた国の陸軍が、銃剣突撃の思想で攻めよう」としたために、「おもわぬ屍山血《しざんけつ》河《が》の惨況をまねくことになった」南山の激戦での攻撃を次のように描いています（傍点引用者、三・「陸軍」）。

　歩兵は途中砲煙をくぐり、砲火に粉砕されながら、ようやく生き残りがそこまで接近すると緻密《ちみつ》な火網《かもう》を構成している敵の機関銃が、前後左右から猛射してきて、虫のように殺されい

てしまう。それでも日本軍は、勇敢なのか忠実なのか、前進しかしらぬ生きもののようにこのロシア陣地の火網のなかに入ってくる。入ると、まるで人肉をミキサーにかけたようにこなごなにされてしまう。

こうして南山の激戦での日本軍の攻撃方法に注意を促していた司馬氏は、前節で見た旅順艦隊との海戦を描いた後で、旅順の要塞をめぐる死闘は「要塞の前衛基地である剣山の攻防からかぞえると、百九十一日を要し、日本側の死傷六万人という世界戦史にもない未曾有の流血の記録をつくった」と指摘しています（三・「黄塵」）。

注目したいのは、「驚嘆すべきことは、乃木軍の最高幹部の無能よりも、命令のまま黙々と埋め草になって死んでゆくこの明治という時代の無名日本人たちの温順さ」であると記した司馬氏が、「命令は絶対のものであった。かれらは、一つおぼえのようにくりかえされる同一目標への攻撃命令に黙々としたがい、巨大な殺人機械の前で団体ごと、束《たば》になって殺された」と続けていることです。

ことに後の「特攻隊」につながる決死隊については、彼らが、「ようやく松樹山西方の鉄条網の線に到達したとき、敵の砲火と機関銃火はすさまじく、とくに側面からの砲火が白襷隊《しろだすきたい》の生命をかなりうばった」とされ、「三千人の白襷隊が事実上潰滅したのは、午後八時四十分の戦闘開始から一時間ほど経ってからであった」と描かれています（四・「旅順総攻撃」）。

ここで司馬氏は、「虫のように殺されてしまう」兵士への深い哀悼の念を記していましたが、実は夏目漱石も日露戦争直後の一九〇六年一月に発表した短編小説『趣味の遺伝』では、旅順での苛酷な戦闘で亡くなった友人の無念さに思いを馳せてこう描いていました(29)。

「狙いを定めて打ち出す機関砲は、杖を引いて竹垣の側面を走らす時の音がして瞬《また》く間に彼等を射殺した。殺された者が這い上がれる筈がない。石を置いた沢庵《たくあん》の如く積み重なって、人の眼に触れぬ坑内に横はる者に、向へ上がれと望むのは、望むもの、無理である」。

しかも、この作品の冒頭近くで軍の凱旋を祝す行列に新橋駅で出会った主人公が、「大和魂を鋳固めた製作品」のような兵士たちの中に、「亡友浩さんとよく似た二十八九の軍曹」を見かける場面を描いていた漱石は、「沢庵の如く積み重なって」死んでいる友人への思いを、「日露の講和が成就して乃木大将が目出度《めでた》く凱旋しても上がる事は出来ん」と記していたのです（傍点引用者）。

このように見てくるとき、突撃の場面が何度も詳細に描かれているのは、「国家」のために自らの死をも怖れなかった明治の庶民の勇敢さや「心意気」を描くためではなく、ひとびとの平等や自由のために「国民国家」の樹立を目指した坂本竜馬たち幕末の志士たちの熱い思いと、長い歴史を経てようやく「自立」した「国民」は、いつ命令に従うだけの従順な「臣民」に堕してしまったのだろうかという重たい問いを司馬氏が漱石から受けついでいたためではないかと思われます。

ただ、ここで注意を払っておきたいのは、漱石も「大和魂」を絶対化することの危険性を、比較という方法を知っていた子規から学んでいたように思われることです。

実は、「貫之は下手な歌よみにて古今集はくだらぬ集に有之候」という有名な文章で始まる明治三一年二月一四日の「再び歌よみに与ふる書」で、歌人の「香川景樹《かがわかげき》は古今貫之崇拝にて見識の低きことは今更申す迄も無之候」と記していた子規は、翌年に書いた「歌話」の（十二）で香川景樹の『古今和歌集正義総論』を次のように厳しく批判していました[30]。

「案の如く景樹は馬鹿なり。大和歌の心を知らんとならば大和魂の尊き事を知れ、などと愚にもつかぬ事をぬかす事、彼が歌を知らぬ証拠なり。…中略…言霊の幸《さき》はふ国といふ事は歌よみなどの口癖にいふ事なれど、こは昔日本に文字といふ者無く何も彼も口にてすませし故起りし言葉にて、今日より見れば寧ろ野蛮を証明する恥辱の言葉なり」。

いささか激しすぎる批判のようにも感じますが、前章では子規の「はて知らずの記」に関連して東北の詩人・石川啄木の「訛り」を詠んだ歌についても考察しました。子規はここで香川景樹が続けて「万の外国其声音の溷濁不清なるものは其性情の溷濁不正なるより出れば也」（原典では傍点ではなく△印）と断言していることを、「此の如き議論の独断的にして正鵠《せいこく》を誤りたるは当時世界を知らぬ人だちの通弊」であると指摘し、「これを日本国内に徴するも、東北の人は総《すべ》て声音混濁しをれども、性情はかへつて質朴にして偽《うそ》なきが如き以て見るべし」と、東北弁を例に挙げながら批判することで、自分の価値観を絶対化することの危険性を指摘していたのです。

このような子規の問題意識を最も強く受け継いでいるのが、明治三八年（一九〇五）の一月から翌年の九月まで『ホトトギス』に断続的に掲載された『吾輩は猫である』において描かれている主人公・苦沙弥先生の次のような新体詩ではないかと私は考えています。

その新体詩は「大和魂《やまとだましい》！　と叫んで日本人が肺病みの様な咳をした」という文章で始まり、「起し得て突兀《とつこつ》ですね」という寒月君や東風君など聞き手の感想を間に描きながら読み進められていくのですが、ここでは詩の一部を抜粋して引用しておきます(31)。

「大和魂！　と新聞屋が云ふ。大和魂！　と掏摸《すり》が云ふ。大和魂が一躍して海を渡った。英国で大和魂の演説をする。独逸《ドイツ》で大和魂の芝居をする／東郷大将が大和魂を有《も》つて居る。肴屋の銀さんも大和魂を有つて居る。詐欺師《さぎし》、山師《やまし》、人殺しも大和魂を有つて居る。／(中略)／誰も口にせぬ者はないが、誰も見たものはない。誰も聞いた事はあるが、誰も遇《あ》つた者がない。大和魂はそれ天狗の類か」。

苦沙弥先生の新体詩はここで唐突に終わるのですが、この作品の第一一話で漱石は、「子規さんとは御つき合でしたか」との東風君の問いに、「なにつき合はなくつても始終無線電信で肝胆相照らして居たもんだ」と苦沙弥が応えたと描いているのです。

「大和魂」を絶対化して「スローガン」のように用いることの危険性を主人公に語らせていた漱石の指摘は『坂の上の雲』という長編小説を考える上でも重要だと思われます。なぜならば司馬氏は、小説の筋における時間の流れに逆行する形で、南山の激戦や旅順での白襷隊の突撃を描く前に、「太平洋戦争を指導した日本陸軍の首脳部の戦略戦術思想」を、「戦略的基盤や経済的基礎のうらづけのない、『必勝の信念』の鼓吹《こすい》や『神州不滅』思想の宣伝、それに自殺戦術の賛美とその固定化という信じがたいほどの神秘哲学が、軍服をきた戦争指導者たちの基礎思想のようになってしまっていた」と痛烈に批判していたからです（三・「砲火」）。

そして、『坂の上の雲』を書き終わった一九七二年に発表した「戦車・この憂鬱な乗り物」と題したエッセーで司馬氏は、「戦車であればいいじゃないか。防御鋼板の薄さは大和魂でおぎなう」とした「参謀本部の思想」を厳しく批判しているのです(32)（傍点引用者）。

五、奇蹟的な「大航海」と夢枕に立つ「竜馬」

旅順要塞が陥落したという知らせを受けてなされたロシアの宮廷会議の決定を受けて、「バルチック艦隊がリバウ港を出港して万里の征旅についたのは、十月十五日」のことでした。

艦隊の出港時の壮麗な美を司馬氏はこう描いています。「埠頭《ふとう》には軍楽隊が整列して吹奏し、群衆がウラーの声をあげた。…中略…万事が、ロシア風に荘重であった。前夜は旗艦スワロフの艦上で、航海の無事を祈る祈禱式《きとうしき》があった。その儀式は、各艦の上でもおこなわれた。／ロシアの軍艦旗である聖アンドレーエフの旗が、どの艦にもひるがえっている」（四・「旅順総攻撃」）。

こうして、バルチック艦隊は華々しく出港したのですが、「ロシアの士官の多くは貴族もしくは地主階級を出身基盤とし、兵は農奴《のうど》的な階級から徴募されてくる」ので、「ロシア海軍では士官が兵をなぐるということが普通におこなわれて」いました（四・「海濤」）。

そのために、体罰に対する水兵の不満が高まって反抗的な態度にでるというような事態も有名なポチョムキン号の反乱に先立って起きていたのです。

しかも、ロシア帝国では外交が重視されていなかったことを指摘した司馬氏は、「ロシア帝国にとって列強無比の大いなる存在は、第一にはその帝権が際限もなく大きいということであり、第二にはその軍事力の強大さであり、第三には対内的な秘密警察の能力の高さと大きさであった。ロシア帝国はこの三つのパワーによってささえられていたといっていい」と書いていました。

こうして、バルチック艦隊も絶対的な権限を持つ皇帝の代理人としての権力を持つ提督と、強大な軍事力とを誇示しつつ印度洋まで辿り着くのです。

しかし、その一方でこの艦隊は行く先々で外交的な困難と直面して、「極東への途中、一カ所も給炭所をもたずに」洋上で石炭を補給しながら航海するという、「奇蹟というにふさわしかった」ような大航海をせざるをえなくなったのです（五・「印度洋」）。

それゆえ、実質的にはバルチック艦隊は日本海に達する頃には、日本海軍との海戦の前に兵士も艦隊自体も疲労しきっていました。一方、長い間待たされた上に、どこから出現することがわからなかったために、「日本じゅうがこのことで神経病患者のようになって」いました（六・「艦影」）。ここで司馬氏は、皇后の夢枕に現れた白装の武士が自分は坂本竜馬であると名乗り、ご心配しないようにと告げたという「噂がさかんに巷間《こうかん》で取り沙汰されたというのもこの時期であった」というエピソードを描いています。

そして、竜馬は「長崎で私設海軍をつくって日本の海運と海軍の源流のひとつをなした」と続けていたために、一部の評論家は司馬氏が『坂の上の雲』で軍神としての坂本竜馬を讃えたかのように解釈しました。

しかし、『竜馬がゆく』第二巻の「あとがき」で若き竜馬を「世界のどの民族の前に出しても十分に共感をよぶに足る青春」として描き出していた司馬氏は、長編小説『坂の上の雲』を書き上げた翌年に書いたエッセーで、このエピソードは「まったくの嘘でつくりあげたのではない」にしても、宮内庁の田中光顕などの土佐人が考え出した可能性があることを指摘しています(33)。

そして、「明治国家の続いている八十年間、その体制側に立ってものを考えることをしない人間は、乱臣賊子とされた」とし、民主主義的な思想を持っていた「竜馬も乱臣賊子の一人だった」と記した司馬氏は明治維新の担い手であった竜馬については教科書に掲載されないばかりか、海軍の創設者として再評価される一九〇七年ごろまでは、語ることも「まるでタブーのようだった」ことに注意を促しているのです。

さらに、「中江兆民も明治の乱臣賊子です」と記した司馬氏はこう続けています。「人間は法のもとに平等であるとか、その平等は天賦のものであるとか、それが明治の精神であるべきです。こういう思想を抱いていた人間がたしかにいたのに、のちの国権的政府によって、はるか彼方に押しやられてしまった」。

ただ、司馬氏は「結局、明治国家が八十年で滅んでくれたために、戦後社会のわれわれは明治国家の呪縛から解放された」と書いていましたが、明治が四五年で終わることを考慮するならば「明治国家」が「八十年間」続いたという記述は間違っているように思う人は少なくないと思われます。しかし、「王政復古」が宣言された一八六八年から敗戦の一九四五年までが、約八〇年であることを考えるならば、司馬氏は「明治国家」を昭和初期にまで続く国家として捉えていたといえるでしょう。

なぜならば、バルチック艦隊の派遣を検討したロシアの「宮廷会議は、当時の日本の政治家からみれば、奇妙なものであったろう。ほとんどの要人が、／――艦隊の派遣は、ロシアの敗滅になる。／とおもいながら、たれもそのようには発言しなかった。文官・武官とも、かれらは国家の存亡よりも、自分の官僚としての立場や地位の保全のほうを顧慮した」と記した司馬氏はこう続けているのです（四・「旅順総攻撃」）。

「一九四一年、常識では考えられない対米戦争を開始した当時の日本は皇帝独裁国ではなかったが、しかし官僚秩序が老化しきっている点では、この帝政末期のロシアとかわりはなかった。対米戦をはじめたいという陸軍の強烈な要求、というより恫喝《どうかつ》に対して、たれもが保身上、沈黙した」。

この記述を考慮するならば、日露戦争の激戦をとおして司馬氏が主に描いていたのは、戦うことを決断した明治の人々の「気概」ではなく、厳しい現実を直視した人々の「勇気」であり、ロシアの官僚と後の日本の官僚の類似性だったといえるように思えます。

六、新聞の「叡智《えいち》と良心」

話は少し戻りますが、『坂の上の雲』では日本の大本営が日露戦争をはじめるにあたって、「ロシア内外の不平分子を煽動《せんどう》して帝政を倒さしめるべく大諜報をおこなうことを決定し」、参謀本部が明石元二郎大佐に「この工作費が、日本の歳入がわずか二億五千万円のころに百万円という巨額」の工作費を与えていたことも記されていました（三・「遼陽」）。

それらの結果、ロシアでは一気に革命運動が盛り上がるのですが、司馬氏は、「新聞の水準は、その国の民度と国力の反映であろう」と書き、「日本では軍隊こそ近代的に整備したが、民衆が国際的常識においてまったく欠けていたという点で、なまなかな植民地の住民よりはるかに後進的であった」と記しています（五・「大諜報」）。

そして、「ロシアの革命勢力の徒に対し、／『不忠者』と呼ばわらんばかりの見出しを、ロシアの敵国の新聞がつける滑稽さはどうであろう「要するに、この当時の日本人は、ロシアの実情などはなにも知らずに、この民族的戦争を戦っていたのである」と続けているのです。

日露戦争においては多大な人的被害を出しながらも、騎兵部隊を率いた秋山好古など中堅の将校や兵士の奮戦によって日本はかろうじて押し気味に戦争を進めることができました。しかし、「日本はその財政的危機から決定的戦勝をえて事態を和平にもちこみたいという気分がほとんど焦燥といっていいほどに高まりつつあった」ことに注意を促した司馬氏は、「外務省ではアメリカのセオドル《（ママ）》・ルーズヴェルト大統領を仲介者とする和平工作をすすめつつあった」ことを紹介しています（五・「奉天へ」）。

このような時期に外交官の金子堅太郎を補佐して和平に動いたのが、「清国の中立と朝鮮の領土保全を護る」ために戦争に踏み切った日本の正しさを『日露衝突』という英文の著書で、歴史学の視点から国際情勢をくわしく分析して解説していた朝河寛一だったのです(34)。

こうして、アメリカの仲介により日本は何とか和平交渉に持ち込むことができ、徳富蘇峰の

『国民新聞』だけが、唯一、講和条件に賛成の立場を表明しました。しかし、日本政治思想史の研究者・米原謙氏によれば「戦争に際して、『国民新聞』は政府のスポークスマンの役割を果たし」ており、「具体的には、国内世論を戦争遂行に向けて誘導し、対外的には日本の戦争行為の正当性を宣伝」していたのであり、「蘇峰は政府の内部情報を逐一知らされていた」可能性が強いのです(35)。

つまり、思想家・徳富蘇峰の『国民新聞』が焼き討ちされたのは彼が「反戦を主張した」からではなく、最初は戦争を煽りながら、戦争の厳しい状況を知った後ではその状況を隠して「講和」を支持したからであり、その「御用新聞」的な性格に対して民衆の怒りが爆発したためでした。実際、蘇峰の弟の蘆花は、「そうなら国民に事情を知らせて諒解させれば、あんな騒ぎはなしにすんだでしょうに」と問い質していたのですが、蘇峰は「お前、そこが策戦（ママ）だよ。あのくらい騒がせておいて、平気な顔で談判するのも立派な方法じゃないか」と答えていました(36)。

この点を誤解している人はいまも非常に多いようで、作家の百田尚樹氏も小説『永遠の0《ゼロ》』の第九章「カミカゼアタック」において、登場人物に「私はあの戦争を引き起こしたのは、新聞社だと思っている」と語らせ、「反戦を主張したのは徳富蘇峰の国民新聞くらいだった。その国民新聞もまた焼き討ちされた」と断言させています(37)。

司馬氏は後に戦争の実態を「当時の新聞がもし知っていて煽ったとすれば、以後の歴史に対する大きな犯罪だったといっていい」と書いていますが(38)、蘇峰の発言を考慮するならば、この批判が『国民新聞』に向けられていた可能性も強いと思われます。

注目したいのは、戦時中の新聞報道の問題を指摘していた司馬氏が、「ついでながら、この不幸は戦後にもつづく」と続け、「戦後も、日本の新聞は、――ロシアはなぜ負けたか。／という冷静な分析を一行たりとものせなかった。のせることを思いつきもしなかった。／かえらぬことだが、もし日本の新聞が、日露戦争の戦後、その総決算をする意味で、／『ロシア帝国の敗因』／といったぐあいの続きものを連載するとすれば」、ロシア帝国は「みずからの悪体制にみずからが負けた」という結論になったであろうと書いていることです（五・「大諜報」）。

さらに司馬氏は「退却」の章で、「日本においては新聞は必ずしも叡智《えいち》と良心を代表しない。むしろ流行を代表するものであり、新聞は満州における戦勝を野放図に報道しつづけて国民を煽《あお》っているうちに、煽られた国民から逆に煽られるはめになり、日本が無敵であるという悲惨な錯覚をいだくようになった」と分析しています。そして、日露戦争後にはルーズヴェルトが「日本の新聞の右傾化」という言葉を用いつつ「日本人は戦争に勝てば得意になって威張り、米国やドイツその他の国に反抗するようになるだろう」と述べたことに注意を向けた後で司馬氏はこう記していたのです（六・「退却」）。

「日本の新聞はいつの時代にも外交問題には冷静を欠く刊行物であり、そのことは日本の国民性の濃厚な反射でもあるが、つねに一方に片寄ることのすきな日本の新聞とその国民性が、その後も日本をつねに危機に追い込んだ」。

この記述に注意を促したジャーナリストの青木彰氏は、平成三年（一九九一）に京都で開かれた第四〇回新聞学会（現在の日本マス・コミュニケーション学会）で司馬氏が行った記念講演「私の日本論」の内容を紹介しています(39)。

すなわち、「『情報（知識）』には『インフォメーション（Information）』、『ナレッジ（Knowledge）』と『ウィズダム（Wisdom）』の三種類がある」とした司馬氏は、「日本ではインフォメーションやナレッジの情報が氾濫し、知恵や英知を意味するウィズダムの情報がほとんどない」と日本の「新聞やテレビなどマスコミに対する危機感」を語っていたのです。

司馬氏の視線の広さは日本の新聞の問題点だけではなく、日本が同盟した「文明国」イギリスが発する「情報」の質についても言及していることにも現れています。

『坂の上の雲』では、「日本軍は一局面ごとに勝った」が、ロシア軍は伝統的な作戦通りに「さほどの損傷もうけずに後退してあたらしい陣地を」つくっていたにもかかわらず、軍事的には「素人の国際ジャーナリズムが一戦局ごとに日本の勝ちを宣言し、すばやく世界中に宣伝してロンドンの金融街だけでなく、ペテルブルグの宮廷までにそれを信じさせた」のであると書かれているのです（六・「あとがき」）。

しかも司馬氏は、イギリスがロシアと同盟してナポレオンと戦った一八一二年の「祖国戦争」の場合には、「これが逆で」、「ロシアに侵入したナポレオン軍は文字どおり破竹の勢いですすんだが、『ロシアは敗けに敗けている』という情報を、英国は流さなかった」とし、その理由を「英国を主導国とする多くの国が反ナポレオン側に立ち、ロシアに対し全面的な同情的立場をとっていた」からだと説明していました（六・「退却」）。

日露戦争でロシア軍の「退却」が「敗北」としてすばやく世界中に宣伝されたのは、ロシアが

「タイムズやロイター通信という国際的な情報網をにぎっている英国から憎まれていた」からだったのです。さらに、イギリスが「ロシアがアジアの覇者になることを怖れ、極東の弱小国にすぎない日本を支援し、これと日英同盟をむすぶという、外交史上の放れわざをやってのけたのは、英国の伝統的思考法からでたもの」であると分析した司馬氏は、日本軍が勝ち続けてロシアの代わりに日本がアジアの覇者になる可能性が出てくると、「日本は、国力をうしないつつある」ので、「投資対象として不適格な国だということを暗示するような記事になって出はじめた」と指摘しています。

この指摘は、第二次世界大戦後の日米同盟を考えるうえでもきわめて重要でしょう。

七、驀進《ばくしん》する「機関車」と新聞『日本』

漱石は日英同盟の締結に沸く日本をロンドンから冷静に観察していましたが、司馬氏もそのような漱石の視線を強く受け継いでいました。そのことを強く感じたのは、「自国の東アジア市場を侵されること」をおそれたイギリスが同盟国の日本に求めたのは、「ロシアという驀進《ばくしん》してくる機関車にむかって、大石をかかえてその前にとびこんでくれる」と書かれていたことに気づいたからです（六・「退却」）。

しかも司馬氏は、おおかたの英国人の利害と感情を表すならば、「やってくる機関車も吹っとぶかわりに、石を抱いて飛びこんだ日本人もこなごなに、くだけねばならなかった。その両者の残骸《ざんがい》のかなたに、英国人にとっては無限の食欲の対象になるシナ大陸があぶらみのごとく横たわっている」という風景画になるはずだと続けているのです。

この記述を考慮するならば『坂の上の雲』は、一般に解釈されているような、日露戦争の勝利を称えた長編小説ではなく、むしろ「敵国」の兵士や自国民の命を奪う戦争の悲惨さを描いているだけでなく、「軍事同盟」の危険性をも暴いていたのです。

一方、第一次世界大戦中の大正五年（一九一六）に公刊した『大正の青年と帝国の前途』において「何物よりも、大切なるは、我が日本魂也」とし、「日本魂とは何ぞや、一言にして云へば、忠君愛国の精神也」とした徳富蘇峰は、それは「君国の為めには、我が生命、財産、其他のあらゆるものを献ぐるの精神也」と説明し、さらに危険な硫化銅塊を置いても「先頭から順次に」その中に飛び込んだ「白蟻の勇敢さ」と比較すれば、「我が旅順の攻撃も」、「顔色なきが如し」と書いて、集団のためには自分の生命をもかえりみない「白蟻」の勇敢さを讃えていたのです(40)。

司馬氏は日露戦争以降の日本で強まった「自殺戦術の讃美とその固定化という信じがたいほどの神秘哲学」を『坂の上の雲』で厳しく批判していましたが、そのような思想を強烈に唱えたのが日露戦争後の蘇峰だったのです。

ここで思い起こしておきたいのは、漱石や子規の文章を「自他の環境の本質や状態をのべることもできる」と高く評価した司馬氏が、「桂月も鏡花も蘇峰も一目的にしか通用しない」と記していたことです(41)。

鏡花については論じることはできませんが、旅順の攻撃で突撃する日本兵が「虫のように」殺されたと描いたとき司馬氏が、「国民」から人間としての尊厳を奪い、「臣民」として「勇敢な」虫のように戦うことを強いる大町桂月や徳富蘇峰の文章を考えていたことは間違いないだろうと私は考えています。

そのような蘇峰の『国民新聞』と対照的な姿勢を示したのが、子規が入社してからは俳句欄を創設していた新聞『日本』でした。

新聞『日本』は、日露戦争がまだ終結する前の明治三八年（一九〇五）の四月五日から一二月二二日まで約九カ月にわたって、農奴の娘カチューシャを誘惑して捨てた貴族ネフリュードフの苦悩をとおしてロシアの貴族社会の腐敗を厳しく暴いた内田魯庵訳によるトルストイの長編小説『復活』を連載していたのです(42)。

この訳が掲載される前々日の四月三日に、「トルストイの『復活』を訳するに就き」との文章を載せた魯庵は、この長編小説の意義を「社会の暗黒裡に潜める罪悪を解剖すると同時に不完全なる社会組織、強者のみに有利なる法律、誤りたる道徳等のために如何に無垢なる人心が汚され無辜なる良民が犠牲となるかを明らかにす」と宣言していました。

この小文で「『復活』は面白くない小説である」と最初に断った魯庵は、「併し乍《なが》ら読者は記せざるべからず。トルストイは今日世界に独歩《どくほ》する一代の巨人にして」と続け、イギリスのシェイクスピアやイタリアのダンテなどの文学者と比較し、さらにこう記していました。

「トルストイは古《いにしへ》へのモセスや基督《きりすと》や釈迦や孔子が踏みたると同じ道を踏まんとしつゝある千《せん》載稀《ざいまれ》に生ずる偉人」であると書いた魯庵は、『復活』を「現代文明を赤裸々にしたる一大批評なれば永く後世に垂るべき不磨の大文字《だいもんじ》たる事を記せざるべからず」。

このような魯庵の高い評価は明治三〇年に発行された伝記『トルストイ』で作家の徳冨蘆花が、歴史小説『戦争と平和』をナポレオンがロシアに侵攻する前後の「露国社会の大パノラマ」であると規定するとともに、彼を「全露皇帝よりも世界に重い」と高く評価していたこととも深く関係しているでしょう(43)。

ドストエフスキーの『罪と罰』も訳していた魯庵が、「元来神経質なる露国の検閲官」という注釈を付けながら「抹殺」、「削除」された箇所も具体的に指摘していたことにも注目したいと思います。

この意味からも興味深いのは、「漱石という人は奥の深い人です」と記した司馬氏が、「明治のおもしろさというより、頼もしさを感じますね。日露戦争という、国家が滅びるかどうかというようなことをやっている最中に、夏目漱石は『吾輩は猫である』を、つまり彼にとって最初の小説を書いていたわけなのですから」と続けていたことです(44)。

実際、明治三九年（一九〇六）に内田魯庵から同氏訳によるトルストイの『イワンの馬鹿』を寄贈されて、「どうかしてイワンの様な大馬鹿に遭って見たいと存候。出来るならば一日でもなって見たいと存候。近年感ずる事有之イワンが大変頼母しく相成候。イワンの教訓は西洋的にあらず寧ろ東洋的と存候」との礼状を出していた漱石は、その三カ月ほど後に『吾輩は猫である』において、「イワン」の日本版ともいえる「馬鹿竹」の話を書いていました(45)。

膨大な数の死傷者を出した旅順要塞とクリミア戦争でのセヴァストーポリ要塞の攻防の激しさ

を比較しつつ、下士官として参戦して小説『セヴァストーポリ』を書いたトルストイが、「その戦争体験を通じて国家を越えた人間の課題に到達しよう」としたと書いた司馬氏も（四・「水師営」）、終章の「雨の坂」では秋山真之が戦後は「人類や国家の本質を考えたり、生死についての宗教的命題を考えつづけたりした」と記していました（傍点引用者、六・「雨の坂」）。この記述に留意するならば、秋山真之もまた親友の広瀬武夫と同じようにトルストイの重たい課題を受け継いでいると描かれているように感じられます。

八、「明治の香り」――秋山好古の見識

第二巻「列強」の章は「この十九世紀末というのは、地球は列強の陰謀の舞台でしかない」という強烈な言葉で始まっていましたが、このように見てくるとき、『坂の上の雲』の三分の二以上を占める日露戦争の記述では、凄惨な突撃の場面だけでなく、地球を舞台とした列強による陰謀と戦争が描かれていると言っても過言ではないでしょう。

しかもこの長編小説では、講和の前にロシアの領土のどこかをおさえてしまいたいという政略的意図から、「鴨緑江軍」を新設した東京の参謀次長・長岡外史の行為は、「戦争をもって一個の国家商売にしようとする思想が、日本軍部のなかではじめて濃厚にあらわれてきた最初の現象といえるかもしれない」とも記されていたのです（五・「奉天へ」）。

こうして、日露戦争が終結に向かっていたころ、日本を含む列強はすでに次の戦争から、

五千万人以上の死者を出すことになる第二次世界大戦に向かって準備を始めていたことが示唆され、かなり重たい内容となっています。

それにもかかわらず『坂の上の雲』を読み終えた後ではさわやかな印象が残ります。たとえば、ロシアの原作を敗戦直後の日本に置き換えて、復員兵を主人公とした映画《白痴》を撮っていた黒澤明監督は、『蝦蟇の油――自伝のようなもの』の「明治の香り」と題した章において次のように書いていました(46)。

「明治の人々は、司馬遼太郎氏の『坂の上の雲』に書かれているように、坂の上の向うに見える雲を目指して、坂道を登っていくような気分で生活していたように思う」。

時間的には少しさかのぼる箇所もありますが、ここでは再び、秋山好古に焦点を絞ることで、『坂の上の雲』における「明治の香り」の「残り香」を少し嗅いでおきます。

秋山好古の軍人以外の側面に注意が向けられるのは、「義和団の乱」に乗じて、日本が軍隊を派遣し、「日本も列強にならってここに租界《そかい》（外人居留地）というものを置いた」北清事変の時でした。

「この明治三十四年は、二十世紀の第一年にあたる。中国にとってはさんざんの年であったが、中国利権で飽食しようとする列強にとってはこれほどありがたい夜明けはなかったであろう」と書いた司馬氏は、この年の元旦に『時事新報』がその社説の題を「帝国国民の世界的雄飛をなすべき新しき世紀は来れり」と書いていたことを紹介しています（二・「列強」）。

この年の七月に「居留民の生命財産の保護」ということで置かれた「清国駐屯軍守備隊」の司

令官になった好古は、「日本の租界はきたないですな」と領事の伊集院彦吉から話しかけられると「貧なるかな、ですな」と応じ、「窓外の光景を見ながら、これだけ貧乏な国の納税者が、欧米と似たりよったりの軍隊をもっていることに、あらためてあきれるような思いがした」と書かれています。

そして、「せめて、道普請《みちぶしん》でもしましょうか」と好古が言ったと記した司馬氏は、「道路をひろげるのである。ひろげるだけでなくカマボコ型につくって排水をよくし、道のまわりに陽よけの街路樹をうえれば、わずかでも街としてみられるであろう」と説明し、さらに「工兵にやらせれば、まあただです。日本人は、金よりも体をつかってなんとかやってゆく以外にありません」と語ったと記しているのです。

「好古は日本人だけでなく、天津駐在の欧州各国の軍人や、清国の官民にも人気があった」と『坂の上の雲』では記されており、後に初代の中華民国大総統になる袁世凱《えんせいがい》からも外交秘密を告げられるほどに信頼されただけでなく、ロシア陸軍の大演習を見学にシベリアに行った際にも、「好古の会話には、フランス的教養人の多いロシア陸軍の将官たちにもめずらしいほどの機智が、独特のものやわらかさでつつまれているように」接待委員のミルスキーには思われたと描かれています（二・「風雲」）。青年期に小学校の教員を務めていた好古には、軍人としてだけでなく、行政官としての才能もあったのです。

注目したいのはこの長編小説の終章「雨の坂」では、日露戦争が終わったある夜に秋山好古が、「『ロシアは社会主義になるだろう』／と予言めかしいことをいった」と記されていることです。

実際、明治三八年（一九〇五）一〇月にペテルブルクで労働者代表ソビエトが成立すると、ニコライ二世は立法権を持つ議会招集を宣言し、皇帝の独裁政治や貴族の持つ特権を制限することで事態の沈静化を図ろうとしました。しかし、モスクワの武装蜂起を鎮圧した後では前言を撤回したニコライ二世は明治四〇年（一九〇七）には第二国会を解散させて自らの独裁的な権力を維持し続け、大正六年（一九一七）の一〇月革命の後で処刑されることになったのです。

本書の視点から興味深いのは、「好古は乃木希典との縁が浅くなかったが、その最初の出会いはパリにおいてであった」と書いた司馬氏が、明治二〇年（一八八七）に乃木がフランス陸軍省を訪ねたときには、ちょうど留学中だった好古が通訳したことなどのエピソードをとおして二人の比較をしていることです。

すなわち、乃木から社会主義について尋ねられた好古が、「身分も平等、収入も平等の世の中にするということです」と説明すると、大きくうなずきながらも乃木が、「武士道というのは身を殺して仁をなすものである」と語り、「社会主義より一段上である」と続けた司馬氏は、「乃木という人物は、すでに日本でも亡びようとしている武士道の最後の信奉者であった」と記しています。そして、「好古は乃木がきらいではなかった。しかし乃木の旅順要塞に対する攻撃の仕方には無言の批判をもっていた」ようであると続け、「精神力を強調するのあまり火力を無視するという傾向はどうも解《げ》せない」という彼の言葉を紹介しています。

その後で司馬氏は、乃木希典が「身を犠牲にすると言いつつも、台湾総督をつとめたり、晩年は伯爵になり、学習院長になったり」したことと比較しつつ、「従二位勲一等功二級陸軍大将というような極官にのぼった」秋山好古が、「爵位ももらわず」に、「退役したあとは自分の故郷の松山にもどり、私立の北予中学という無名の中学の校長」を、「黙々と六年間」つとめたことに注意を促しているのです（六・「雨の坂」）。

郷土史の研究者・片上雅仁氏も秋山好古が、「校長在任中、予備役・後備役としての軍籍もあったにかかわらず、軍服を着ることはなく、つねに背広姿であった」ことや、大正一四年からは全国の中学校で週二〜三時間の「軍事教練」が必修科目となったにもかかわらず、「生徒は兵隊ではない」と語って軍事教練を最小限ですませたりしたことを指摘しています。(47)

「太平洋戦争の戦時下にみじかい学生時代を送った」司馬氏は、「そのころから軍人がきらいで」あったが、それは「どういう学校のいかなる学生生徒にも好意をもたれなかったはずの学校教練の教師というものが予備役将校で、たえず将校服をきていたことと無縁ではないかもしれない」と『ひとびとの跫音』で記していました（上・「律のこと」）。

『蝦蟇の油――自伝のようなもの』で、『坂の上の雲』に言及しながら、「坂の上の向うに見える雲を目指して」歩んだ明治の人々の生き方を讃えていた黒澤監督も、威圧的だった教官の辛い思い出を記して、その時に自分をかばった明治生まれの「校長も父も、軍事教練というものに批判的だったのではないか、と思う。教育者にしても軍人にしても、勿論例外はあるが、明治と大正昭和では、見識がまるで違う」と続けていました。(48)

黒澤監督はロシア軍の動きを探るために敵中深くまで入り込んだ斥候隊の活躍を描いていた山中峰太郎の『敵中横断三百里』の脚本を小國英雄と共同で書いていました。俳句も作り能の造詣も深かった黒澤監督にとって、『坂の上の雲』に描かれた秋山好古や子規をめぐる人々には特別な思いがあったことと思われます。

日清戦争を描いた章で司馬氏は、「好古は同時代のあらゆるひとびとから、／『最後の古武士』／とか、戦国の豪傑の再来などといわれた。しかし本来はどうなのであろう」と記し、「かれは自己教育の結果、『豪傑』になったのであろう」と推測し、彼が敵を殺さないように軍刀として戦場でも竹光の指揮刀を腰に吊るしていたことにふれて、「竹光を腰に吊るということは、よほどの勇気が要る」と続けていました（一・「日清戦争」）

そして司馬氏は最終巻の「雨の坂」ではこう記していたのです。

「好古が死んだとき、その知己たちが、／『最後の武士が死んだ』／といったが、パリで武士道を唱えた乃木よりもあるいは好古のほうがごく自然な武士らしさをもった男だったかもしれない」。

注

（1）坪内稔典『正岡子規の〈楽しむ力〉』ＮＨＫ出版、二〇〇九年、八六〜八九頁。
（2）プーシキン、池田健太郎訳『オネーギン』岩波文庫、一九六二年、一六頁。
（3）柴田宵曲『評伝　正岡子規』岩波文庫、一九八六年、二五四頁。
（4）夏目漱石『文学論』第一巻、講談社学術文庫、一九七九年、六〜七頁。

（5）小森陽一『世紀末の予言者・夏目漱石』講談社、一九九九年、一五～一八頁。
（6）柄谷行人『増補　漱石論集成』平凡社、二〇〇一年、一七八頁。
（7）同右、三〇三～三五七頁。
（8）正岡子規「往復書簡」『子規と漱石』（『子規選集』第九巻）増進会出版社、二〇〇二年、二九三頁。
（9）同右、二九九～三二四頁。
（10）清水孝純『漱石　そのユートピア的世界』翰林書房、一九九八年、三二四頁。
（11）秋尾敏「子規と写生文」『正岡子規の世界』角川学芸出版、二〇一〇年、四六頁。
（12）夏目漱石『文学評論』第三巻、櫻庭信之「解説」、講談社学術文庫、一九七七年、二〇〇～二一二頁参照。
（13）江藤淳『決定版　夏目漱石』新潮文庫、一九七九年、四五頁。
（14）末延芳晴『夏目金之助　ロンドンに狂せり』青土社、二〇〇四年、四六二～四六四頁。
（15）三好行雄編『漱石書簡集』岩波文庫、一九九〇年、一〇六頁。
（16）米原謙『徳富蘇峰　日本のナショナリズムの軌跡』中公新書、二〇〇三年。および片山慶隆『日露戦争と新聞』講談社選書メチエ、二〇〇九年、一一一頁。
（17）司馬遼太郎『この国のかたち』第一巻、文藝春秋、一九九〇年、一八頁。
（18）司馬遼太郎「軍神・西住戦車長」『司馬遼太郎が考えたこと』第二巻、新潮文庫、二〇〇五年、一七六頁。
（19）島田謹二『ロシアにおける広瀬武夫』下巻、朝日選書、一九七六年、五〇～五一頁、および七六～七七頁。

(20) 草鹿外吉、引用は米川哲夫「第四回日ソシンポジウムに参加して――報告の要約と雑感」『ソヴェート文学』第九五号、群像社、一九八六年による。

(21) グリボエードフ、米川正夫訳『知恵の悲しみ』(『ロシア・ソビエト文学全集』第一巻)平凡社、一九六六年、二七七頁。

(22) ドストエフスキーの作品における『知恵の悲しみ』の重要性については、高橋『ロシアの近代化と若きドストエフスキー――「祖国戦争」からクリミア戦争へ』成文社、二〇〇七年、序章「近代化の光と影」参照。

(23) 島田謹二、前掲書、二三五頁。

(24) トルストイ「爾曹悔改めよ」『幸徳秋水全集』第五巻、一九八二年、一八二頁。

(25) 藤沼貴『トルストイ』第三文明社、二〇〇九年、五二四～五三五頁。

(26) 司馬遼太郎「啄木と『老将軍』」『古往今来』中公文庫、一九九六年、四〇～四三頁。

(27) 青木彰『新聞との約束　戦後ジャーナリズム私論』日本放送出版協会(NHK出版)、二〇〇〇年、四三四頁。

なお、笹原秀夫(寿峰)「陸羯南と新聞『日本』の研究、その後」司馬遼太郎記念館会誌『遼』第五六号、二〇一五年、二〇～二一頁。および、高木宏治「司馬遼太郎・青木彰の陸羯南研究　孤高の新聞『日本』」、企画展『孤高の新聞「日本」―羯南、子規らの格闘』図録、東奥日報社・愛媛新聞社発行、二〇一五年、二九～三一頁。

(28) 島田謹二、前掲書、七六頁、一六三頁。

(29)『漱石全集』第二巻、一九六六年、一九七頁（ルビは一部省略した）。
(30)『子規全集』第七巻、二五頁、一八七〜一八八頁。
(31)『漱石全集』第一巻、二六二〜二六三頁。
(32)司馬遼太郎「戦車・この憂鬱な乗り物」『歴史と視点——私の雑記帳』新潮社、一九八〇年、四一頁。
(33)司馬遼太郎「竜馬像の変遷」『歴史の中の日本』中公文庫、一九七六年、一五三〜一六四頁。
(34)安倍善雄『最後の「日本人」朝河貫一の生涯』岩波現代文庫、二〇〇四年参照。なお、日露戦争後の日本の方針に対する朝河の厳しい批判については、朝河貫一『日本の禍機』講談社学術文庫、一九八七年参照。
(35)米原謙、前掲書『徳富蘇峰　日本のナショナリズムの軌跡』、一五四頁。
(36)ビン・シン著、杉原志啓訳『評伝　徳富蘇峰——近代日本の光と影』岩波書店、一九九四年、一〇一頁。
(37)百田尚樹『永遠の0《ゼロ》』講談社文庫、二〇〇九年、四二三〜四二四頁。
(38)司馬遼太郎、前掲書『この国のかたち』第一巻、三四頁。
(39)青木彰「付論　司馬遼太郎さんへのレクイエム」、前掲書、四三四頁。
(40)徳富蘇峰『大正の青年と帝国の前途』筑摩書房、一九七八年、二八二頁、三二〇頁。
(41)司馬遼太郎「文章日本語の成立と子規」『子規全集』第一三巻、七八七頁。
(42)籾内裕子「内田魯庵と二葉亭四迷——『復活』初訳をめぐって」『緑の杖』（日本トルストイ協会報）第一二号、二〇一五年、一二〜一三頁。

(43) 徳冨蘆花『トルストイ』(『徳冨蘆花集』第一巻)日本図書センター、一九九九年(初出は一八九七年)、二〇五~二〇六頁。
(44) 司馬遼太郎『「昭和」という国家』日本放送出版協会(NHK出版)、一九九八年、一六二頁。
(45) 大木昭男『漱石と「露西亜の小説」』ユーラシア・ブックレット第一五一号、東洋書店、一三頁。および、法橋和彦『古典として読む『イワンの馬鹿』』未知谷、二〇一二年参照。
(46) 黒澤明『蝦蟇の油――自伝のようなもの』岩波文庫、二〇〇一年、六〇~六一頁。
(47) 片上雅仁「秋山好古の晩年にみる思想・見識」『坂の上の雲ミュージアム通信「小日本」』第三号、二〇〇八年、一一三~一一五頁。
(48) 黒澤明、前掲書、一一二頁。

終章　「秋の雲」――子規の面影

一、雨に濡れる石碑

「ひとつの情景がある」と書き出した司馬氏は、連合艦隊が凱旋の観艦式を行った明治三八年（一九〇五）一〇月二三日の翌々日の朝に暗いうちに家を出た秋山真之が、「子規の家にその母と妹をたずねるつもり」でその近くまで行くが、結局、挨拶をせずにそのまま子規の墓がある田端の大竜寺まで行ったというエピソードを描いています（『坂の上の雲』最終巻、六・「雨の坂」）。

「田端までゆくと、坂がきつくなる。のぼりきって台地に出ると、あたりに人家はすくなく、はるか北に荒川の川岸が望まれ、上り下りする白帆が空と水に浮かんでまるで広重の絵をみるようであった」と坂の上からの光景を描写した司馬氏は、みかげ石に「子規居士之墓」と刻まれた石碑の前に立った真之に、子規自身が生前に書き真鍮《しんちゆう》板《ばん》にきざまれることになる墓誌の碑の文章を思い起こさせています。

そして司馬氏は、「その死者自作の墓誌は、真之の文章感覚からすれば一種ふしぎな文章のようにおもわれたが、しかし子規が主唱しつづけた写生文の極致といったようなもの」であると記しています。そこには「子規居士とは何者ぞということが数行で書かれている」とし、「この墓碑の文体は子規の写生文の模範というより、子規という人間が、江戸末期に完成した武士的教養人の最後のひとであったことをよくあらわしている」と記した司馬氏は、「石碑が濡れはじめ、真之は墓前を去った」、「雨になった」と結んでいます。

『坂の上の雲』では真之が暗誦していた墓誌の全文が数行で記されていますが、ここでは墓碑に刻まれている形で引用しておきます。

正岡子規常規又ノ名ハ處之助又ノ名ハ升
又ノ名ハ子規又ノ名ハ獺祭書屋主人
又ノ名ハ竹ノ里人伊豫松山ニ生レ東
京根岸ニ住ス父隼太松山藩御
馬廻加番タリ卒ス母大原氏ニ養
ハル日本新聞社貟タリ明治三十□年
□月□日歿ス享年三十□月給四十圓

この墓誌が明治三一年（一八九八）に書かれたと記した俳人の坪内氏は、友人の河東《かわひがし》可《か》全《ぜん》（本名は銓、碧梧桐の兄）に宛てた手紙で、「自分は死んでも石碑などはいらない主義だ、やむをえず何か字を彫るなら、別紙のようなことで十分だ」と書き、「コレヨリ上一字増シテモ余計ジャ。但シコレハ人ニ見セラレン」と結んでいたことを紹介しています。(1)

本書では処（處）之助という名前については言及して来ませんでしたが、『評伝　正岡子規』の冒頭で柴田宵曲《しょうきょく》は、次のように説明しています。(2)

「処之助と升《のぼる》とはともに居士の通称である。前者は四、五歳までのもので、爾後《じご》用いられる機会もなかったが、後年『日本人』誌上に文学評論の筆を執るに当り、居士は常に越智処之助なる名を用いていた。越智はその系図的姓である。…中略…居士の文学的事業の範囲は、自ら『マタ(ママ)ノ名』として墓誌に挙げたものの中に包含されるのである」。

子規の墓碑の文面からは、生前交友のあった森鷗外の遺書が思い起こされます。(3)「余ハ少年ノ時ヨリ老死ニ至ルマデ一切秘密無ク交際シタル友ハ賀古鶴所君ナリ　コヽニ死ニ臨ンテ賀古君ノ一筆ヲ煩《わずら》ハス」と冒頭に書いた鷗外は、次のような厳しい文言を連ねていたのです。

死ハ一切ヲ打チ切ル重大事件ナリ奈何ナル官憲威力ト雖《いえども》此ニ反抗スル事ヲ得スト信ス余ハ石見人《いわみのひと》森林太郎トシテ死セント欲ス　宮内省陸軍皆縁故アレドモ　生死別ル、瞬間アラユル外形的取扱ヒヲ辞ス森林太郎トシテ死セントス墓ハ森林太郎墓ノ外一字モホル可ラス

司馬氏は『坂の上の雲』第四巻の「あとがき」で、「この日露戦争の勝利後、日本陸軍はたし

かに変質し、別の集団になったとしか思えないが、その戦後の最初の愚行は、官修の『日露戦史』においてすべて都合のわるいことは隠蔽したことである」とし、「その理由は、戦後の論功行賞にあった」と記していました。

官僚としては中将に相当する軍医総監にまで出世し、従二位・勲一等・功三級の位階勲等を得ていた森鷗外が「墓ハ森林太郎墓ノ外一字モホル可ラス」と激しい文言を記していたことからは考えさせられることがいろいろとあります。

ここではそのことには深く立ち入る余裕はありませんが、この後で鷗外が次のように記していたことに注目しておきたいと思います。

書ハ中村不折ニ依託シ宮内省陸軍ノ榮典ハ絶對ニ取リヤメヲ請フ手續ハソレゾレアルベシコレ唯一ノ友人ニ云ヒ殘スモノニシテ何人ノ容喙ヲモ許サス　大正十一年七月六日

これらの記述からは大逆事件も体験していた森鷗外が「事実」と「歴史」の認識の問題についても深く考察していたことが感じられますが、興味深いのは子規の『小日本』だけでなく漱石の『吾輩は猫である』の挿絵画家でもあった中村不折《ふせつ》に鷗外が書を依託していたことです。

しかも、一〇年以上前に書いた「妄人妄語」のなかで鷗外は、「遺言には随分面白いのがあるもので、現に子規の自筆の墓誌抔《など》も愛敬があつて好い」と書いていました。(4) 子規の人柄をもよく知っていた鷗外は、子規の人生を簡潔に記したこの墓碑からたくまぬユーモアを感じ取っていたといえるでしょう。

子規と同郷の俳人・坪内氏も、「上下を揃え、リズミカルに」書かれている子規の墓誌は「なんとも楽しく出来ている」と指摘し、幼名の処之助《ところのすけ》についても、「父の知り合いに付けてもらった名で、『ところさん』と略して呼ばれたらしいが」、「学校に行くようになると、トコロテンとひやかされるだろうということで、四、五歳のころ、升《のぼる》と改めた」と説明しています。(5)


終章「雨の坂」に描かれた秋山真之が子規の墓を訪れるという情景は、「十七夜」の章で描かれていたもうひとつの情景を思い起こさせます。

外国勤務を解かれて帰国した秋山真之が子規を見舞いに行ったときのことから書き始めたこの章で、子規から日露戦争の可能性について尋ねられた真之が、戦争では「おそらく日本人の一割は死ぬかもしれない」と答えたことなどを記した司馬氏は、「結局この日の見舞が、真之と子規の最後の対面になってしまうのだが、しかし子規はその後も一ヵ月ばかり生きた」と書いていました。

子規は九月一九日に亡くなったのですが、その死を看取った高浜虚子が近所にいる河東碧梧桐《へきごどう》や寒川鼠骨《そこつ》を呼びにゆくために立ちあがってそとに出ると、「十七夜の月が、子規の生前も死後もかわりなくかがやいている」と描かれ、こう続いています。

「子規逝《ゆ》くや十七日の月明《げつめい》に／と、虚子が口ずさんだのは、このときであった。即興だが、こしらえごとでなく、子規がその文学的生命をかけてやかましくいった写生を虚子はいまおこなったつもりだった」。

葬儀に少し遅れて着いた秋山真之が、「近づいてきて虚子らを見、目をそらし、すぐ柩のそばへ寄った。柩をにらみつけるように見ていたが、やがてぺこりと頭をさげた。そのまま、立っている」と描いた司馬氏は、「葬列がすぎ去ったあと、人気《ひとけ》のない路地で真之だけが立っていた。／（升《のぼ》さん、人はみな死ぬのだ）／おれもいずれは死ぬ、ということを、つぶやいた。真之にすれば、それが彼の念仏のつもりであった」と記しています。

海軍の将官にまで出世した真之の子規の葬儀での行動を描いたこの情景には、同じように「文学」を目指して貧困のうちに亡くなった親友・子規に対する屈折した思いが見事に反映されているでしょう。

しかも子規の死を友人たちに伝えにゆく途中で高浜虚子が、ふと「世の人は四国猿とぞ笑うなる／四国の猿の子猿ぞわれは」という子規の歌を思い出したとした司馬氏は、虚子をとおして大学を中退し無位無冠のままで亡くなった子規の文学的な活動を高く評価していました。

「子規は、自分が田舎者であることをひそかに卑下していたが、その田舎者が日本の俳句と和歌を革新したぞという叫びたくなるような誇りを、この歌にこめている。子規は辞世をつくらなかったが、かれの三十五年の生涯を一首があらわしているようにも、虚子にはおもえた」（二一・「十七夜」）。

二、「僕ハモーダメニナツテシマツタ」——子規からの手紙

「十七夜」の章で司馬氏は、子規が漱石に「僕はとても君に再会することは出来ぬと思う」「万一出来たとしてもその時は話も出来なくなっているであろう。実は僕は、生きているのが苦しいのだ」という手紙を出していたことを記しています。

日露戦争をクライマックスとした歴史小説『坂の上の雲』では、寝たきりの状態になった兄の子規を看病した妹・律のことにはあまりふれられていませんが、子規の死後に養子となった叔父・加藤拓川の実子・忠三郎など大正時代に青春を過ごした青年たちを主人公とした『ひとびとの跫音』では、次のように描かれています。

「子規のきょうだいは、三歳年下の妹律しかいない。二十代から三十代にかけての七年間、兄のために終始し、そのことにすべてを捧げたなどという極端な言いようは、この期間の正岡律にこそあてはまる。…中略…三十六歳で死んだ子規の生涯にとってこの期間がなければ後世への影響と評価がちがったものになったろうし、それ以上に、影響力としての子規など存在しえたかどうか。そういう子規の活動という場のいっさいを律がととのえ、ささえた。第一、律という看病者がいなければ、子規のいのちが七年ももったかどうかわからない…後略…」（上・「律のこと」）。

そして、「子規の客観主義とそれに伴う写生の精神は文芸論という以上に徹底したもので、細い蝋燭のように燃えつきてゆく自分の生命をも平然と見つづけることができた」と書いた司馬氏

は、漱石が若い頃に手紙で批判した子規の「やたらと書く癖」にふれつつ、新聞『日本』に掲載された「墨汁一滴」や「病牀六尺」を視野に入れて「結果としてはそのほうがよかった」と書き、こう続けています（傍点引用者）。

「とくに病者になってからの子規は、自分を面積も容積もない宙の一点に置き、畳の上に臥せているなまの自分を客体化して見たり感じたりしつづけた。このため文体がいよいよ平明になり、さらには写実として的確になり、犀利にもなった。文章上の音階までが自然になったといえる」。

そして、晩年の子規が体験した「毎日の痛みは非常なもので、『寧ろ真の狂人となつて仕舞へば楽《ラク》であらうと思ふけれどもそれも出来ぬ』というほど」であったことを紹介して、「かれはこの症状がひどくなるにつれて律に当り、律が寸時でもそばを離れると腹をたてた。このことについての子規とそのひとのおかしみは、そういう自分を客観視していることであった」と書いた司馬氏は、死の前年の明治三四年九月二日から始まる非公開のつもりで書いた「仰臥漫録」について、「いわば思いのたけを自分に話しかけるか、ぶちまけるかするだけのために書いたということもあってか、散文家としての子規一代のどの文章よりもよいといえそうである」として、その文章を引用していますのでそのいくつかを抜粋しておきます。

「律ハ理窟ヅメノ女也　同感同情ノ無キ木石ノ如キ女也　義務的ニ病人ヲ介抱スルコトハスレトモ同情的ニ病人ヲ慰ムルコトナシ／とまことにすさまじい。明治三十四年九月二十日、曇、という日の文章である」。

「翌二十一日、子規は筆をあらためて律論をしている。／『律は強情也』／で、はじまり、『人間ニ向ツテ冷淡也』とつづく、ついでながら、律を論ずる文章は発想法において、前掲の『貫之は下手な歌よみにて』という文章と酷似していることにおどろかざるをえない」。

ただ、その後で「子規はべつの面の律を写生せざるをえない」と記した司馬氏は、「若シ余ガ病後彼ナカリセバ今頃如何ニシテアルベキカ」と書いた子規が、「若シ一日ニテモ彼ナクバ一家ノ車ハ運転ヲトメルト同時ニ余ハ殆ド生キテ居ラレザル也」と続けていたことも紹介しているのです。

漱石は「吾輩ハ猫デアル」中篇序で、明治三四年一一月六日に書かれた子規の手紙を引用しています。『吾輩は猫である』の意味を考えるうえでも重要な手紙なので、ここではその一部を引用しておきます。[6]

「そこで序をかくときに不図《ふと》思い出した事がある。余が倫敦《ロンドン》に居るとき、亡友子規の病を慰める為め、当時彼地の模様をかいて遥々《はるばる》と二、三回長い消息をした。無聊《ぶりょう》に苦《くるし》んで居た子規は余の書翰を見て大《おおい》に面白かったと見えて、多忙の所を気の毒だが、もう一度何か書いてくれまいかとの依頼をよこした。この時子規は余程の重体で、手紙の文句も頗《すこぶ》る悲酸《ひさん》であったから、情《じょう》誼《ぎ》上何か認《したた》めてやりたいとは思ったものの、こちらも遊んで居る身分ではなし、そう面白い種をあさってあるく様な閑日月もなかったから、ついその儘《まま》にして居るうちに子規は死んで仕舞った。

筐底《きょうてい》から出して見ると、その手紙にはこうある。

僕ハモーダメニナツテシマツタ、毎日訳モナク号泣シテ居ルヤウナ次第ダ、ソレダカラ新聞雑誌ヘモ少シモ書カヌ。手紙ハ一切廃止。ソレダカラ御無沙汰《ブサタ》シテスマヌ。今夜ハフト思ヒツイテ特別ニ手紙ヲカク。イツカヨコシテクレタ君ノ手紙ハ非常ニ面白カツタ。近来僕ヲ喜バセタ者ノ随一ダ。僕ガ昔カラ西洋ヲ見タガツテ居タノハ君モ知ツテルダロー。夫《ソレ》ガ病人ニナツテシマツタノダカラ残念デタマラナイノダガ、君ノ手紙ヲ見テ西洋ヘ往《イッ》タヨウナ気ニナツテ愉快デタマラヌ。モシ書ケルナラ僕ノ目ノ明イテル内ニ今一便ヨコシテクレヌカ（無理ナ注文ダガ）／画ハガキモ慥《タシカ》ニ受取《ウケトツ》タ。倫敦ノ焼芋ノ味ハドンナカ聞キタイ…後略…」。

「この手紙は美濃紙《みのがみ》へ行書でかいてある。筆力は垂死《すいし》の病人とは思えぬ程慥《たしか》である」と書いた漱石は、子規の手紙を自分からの手紙を待ちつつ亡くなった子規への思いを記したあとで、次のように続けていました。

「子規がいきて居たら『猫』を読んで何と云うか知らぬ。あるいは『倫敦消息』は読みたいが『猫』は御免だと逃げるかも分らない。しかし『猫』は余を有名にした第一の作物である。有名になった事が左程《さほど》の自慢にはならぬが、『墨汁一滴』のうちで暗に余を激励した故人に対しては、この作を地下に寄するのがあるいは恰好《かっこう》かも知れぬ…後略…」。（『吾輩ハ猫デアル』大倉書店　明治三十九年十一月四日刊）

ロンドンに留学中だったために子規の葬儀に参加することはできなかった漱石が、その訃報を聞いて、「筒袖や秋の柩にしたがはず」、「手向くべき線香もなくて暮れの秋」などの句を日本に送ったことは記されていません。

しかし、松山での別れにあたって「秋の雲只むら〳〵と別れ哉」という句を読んでいた漱石が、子規の「行く我にとゞまる汝に秋二つ」という句を思い起こしながら、必死で俳句の改革を行っていた子規への供養となるのは、句をおくることであろうと思ったことは確実のように思われます。

ロンドンでは「籠城主義をとっていた」漱石も句会「太良坊運座」には参加して、「栗を焼く伊太利人や道の傍」や「茶の花や智識と見えて眉深し」など一一句詠んでいたのです(7)。子規との句会の思い出は漱石にとって、創造の活力になっていたといえるでしょう。

その翌年に帰国して子規の墓石が建てられる前の墓に詣でた漱石は、「無題」という小文の最後で次のように書いていたのです(8)。

「霜白く空重き日なりき、我西土より帰りて始めて汝が墓門に入る。爾時《じじ》汝が水の泡は既に化して一本の棒杭《ぼうくい》たり、われこの棒杭を周《めぐ》ること三度、花をも捧げず水も手向《たむ》けず、ただこの棒杭を周ること三度にして去れり、我はただ汝の土臭き影をかぎて汝の定かならぬ影と較《くら》べんと思ひしのみ」（――明治三十六年頃――／〈『漱石全集』第十二巻　岩波書店　昭和六十年九月二十日刊〉）。

三、「柿喰ヒの俳句好き」と広田先生

「菫程な小さき人に生まれたし」という漱石の句を紹介しながら子規と漱石の交友にもふれた

「漱石の悲しみ」と題した一九九一年の講演で司馬氏は、子規が根岸の小さな家で始めた「山会」の名前となった「山というのはテーマのことらしい」とし、「ただ文章の名文がつらねられている」これまでの美文を「あれはだめだ、文章というのは、言わんとするためにあるんだ」と批判した子規が、「短い文章を持ち寄って朗読」していたことを記しています。(9) さらにその山会で、高浜虚子が「夏目さん、この『ホトトギス』という小さな雑誌に、小説というものを載せたいんだけれども、何か書いてくれませんか」といったことが、『吾輩は猫である』の誕生につながったと司馬氏は説明しています。

『吾輩は猫である』の本編で子規のことにふれていた漱石は、長編小説『三四郎』の冒頭でも、東京帝国大学で学ぶために列車で上京しようとしていた主人公の三四郎に同席していた見知らぬ人物が「子規は果物《くだもの》が大変好《す》きだった。且《か》ついくらでも食《く》える男だった。ある時大きな樽柿《たるがき》を十六食《く》った事がある。それで何ともなかった」と語る場面を描いています。(10)

明治三〇年に子規が、「我死にし後は」との前書きを付けて、「柿喰ヒの俳句好みと伝ふべし」と詠んでいたことを紹介した俳人の坪内氏は、漱石が自分と同世代の知識人の広田先生にこう語らせていたのは、子規のこの句を受けているのだろうと推定しています。(11)

坪内氏はさらに子規の「柿くへば鐘が鳴るなり法隆寺」という句が詠まれるよりも前に「鐘つけば銀杏ちるなり建長寺」という漱石の句が、松山の『海南新聞』（明治二十八年）九月六日号に載っていることを紹介して、「私見では、漱石のこの句が子規の頭のどこかにあり、この句が媒介になって『柿くへば』が出来たと思われる」とも書いています。

子規が漱石に「柿」というあだ名を付けていたことを思い出すならば、漱石が広田に「柿」のことを語らせている言葉からは親友・子規への熱い想いも読み取れるでしょう。日露戦争の勝利後に秋山真之が子規の墓がある田端の大竜寺まで行ったというエピソードを描いた司馬氏は、「石碑が濡れはじめ、真之は墓前を去った」、「雨になった」という余韻が深く残る言葉で結んでいました。

坂の上の白い雲がいつの間にか黒雲にかわり、雨が降り出したことを簡潔に描いたその記述は、明治から昭和に向かう日本の情景さえも象徴的に描いていると感じます。

『坂の上の雲』の終章「雨の坂」に描かれたこの文章は、漱石が『三四郎』で描いたその後の広田や爺さんの言葉とも深いところで対応していると思われます。

「柿」のエピソードを紹介した後で漱石は、自分と同世代の登場人物広田先生に、「いくら日露戦争に勝って、一等国になっても駄目ですね」と語らせ、「しかしこれからは日本も段々発展するでしょう」と反駁《はんぱく》した学生の三四郎にたいして「亡《ほろ》びるね」と断言させていたのです。(12)

『街道をゆく』の第三七巻、『本郷界隈』で「明治の日本というものの文明論的な本質を、これほど鋭くおもしろく描いた小説はない」と『三四郎』を高く評価した司馬氏は広田の言葉を受けて、この「予言が、わずか三十八年後の昭和二十年（一九四五）に的中する」ことに読者の注意を促し、日露戦争に「勝ったあとに、日本がおかしくなった」ことを指摘し、「日本では軍部が擡頭し、やがて軍を中心に、アジア侵略によって恐慌から脱出する道をとり、破滅にむかう」と続けているのです。(13)

「亡びるね」という広田の言葉を聞いて「熊本でこんなことを口に出せば、すぐ擲《な》ぐられる。わるくすると国賊取扱《こくぞくとりあつかい》にされる」と感じた三四郎は、「囚《とら》われちゃ駄目だ。いくら日本のためを思っても贔屓《ひいき》の引倒《ひきだお》しになるばかりだ」という広田の言葉を聞いたときに、「真実に熊本を出たような心持ちがした。同時に熊本にいた時の自分は非常に卑怯であったと悟った」と記されています。

注目したいのは、夏目漱石が『三四郎』で広田先生の言葉を描く前に、一人息子を日露戦争で失った老人の「一体戦争は何のためにするものだか解らない。後で景気でも好くなればだが、大事な子は殺される、物価《しょしき》は高くなる。こんな馬鹿《ばか》気《げ》たものはない」という嘆きを描いていたことです。

広田先生の日露戦争批判が三四郎にもずしりと重く響いたのは、この老人をとおして庶民の実感が届いていたからだと思われます。司馬氏は『三四郎』のこの文章を受けて「爺さんの議論は、漱石その人の感想でもあったのだろう」と書き、日本が「外債返しに四苦八苦していた」ために、「製艦費ということで、官吏は月給の一割を天引きされて」いたことに注意を向けています。(14)

『坂の上の雲』では、陸軍の戦闘における機関銃の殺傷力や海戦における機雷の威力を詳しく描かれるとともに、戦争のこのような経済的な側面もきちんと描かれており、「――これ以上戦争がつづけば日本は破産するだろう。という観察は、どの国の消息通にあっても一致していた」ことの理由が次のように指摘されていました。

「日本の戦時国民経済がほぼ平時とかわらなかったのは、主として外国の同情によって順調にすすんだ外債のおかげであった。結果としての数字でいえば日露戦争は十九億円の金がかかった。このうち外債が十二億円であったから、ほとんどが借金でまかなった戦争といっていい」（五・「奉天へ」）。

一時的な景気にはつながっても長い目で見れば、国家経済を破綻へと導くことになる戦争や兵器の輸出などの問題をこの記述は鋭く指摘していたといえるでしょう。

太平洋戦争を行った「日本の政治的指導者の愚劣さをいささかでもゆるす気になれない」と記した司馬氏は、東京裁判におけるインド代表の判事パル氏のアメリカ批判を引用して、「白人国家の都市におとすことはためらわれたであろう」として、広島と長崎への原爆投下の問題を鋭く指摘していました（二・「開戦へ」）。

それゆえ日本が戦後ずっと「被爆国として、様々な形で核反対をしてきた」ことを積極的に評価した司馬氏は、「中央と地方」というエッセーで、日本は「核反対の先唱者であるという血まみれの意識を常に持つ」べきであると書き、さらにイデオロギーにとらわれない形で、中央からではなく地方の草の根のレベルから核兵器反対の声を集めるべきだと記していたのです(15)。

『坂の上の雲』において帝政ロシアの農奴制と比較しながら日本の農民が鎌倉時代には自立していたことに注目していた司馬氏は、『街道をゆく』の「潟のみち」で、「公地公民」という用語の「公とは明治以後の西洋輸入の概念の社会ということではなく、「具体的には京の公家《くげ》（天皇とその血族官僚）が、『公田』に『公民』を縛りつけ、収穫を国衙経由で京へ送らせることによって成立していた制度」だったと記しています(16)。

しかも、戦争や近代化の問題を「公」と「私」の関わりという視点から深く考察していた司馬氏は、『街道をゆく』の「明石海峡と淡路みち」の稿では、「海浜も海洋も、大地と同様、当然ながら正しい意味での公そのものであらねばならない」が、「明治後、Publicというという解釈は、国民教育の上で、国権という意味にすりかえられてきた」とも指摘していました(17)。

それゆえ、戦後も「大地が、坪あたりの刻み方で投機の対象に化《な》って」しまった結果、「日本は、日本人そのものが身のおきどころがないほどに大地そのものを病ませてしまっている」と指摘した司馬氏は、広田先生と同じように「われわれの社会はよほど大きな思想を出現させて、『公』という意識を大地そのものに置きすえねばほろびるのではないか」と記していたのです(18)。

実際、地殻変動によって国土である列島が誕生し、今も活発な火山活動と地震が続いている日本では、チェルノブイリ原発事故に匹敵する福島第一原子力発電所の大事故のあとでも、子や孫の世代の重荷となる汚染水や放射性廃棄物の問題も解決できないままに、再び原発の再稼働にむけた取り組みが始められています。

プロシア主義や帝政ロシアの問題点をとおして日本の近代化の問題点に鋭く迫った『坂の上の雲』は、今も古くなっていないどころか、日本が文明の岐路に立たされている現在、もう一度きちんと読み直されるべき長編小説だといえるでしょう。

四、「写生の精神」

最後に子規の死後の陸羯南と加藤拓川をとおして子規が目指した写生の精神の意義を確認しておきます。

子規は自分が亡くなる四カ月前に叔父の拓川に息子が生まれたことを知ると、「戯作ニ御座候」として、子供の誕生を祝って「雀の子忠三郎も二代哉」との句を叔父に贈っていました。その時の赤ん坊が子規の妹・律の養子として正岡家を継ぐことになるのですが、『ひとびとの跫音』では当時ベルギーで公使をつとめていた拓川が退官したことが次のように記されています。

「(拓川は――引用者注)万国赤十字会議の全権代表(次席は、陸軍大佐明石元二郎)としてジュネーヴへ行ったのを最後にやめた。四十九歳であった。やめた理由は口外しなかったが、拓川は赤十字によほどの理想を託していたところ、政治の考えとことごとに合わなかったためということであったらしい」(下・「拓川居士」)。

この時期には病んでいた陸羯南を見舞いにきた人が「拓川の退職を話題にし、もうすこし辛抱していたら外務大臣になるところでしたのに、といったところ、羯南は不快そうな顔をして、/『私はあの男を昔から知っている。大臣になろうとするような野心のある男じゃない。いやになればいつでもよしてしまう。淡泊というのはあの男のためにある言葉だ』/といったという」とも司馬氏は記しています。

しかし、羯南も長命ではありませんでした。羯南が亡くなったのは、拓川が退官した明治四四年の九月二日でしたが、『東京朝日新聞』に九月五日から三回にわたった追悼の長い談話「故陸実氏」（池辺三山筆記）で拓川は次のように書いていました(19)。

「（陸羯南は法学校時代から）高潔な性格で、胸中一点鄙吝《ひりん》（卑しくケチなこと）の心がなかったのは、死に至るまで替《（ママ）》らなかった」

一方、拓川はかつて司法省法学校を共に退学し、この時期西園寺内閣の副総理格になっていた盟友・原敬の強い要望により、退官した翌年に大阪新報の社長となり、衆議院議員を経て故郷松山の市長となった翌年の一九二三年に任期途中で死去しました。

『ひとびとの跫音』ではそれらのことにも「拓川居士」の章で簡単にふれられているだけなのですが、「拓川という号は、松山城下の郊南を横切る石手川からつけたと思われる」と記されている章では、石手川の河畔の相向寺にある拓川の墓碑がこう描かれているのです。

「碑面には、／『拓川居士骨』／と、拓川自身の文字で彫られている。／ふつうなら、拓川墓とすべきものを、拓川の気分では、墓という表現も余分だったのであろう。生前、拓川はどこか子規に似ているといわれたが、単に『骨』とするあたり、物そのものを暗示して余計な靉気がない。子規の写生の精神そのものである」（傍点引用者、上・「子規の家計」）。

この章の初めでは子規の墓に対する森鷗外の言葉を引用しましたが、注目したいのは、子規の孫の正岡明氏が森鷗外記念館に寄贈した書簡によりながら、「早くから意識して死と対面していた」拓川が、師の中江兆民だけでなく、一九二二年に他界した友人の森鷗外をも強く意識していたと成澤榮壽氏が記していることです[20]。

松山市立子規記念博物館で「子規は、江戸時代に『写生』はなかった。というより、そもそも日本になかったからこの国は駄目なんだと、身を震わせるような革命の精神で思ったわけです」と語った司馬氏の開館記念講演については、本書の「序章」でその一部を紹介しました。その講演では「子規の写生の精神」の意味が明確に語られていましたので、もう少し長く引用しておきます[21]。

「我々は、『ものをありのままに見る』という勇気の少ない民族であります。ありのままに見れば具合の悪いこともおこるし、恐くもある。だから、観念の方が先にいく」と語った司馬氏は、「明治維新が起こったとき」に、「尊皇攘夷」という「数百年前の中国の特殊な状況下でおこった政治思想が、合い言葉として引っぱり出されました」と指摘していたのです。さらに、ノモンハン事件から太平洋戦争に至る歴史に注意を促した司馬氏は、「子規が唱えた写生の精神とは、文章や俳句における精神だけではないのです。日本文化の非常に深刻な問題としてこれを提示したのです」と語っていました（傍点引用者）。

当時は不治の病とされた肺病に冒されながらも、「卯の花の散るまで鳴くか子規《ほととぎす》」と詠み、病気を押して木曽路の山道から美濃路へと旅をして「白雲や青葉若葉の三十里」という句を詠んだ子規の広い視野を長編小説『坂の上の雲』で描いていた司馬氏は、この講演を次のような言葉で結んでいます。

「子規という人は、自分の寿命が三分残っていれば、三分の仕事をする。そういう日本の歴史のなかで最も勇気ある生き方と精神を残してくれた人だと思うのです」。

注

（1）坪内稔典『正岡子規の〈楽しむ力〉』NHK出版　生活人新書、二〇〇九年、七～八頁。
（2）柴田宵曲『評伝　正岡子規』岩波文庫、一九八六年、一六頁。
（3）『鷗外全集』第三八巻、岩波書店、一九七五年、一一二頁。
（4）『鷗外全集』第二六巻、岩波書店、一九七三年、一四頁。
（5）坪内稔典、前掲書『正岡子規の〈楽しむ力〉』、八～九頁。
（6）夏目漱石「『吾輩ハ猫デアル』中篇序」『子規と漱石』（『子規選集』第九巻）増進会出版社、二〇〇二年、三六八～三七〇頁。
（7）中村文雄『漱石と子規　漱石と修──大逆事件をめぐって』和泉書院、二〇〇二年、一〇四頁。
（8）夏目漱石「無題」、前掲書『子規と漱石』、三五八頁。なお、この文章を嫂登世への「孤愁」を述べたものとした文芸評論家の江藤淳の解釈を、作家の大岡昇平は「三文小説的な曲解」と厳しく批判している（『文学における虚と実』講談社、一九七六年、八九～九四頁）。
（9）原題は「私の漱石」、『司馬遼太郎全講演　一九九〇～一九九五』第三巻、朝日新聞社、二〇〇〇年、二〇七～二〇八頁。
（10）『漱石全集』第五巻、一九九四年、二八八頁。

(11) 坪内稔典『正岡子規　言葉と生きる』岩波新書、二〇一〇年、一二二〜一二三頁。
(12) 『漱石全集』第五巻、一九九四年、二九二頁。
(13) 司馬遼太郎『本郷界隈』(『街道をゆく』第三七巻)朝日文芸文庫、一九九六年、二七一頁、二八三頁。
(14) 同右、二七八〜二七九頁、二八三頁、一九六頁。
(15) 司馬遼太郎「中央と地方——いわゆる都鄙《とひ》意識について」『歴史と風土』文春文庫、一九九八年、二八六〜二九一頁。
(16) 司馬遼太郎『信州佐久平みち、潟のみちほか』(『街道をゆく』第九巻)朝日文芸文庫、一九七九年、三三一頁(初出は『週刊朝日』一九七六年一月〜一〇月)。
(17) 司馬遼太郎『伊賀と甲賀のみち、砂鉄のみちほか』(『街道をゆく』第七巻)朝日文芸文庫、一九七九年、一八九頁(初出は『週刊朝日』一九七三年五月〜七月、一九七四年一二月〜一九七五年五月)。
(18) 同右、一八八頁。
(19) 成澤榮壽『加藤拓川——伊藤博文を激怒させた硬骨の外交官』高文研、二〇一二年、一八七頁。
(20) 同右、三〇三頁。なお、森鷗外が遺言を託した賀古鶴所《つるど》が親戚の加藤拓川に宛てた書簡の内容などについては、山崎一穎『鷗外——その終焉をめぐる考察』跡見学園女子大学国文科報　第二五号、一九九七年、七六〜九五頁に詳しい。
(21) 司馬遼太郎「松山講演録　子規雑感〜江戸っ子と田舎者」『司馬遼太郎　伊予の足跡』アトラス出版、一九九九年、八九〜九二頁。

本書関連・正岡子規簡易年表（一八五七〜一九〇八）

本年表は、引用文献や参考文献に掲載されている年表などを参考にして編集、作成した。年表の範囲は、正岡子規の師ともいうべき陸羯南が生まれた一八五七年から、夏目漱石の『三四郎』が発表された一九〇八年までとした。年表では正岡子規は子規と略記した。〔 〕内には本書に関連する日本の、【 】内には外国での主な出来事、〔 〕内には後年の履歴を記した。

一八五七（安政四）
陸羯南（くが・かつなん、本名は実。〜一九〇七）誕生。〔加藤恒忠や原敬の友人。正岡子規の恩人。谷干城の援助で新聞『日本』を創刊〕
【インド、セポイの乱（〜五九）】。

一八五八（安政五）
〔日米修好通商条約調印（続いて、オランダ・ロシア・イギリス・フランスとも調印）。安政の大獄始まる（〜五九）〕。

一八五九（安政六）
秋山好古（よしふる、幼名は信三郎。家禄一〇万石ほどの秋山家の三男、秋山真之の兄。一八五九〜一九三〇）〔近代化した騎兵隊を率いて、日清・日露戦争で活躍〕、**加藤恒忠**（つねただ。旧姓大原、号は拓川、正岡子規の叔父。一八五九〜一九二三）誕生。

一八六一（文久一）
【ドストエフスキー一月、雑誌『時代』創刊。『虐げられた人々』、二月、農奴解放令、『死の家の記録』（九月〜一八六二、一二月）、アメリカ、南北戦争（〜六五）】。

一八六三（文久三）
徳富蘇峰（〜一九五二）誕生。

一八六六（慶応二）
〔六月、幕長戦争始まる〕。
【プロイセン・オーストリア戦争、ドストエフスキー、『罪と罰』】。

一八六七（慶応三）
夏目金之助（以下、漱石と記す）、一月五日（新暦二月九日）、父夏目小兵衛直克、母千枝の五男として出生（〜一九一六）。〔正岡子規の親友。イギリス留学後、『吾輩は猫である』で作家デビュー。『三四郎』『それから』で日露戦争後の日本社会を鋭く分析、批判した」
正岡子規（本名は常規、つねのり）、九月一七日（新暦一〇月一四日。以下太陽暦が採用される一八七二年一二月までは旧暦のみを示す）、伊予国温泉郡藤原新町（現松山市花園町三番五号）に生まれる。父正岡常尚（つねなお）、母八重（やえ）の長男として出生（〜一九〇二）。幼名は処之助、のちに升（のぼる）と改める。父は松山藩御馬廻加番。母八重は漢儒者大原観山の長女。
〔六月一五日、坂本龍馬、「船中八策」を成文化する。一一月一五日、龍馬暗殺される。一二月九日、王政復古の大号令〕。

一八六八（明治一）
夏目漱石、一一月、四谷の名主塩原昌之助の養子となり、塩原姓を名乗る。〔一月、**戊辰戦争始まる**（〜六九）。三月、五箇条の御誓文。神仏分離令〕。**秋山真之**（さねゆき、幼名は淳五郎。秋山好古の弟。〜一九一八）〔正岡子規の親友。日本海軍を勝利に導いた名参謀〕、**徳富健次郎**（蘆花。〜一九二七）誕生。

一八六九（明治二）
子規、年末、失火により家が全焼〔一月、横井小楠暗殺される。一一月、大村益次郎（蔵六）襲撃され、傷がもとで死亡〕。

一八七〇（明治三）
子規、一〇月、妹律、誕生。夏目漱石、種痘がもとで疱瘡を病み、顔にあばたが残る。
【**普仏戦争**（〜七一年）、ナポレオン三世退位】。

一八七一（明治四）
〔廃藩置県、**岩倉使節団**、欧米へ出発。中江兆民、フランス留学〕。
【ドイツ帝国成立】。

一八七二（明治五）
子規、三月七日、父死亡（四〇歳）〔七月、マリア・ルス号事件の裁判。八月、学制を発布。一〇月、**徴兵令**を制定。一二月三日（旧暦、新暦一月一日）、太陽暦を採用。皇紀の制定。山城屋事件で山県有朋辞職。福沢諭吉『学問のすゝめ』（初編）〕。

一八七三（明治六）
子規、三並良（みなみ・はじめ）と祖父大原観山の私塾に通い素読を習う。末広小学校入学。
〔福沢諭吉、**明六社結成**に参加。山県有朋、初代陸軍卿として復職。**征韓論**破れ、西郷隆盛、江藤新平、板垣退助など政府を去る。徴兵反対一揆。内務省設置〕。

一八七四（明治七）
〔五月、**台湾出兵**（〜六月）〕。

一八七五（明治八）
子規、一月、勝山学校へ転校。四月、祖父観山死去。土屋久明に漢学を学ぶ。　秋山好古、大阪師範学校受験、合格。〔**讒謗律**、**新聞紙条例**発布〕。

一八七六（明治九）
〔三月、廃刀令、七月、秋山好古、大阪師範学校卒業。大阪府北河内五八番小学校、名古屋師範学校付属小学校勤務。一〇月、熊本**神風連の乱**、秋月の乱、**萩の乱**〕。

一八七七（明治一〇）
〔二月一四日、**西南戦争**始まる。五月、秋山好古、陸軍士官学校（旧制三期生）に入学。九月二四日、西南戦争終結〕。
【**露土戦争**〜七八、英領インド成立】。

一八七八（明治一一）
子規、土屋久明の指導で五言の絶句「聞子規（子規を聞く）」を作る。『幼学便覧』を手引きに、毎日一首ずつ漢詩を作る。〔五月一四日、紀尾井坂で大久保利通が暗殺される。八月、竹橋事件、**軍人訓誡**。陸軍省参謀局が参謀本部に改称〕。福沢諭吉『通俗民権論』、『通俗国権論』発行。
【露土戦争のロシア勝利後に列強による干渉】。

一八七九（明治一二）
子規、軍談を好み、学校からの帰途、しばしば寄席に通う。
一二月、回覧雑誌（『桜亭雑誌』『松山雑誌』『弁論雑誌』）を始める。勝山学校卒業。
秋山好古、陸軍士官学校騎兵科を卒業。**加藤恒忠**（**拓川**）、**原敬**、**陸羯南**、**福本日南**などともに**司法学校を退学**し、**その後**、**中江兆民の仏学塾に入塾**。**福沢諭吉**『**民情一新**』。

一八八〇（明治一三）
子規、三月、松山中学校入学。河東静渓の私塾・千舟学舎で漢学を学び、同学舎に学ぶ静渓の息子の竹村鍛や三並良ら五人の友人と「同親会」を結成、漢詩作りに励む。〔四月、集会条例。この年国会開設請願運動激しくなる〕。

一八八一（明治一四）
子規、漢詩文作りに熱中し、回覧雑誌「五友詩文」を作る。このころから、新聞に漢詩の投稿を始め、「愛比売（えひめ）新報」に初めて掲載される。夏目漱石、一月、実母千枝死去。府立一中を中退。私立二松（にしょう）學舎に転校し、漢学を学ぶ。〔中江兆民、西園寺公望の『東洋自由新聞』主宰。坂本直寛（龍馬の甥）など「日本憲法見込案」起草（のちに、保安条例の拡大解釈によって民間で憲法の私案を検討する事が禁じられる）。七月、開拓使官有物払い下げ事件。一〇月の政変プロシアのビスマルク憲法を模範とすることが決まる。一八八九年の国会開設の詔勅〕。

一八八二（明治一五）

【三月、ロシア皇帝・アレクサンドル二世暗殺される。三世の即位、専制護持の詔書】。子規、漢詩や漢文作りを続けるかたわら、自由民権運動に関心を持ち、演説をし始める。一二月、北予青年演説会で演説。〔一月、軍人勅諭頒布、三月、立憲改革党結成、徳富蘇峰、自宅に大江義塾を開く。福沢諭吉、『時事新報』創刊。中江兆民『民約論』翻訳〕。

一八八三（明治一六）

子規、政治演説に熱中し、国会開設を求める「黒塊（国会）」演説をして、学校監督官から「中止」の命令を受ける。校長からも政治演説は控えるようにとの訓告を受けて、中学退学を決意する。五月、松山中学を退学。叔父の加藤拓川に度々手紙を書き、六月に同意する旨手紙をもらい上京。拓川の紹介で陸羯南を訪ねる。七～九月、須田学舎に入り、従弟藤野潔（古白）と同宿。一〇月、共立学校入学。一一月、叔父の加藤拓川が渡仏。〔坂崎紫瀾、民権派の新聞『土陽新聞』に龍馬の伝記小説『汗血千里駒』を掲載〕。

一八八四（明治一七）

子規、二月、随筆「筆まかせ」（「筆まか勢」「筆任勢」とも記す）を起筆（～明治二五年）。三月、旧藩主久松家の給費生となり、月額七円（大学入学後は一〇円）の支給を受ける。九月、子規、東京大学予備門（のちの第一高等中学校）予科の試験に合格。東京大学予備門入学（同級生に夏目漱石・芳賀矢一・山田美妙・菊地謙二郎がいた）。

【清仏戦争（～八五）】。

一八八五（明治一八）

子規、春、哲学への関心を募らせる。七月、妹律が結婚。夏、帰省中に秋山真之と親しくなり、桂園派の歌人井出真棹（まさお）に和歌を学ぶ。九月、坪内逍遙の『当世書生気質』に感動。

一八八六（明治一九）

子規、秋山真之と一時同居。この年から三年間、野球に夢中になる。
〔東京大学予備門が第一高等中学校と改称。三月、「参謀本部」が設立される。四月、師範学校令発布〕。

一八八七（明治二〇）

子規、第一高等中学校寄宿舎に入る。夏休み帰省中に友人の柳原極堂と大原其戎（きじゅう）を訪ね、俳諧を学び始める。八月、「虫の音を踏み分け行くや野の小道」が其戎の主催誌に載る。夏目漱石、三月に長兄大助、六月に次兄栄之助が共に肺病のため死去。〔**保安条例公布**、中江兆民、坂本直寛ら逮捕される。徳富蘇峰、雑誌『国民之友』創刊。中江兆民、『三酔人経綸問答』〕。

一八八八（明治二一）

子規、七月、第一高等中学校予科卒業。夏休みを東京向島の桜餅屋で過ごし『七草集』を執筆。三並良、藤野古白と同宿。八月、鎌倉江の島で二度喀血。九月、第一高等中学校本科一部（文科）に進む。常磐会寄宿舎に入る。
夏目漱石、塩原家より復籍し夏目姓に変える。七月、第一高等中学校予科を卒業。九月、英文学専攻を決意し本科第一部に進む。英作文「討論——軍事教練は肉体錬成の目的に最善か？」執筆。陸羯南『東京電報』を主宰。

一八八九（明治二二）

子規、一月、夏目漱石と落語を介して交遊を始める。二月一一日、新聞『日本』創刊号を読む。四月、水戸への旅行。五月、**『七草集』脱稿**。五月九日、二度目の喀血。「時鳥（ほととぎす）」の題で四〇句あまりを作り、**「子規」**の号を用いる。秋ころから、常磐会寄宿舎で五百木瓢亭らと俳句や小説作りに熱中する。夏目漱石、五月、『七草集』を漢文で批評し七言絶句九編を添え、これに初めて**「漱石」**の号を用いる。子規の喀血を知って病人を見舞うとともに手紙を送って療養に努めるべきだと諭す。八月に学友と房総を旅行し、九月、**紀行漢詩文『木屑録』**（ぼくせつろく）を書き、松山の子規に批評を求める。〔一月、徴兵令を全面的に改定。大日本帝国憲法発布。報道の自由がある程度認められたことで、新聞や雑誌の発刊が相次ぎ、陸羯南は**政論新聞『日本』発刊**。**文部大臣森有礼、暗殺**される」。

一八九〇（明治二三）

子規、四月、河東碧梧桐の句を添削、文通を始める。九月、東京帝国大学文科大学哲学科に入学。秋、幸田露伴の『風流仏』を読んで傾倒する。〔一月、森鷗外『舞姫』を「国民之友」に発表。二月、**蘇峰『国民新聞』**創刊。一〇月、**「教育勅語」**渙発。一一月二三日、『大日本』創刊（不定期刊行、廃刊の時期は不明）〕。

一八九一（明治二四）

子規、二月、国文科に転科。三月、房総地方を旅行。高浜虚子と文通始まる。四月、内藤鳴雪が寄宿舎監督に着任。六月、**木曽路を経て松山へ帰省**。試験放棄。一一月、武蔵野を歩き、俳句に開眼し、写実を旨に句を作るようになる。一二月、駒込追分町へ転居。**小説「月の都」の執筆**に着手。冬、「俳句分類丙号」に着手。〔一月、内村鑑三による「教育勅語」に対する「不敬事件」。五月、皇太子ニコライ大津で襲撃される。陸羯南、『近時政論考』発刊〕。

一八九二（明治二五）

子規、一月、露伴を訪問。「月の都」の批評を依頼する。陸羯南を根岸の自邸に訪い、大学を中退する意志を伝える。上根岸（羯南宅西隣）へ転居。五月、**「かけはしの記」**（五月二七日〜六月四日）を、六月、**「獺祭書屋俳話」**（六月二六日〜一〇月二〇日）を『日本』に掲載始める。七月、学年試験、二度目の落第、退学を決意する。帰省、漱石も松山を旅行。一〇月、退学。一一月、母と妹を呼び寄せる。一二月一日、**「日本」新聞社に文芸記者として入社**。月給一五円。福本日南、三宅雪嶺、千葉亀雄、佐藤紅緑、長谷川如是閑などがいた。〔内田魯庵、『罪と罰』翻訳（途中まで）。五月、北村透谷、評論「トルストイ伯」〕。

一八九三（明治二六）

子規、一月、「日本」に俳句欄を設け、自作の俳句、および内藤鳴雪、高浜虚子らの俳句を紹介する。二月、俳句欄を『日本』に設ける。三月、帝国大学を中退する。五月、『獺祭書屋俳話』刊。七月一九日〜八月二〇日、東北旅行。俳諧宗匠を歴訪する。**「はて知らずの記」**を七月二三日〜九月一〇日まで、「芭蕉雑談」を一一月一三日から翌年の一月二二日まで『日本』に連載。〔一月、北村透谷、評論「『罪と罰』の殺人罪」。一二月、徳富蘇峰『吉田松陰』（初版）〕。

一八九四（明治二七）

子規、二月、上根岸八二番地（羯南宅東隣）へ転居。二月一一日『小日本』創刊、編集責任者となり、月給三〇円。**小説「月の都」を創刊号より三月一日まで連載。**

三月、挿絵画家として浅井忠より中村不折を紹介される。

五月、北村透谷の自殺についての記事を書く。

七月、**『小日本』廃刊**により『日本』に戻る。

八月、古島一雄ほか『日本』の記者が次々と従軍するなか、従軍したいという気持ちを募らせる。〔一〇月一日　森鷗外、第二軍軍医部長に補せられる。一一月二一日、第二軍、旅順を攻略するが、一般市民を巻き込んだ虐殺事件で、国際的な非難を浴びる。徳富蘇峰『大日本膨張論』刊行。**日清戦争**――七月二九日、清国軍を攻撃。八月一日、清国に宣戦布告。九月黄海海戦で勝利、一一月、旅順を占領〕。

一八九五（明治二八）

子規、三月、近衛師団への従軍が決まり、内藤鳴雪らに見送られ新橋から汽車に乗り、大本営の置かれた広島に向かう。宇品を出港するが、日本人の従軍記者に対する待遇が極めて劣悪であることを知り驚く。「陣中日記」を『日本』に連載。金州で河東碧梧桐からの手紙に接し、従弟・藤野潔（古白）のピストル自殺を知る。五月四日、第二軍軍医部長**森鷗外を陣中に訪ね**、俳諧談義を交わす。一七日、**帰国途上船中で喀血**。二三日、県立神戸病院に入院、一時重態に陥る。七月二三日、須磨保養院へ移る。八月二〇日、退院。八月二七日、松山中学教員夏目漱石の下宿「愚陀仏庵」に移り、俳句仲間を集めて、俳句談義を交わし漱石も加わる。一〇月一八日、松山を離れ、広島、大阪、奈良を経て帰京。一〇月、**「俳諧大要」**（一〇月二二日～一二月三一日）。一二月、道灌山で虚子に文学上の後継者となることを要請するが断られる。〔夏目漱石、横浜の「ジャパン・メール」の記者を志願したが、不採用に終わる。四月、高等師範学校を退職し、愛媛県尋常中学校（松山中学）

教諭に就任。日清戦争――二月、清国北洋艦隊降伏。四月一〇日、下関講和条約が批准される〔その後、三国干渉が起こる〕。一〇月、閔妃が殺害される〕。

一八九六（明治二九）

子規、一月三日、子規庵で句会。鷗外・漱石が同席。三〇日、鷗外主催の『めざまし草』が創刊。子規を中心とした「日本派」の俳句が掲載される。二月、左腰が腫れ以後臥床の日が多くなる。三月、カリエスの手術を受ける。四月、「松蘿玉液」〔四月二一日～一二月三一日〕。八月、新体詩「父の墓」、「文学」〔『日本人』八月五日～一一月二〇日〕。九月五日、与謝野鉄幹ら新体詩人の会に人力車で参加。〔夏目漱石、四月、熊本県の第五高等学校講師となる。六月、熊本で中根鏡子と結婚〕。

一八九七（明治三〇）

「ほとゝぎす」が、柳原極堂によって松山で創刊。「明治二十九年の俳句界」を『日本』に連載。三月二七日、腰部手術。四月一三日、「俳人蕪村」の連載〔四月一三日～一一月二九日〕五月病状悪化、重態。五月二八日、子規編集の『古白遺稿』刊。七月、夏休みで東京に戻ってきた夏目漱石、たびたび子規を病床に見舞う。一二月、子規庵で第一回蕪村忌を開催。〔徳冨蘆花『トルストイ』出版、「不如帰」連載〔～一八九九年〕〕。

一八九八（明治三一）

子規、一月、月給が四〇円となる。二月一二日、「歌よみに与ふる書」〔二月一二日～三月四日〕を発表し、短歌の革新運動に着手する。三月、子規庵ではじめての歌会。七月、自らの墓誌銘を記し、河東可全〔碧梧桐の兄〕宛ての手紙に託す。『ホトトギス』の発行所を東京に移し、高浜虚子が編集に当たる。一〇月、第一号発刊。

【米西戦争、ハワイを合併、フィリピン・グアムを領有】。

一八九九（明治三二）

子規、一月『俳諧大要』刊。三月、歌会再開、以後定期的に開催する。秋、中村不折からもらった絵の具で水彩画を描く。一二月『俳人蕪村』刊、病室の障子をガラス張りにする。〔夏目漱石、四月、エッセー「英国の文人と新聞雑誌」『ホトトギス』〕。

【義和団事件〔～一九〇一〕。南アフリカ戦争〔～一九〇二〕。ロシアのニコライ二世の提唱による第一回ハーグ平和会議〔毒ガスの使用禁止〕】。

一九〇〇（明治三三）

子規、一月、伊藤左千夫来訪、短歌会の常連となる。一月二九日「叙事文」を『日本』に連載、写生文を提唱。三月二八日、長塚節来訪。四月一五日、第一回万葉集輪講会。八月、大量喀血。八月二六日、漱石、寺田寅彦と来訪。九月、第一回「山会（やまかい）」（写生文の会）を開催。一一月、静養のため、子規庵での句会、歌会を中止。〔夏目漱石、九月、イギリスに留学。一〇月二八日、パリから汽車と船を乗り継いでロンドン着。徳冨蘆花『不如帰』刊行〕。

一九〇一（明治三四）

子規、一月、**「墨汁一滴」**を『日本』に連載開始（一月一六日〜七月二日）、九月二日、非公開の**「仰臥漫録」**を書き始める。一〇月一三日、母と妹の不在中に自殺を考える。一一月六日、漱石宛書簡に「僕ハモーダメニナツテシマツタ」と書く。

漱石、五月、**「倫敦消息」**が『ホトトギス』に掲載される。帰国まで『文学論』の執筆に専念。

一九〇二（明治三五）

子規、一月、病状悪化。三月、碧梧桐・左千夫・虚子などが交替で看護にあたる。五月五日、**「病牀六尺」**を『日本』に連載開始（五月五日〜九月一七日）。六月、「菓物帖」、八月「草花帖」、九月「玩具帖」の写生を行う。九月、随筆「九月十四日の朝」を口述筆記。九月一八日、絶筆糸瓜三句を詠む。一九日、**永眠**。享年三四歳。二一日、田端・大龍寺に埋葬される。会葬者一五〇余名。戒名「子規居士」。

〔**日英同盟締結**。加藤忠三郎（正岡子規の死後養子）誕生。夏目漱石、一二月、ロンドンを発ち、帰国の途につく〕。

一九〇三（明治三六）

夏目漱石、四月、第五高等学校を辞して第一高等学校講師になり、東京帝国大学文科大学講師を兼任。幸徳秋水ら『平民新聞』創刊。

一九〇四（明治三七）

夏目漱石、五月、新体詩「従軍行」を発表。一二月、「吾輩は猫である」が子規門下の文章会「山会」で高浜虚子の朗読により発表され、好評を博す。

〔**日露戦争**――二月八日　日本の連合艦隊、旅順を奇襲。二月一〇日、ロシアに対して宣戦布告。二月二四日〜五月三日、旅順口閉塞作戦。九月遼陽を占領。徴兵令改正、兵役年限の延長。一〇月二六日〜三一日、第二回旅順総攻撃。一一月二六日〜一二月五日、第三回旅順総攻撃。八月、トルストイの「悔い改めよ」と題する非戦論が『平民新聞』に掲載される〕。

一九〇五（明治三八）

漱石、一月、『ホトトギス』に**「吾輩は猫である」**を発表（翌年八月まで断続連載）。**内田魯庵訳でトルストイの『復活』**が、新聞『日本』に掲載（四月五日〜一二月二二日）。〔**日露戦争――**一月一日、旅順陥落。一月二二日、ロシアで「血の日曜日事件」。韓国、義兵闘争。五月二七〜八日、日本海海戦。六月二七日、ポチョムキン号の反乱。九月五日、**ポーツマス条約調印**。九月、日比谷焼打ち、国民新聞社も襲撃を受ける〕。【一〇月二六日、ペテルブルクに労働者代表ソビエト成立、ニコライ二世、立法権を持つ議会招集を宣言（翌年、この一〇月宣言を修正】。

一九〇六（明治三九）

夏目漱石、一月、**「趣味の遺伝」**。四月、**「坊っちゃん」**（『ホトトギス』）。五月、『漾虚集』。九月、**「草枕」**。一〇月、**「二百十日」**。

一九〇七（明治四〇）

夏目漱石、一月、「野分」を『ホトトギス』に発表。四月、朝日新聞社に入社。五月、**「文学論」**。六月、「虞美人草」を朝日新聞に連載（〜一〇月）。【ロシアのニコライ二世の提唱による第二回ハーグ平和会議（常設の仲裁裁判所の設立を規定。ハーグ密使事件起こる。英露協商締結。英・仏・露の三国協商成立】。

一九〇八（明治四一）

夏目漱石、九月、**「三四郎」**（〜一二月）。蘇峰、**改訂版『吉田松陰』**。島崎藤村、「春」。

参考文献（本文の注で言及した文献は省く）

序章

正岡子規著、天野佑吉・南伸坊編『笑う子規』筑摩書房、二〇一一年。

久保田正文『正岡子規』吉川弘文館、一九八六年。

ドナルド・キーン著、角地幸男訳『正岡子規』新潮社、二〇一二年。

牧村健一郎『新聞記者　夏目漱石』平凡社新書、二〇〇五年。

産経新聞社『新聞記者司馬遼太郎』産経新聞ニュースサービス、二〇〇〇年。

宮崎駿・半藤一利『腰抜け愛国談義』文春ジブリ文庫、二〇一三年。

志村有弘編『司馬遼太郎事典』勉誠出版、二〇〇七年。

第一章

飛鳥井雅道『文明開化』岩波新書、一九八五年。

青木彰『司馬遼太郎と三つの戦争――戊辰・日露・太平洋』朝日新聞社、二〇〇四年。

太田愛人『「武士道」を読む――新渡戸稲造と「敗者」の精神史』平凡社新書、二〇〇六年。

成田龍一『司馬遼太郎の幕末・明治』朝日選書、二〇〇三年。

田中彰『明治維新の敗者と勝者』日本放送出版協会、一九八〇年。

田中彰『明治維新』講談社学術文庫、二〇〇三年
マリアス・ジャンセン著、平尾道雄・浜田亀吉訳『坂本竜馬と明治維新』時事通信社、一九七三年。

佐々木克『戊辰戦争――敗者の明治維新』中公新書、一九七七年。

小島慶三『戊辰戦争から西南戦争へ――明治維新を考える』中公新書、一九九六年。

伊東俊太郎『比較文明』東京大学出版会、一九八五年。

神川正彦『比較文明文化への道——日本文明の多元性』刀水書房、二〇〇五年。

第二章

米原謙『植木枝盛——民権青年の自我表現』中公新書、一九九二年。

外崎光広『土佐の自由民権運動』財団法人高知市文化振興事業団、一九八八年。

高知市立自由民権記念館『立志社——その活動と憲法草案』一九九八年。

坂野潤治『明治デモクラシー』岩波新書、二〇〇五年。

大嶋仁『福沢諭吉のす丶め』新潮選書、一九九八年。

鹿野政直『福沢諭吉』清水書院、一九六七年。

小池滋『英国流立身出世と教育』岩波新書、一九九二年。

桜井哲夫『「近代」の意味——制度としての学校・工場』NHKブックス、一九八四年。

山住正己『日本教育小史——近・現代』岩波新書、一九八七年。

梅棹忠夫『近代世界における日本文明——比較文明学序説』中央公論社、二〇〇〇年。

山本新著、神川正彦・吉澤五郎編『周辺文明論——欧化と土着』刀水書房、一九八五年。

河東碧梧桐『子規を語る』岩波文庫、二〇〇二年。

高浜虚子『回想子規・漱石』岩波文庫、二〇〇二年。

第三章

平川祐弘『西欧の衝撃と日本』講談社学術文庫、一九八五年。

田中彰『小国主義——日本の近代化を読みなおす』岩波新書、一九九九年。

土肥恒之『ピョートル大帝とその時代——サンクト・ペテルブルク誕生』中公新書、一九九二年。

メーチニコフ、渡辺雅司訳『亡命ロシア人の見た明治維新』講談社学術文庫、一九八二年。

富田正文『考証福沢諭吉』(上下)、岩波書店、一九九二年。

丸山真男『「文明論之概略」を読む』(上中下)、岩波新書、一九八六年。

半藤一利『山県有朋』ちくま文庫、二〇〇九年。

井上寿一『山県有朋と明治国家』NHKブックス、二〇一〇年。

御手洗辰雄『山県有朋』時事通信社、一九五八年。

伊藤之雄『山県有朋　愚直な権力者の生涯』文春文庫、二〇〇九年。

松本清張『史観宰相論』ちくま文庫、二〇〇九年。

大久保利謙『明六社』講談社学術文庫、二〇〇七年。

松永昌三『福沢諭吉と中江兆民』中公新書、二〇〇一年。

安川寿之輔『福沢諭吉のアジア認識　日本近代史像をとらえ返す』高文研、二〇〇〇年。

飛鳥井雅道『中江兆民』吉川弘文館、一九九九年。

飛鳥井雅道『日本近代精神史の研究』京都大学学術出版会、二〇〇二年。

林茂『近代日本の思想家たち――中江兆民・幸徳秋水・吉野作造』岩波新書、一九五八年。

大江志乃夫『日本の参謀本部』中公新書、一九八五年。

山住正己『教育勅語』朝日選書、一九八〇年。

高橋一彦『帝政ロシア司法制度研究――司法改革とその時代』名古屋大学出版会、二〇〇一年。

竹中浩『近代ロシアへの転換――大改革時代の自由主義思想』東京大学出版会、一九九九年。

中村雄二郎『近代日本における制度と思想――明治法思想史研究序説』未来社、一九六七年。

伊東孝之・井内敏夫・中井和夫編『ポーランド・ウクライナ・バルト史』山川出版社、一九九八年。

岩間徹編『ロシア史(増補改訂版)』山川出版社、一九九二年。

高橋誠一郎「司馬遼太郎の福沢諭吉観――「公」の概念をめぐって」『文明研究』第二二号、東海大学文明学会、二〇〇三年。

高橋誠一郎「司馬遼太郎のドストエフスキー観――満州の幻影とペテルブルクの幻影」『ドストエーフスキイ広場』第一二号、二〇〇三年。

第四章

内藤鳴雪『鳴雪自叙伝』岩波書店、二〇〇二年。

藤村道生『日清戦争』岩波新書、一九七三年。

原田敬一『日清・日露戦争』岩波新書、二〇〇七年。

海野福寿『韓国併合』岩波新書、一九九五年。

吉村昭『ニコライ遭難』新潮文庫、一九九六年。

『孤高の新聞「日本」――羯南、子規らの格闘』〈日本新聞博物館企画展図録〉東奥日報社・愛媛新聞社発行、二〇一五年。

R・ヒングリー著、川端香男里訳『一九世紀ロシアの作家と社会』中公新書、一九八四年。

國本哲男『プーシキン――歴史を読み解く詩人』ミネルヴァ書房、一九八八年。

相田重夫『シベリア流刑史』中公新書、一九六六年。

V・S・ネチャーエワ『ドストエフスキー兄弟の雑誌「時代」一八六一～六三』（露文）、ナウカ出版所、一九七二年。

V・S・ネチャーエワ『ドストエフスキー兄弟の雑誌「世紀」一八六四～六五』（露文）、ナウカ出版所、一九七四年。

阿部軍治『徳冨蘆花とトルストイ――日露文学交流の足跡』（改訂増補版）彩流社、二〇〇八年。

吉田正信「『不如帰』の世界　その悲劇と救済の構図」、熊本県立大学編著『至宝の徳冨蘆花』所収、熊日新書、二〇〇九年。

色川大吉『北村透谷』東京大学出版会、一九九四年。

磯貝勝太郎『司馬遼太郎の風音』日本放送出版協会、二〇〇一年。

ケネス・B・パイル、松本三之介監訳／五十嵐暁郎訳『欧化と国粋――明治世代と日本のかたち』講談社学術文庫、二〇一三年。

中江兆民『三酔人経綸問答』桑原武夫・島田虔次訳・校注、岩波文庫、一九六五年。

佐貫洋「子規の俳句と能」『日本大学大学院社会情報研究科紀要』第三号、二〇〇二年。

司馬遼太郎『日本語と日本人　対談集』中央公論新社、一九八四年。

中村政則『「坂の上の雲」と司馬史観』岩波書店、二〇〇九年。

中塚明・安川寿之輔・醍醐聰『NHKドラマ「坂の上の雲」の歴史認識を問う』高文研、二〇一〇年。

高橋誠一郎「司馬遼太郎の徳冨蘆花と蘇峰観――『坂の上の雲』と日露戦争をめぐって」『コンパラチオ』九州大学・比較文化研究会、第八号、二〇〇四年。

高橋誠一郎『司馬遼太郎と時代小説――「風の武士」「梟の城」「国盗り物語」「功名が辻」を読み解く』のべる出版企画、二〇〇六年。

第五章

梅棹忠夫『情報の文明学』中公文庫、一九九九年。

梅棹忠夫『日本とは何か――近代日本文明の形成と発展』日本放送出版協会、一九八六年。

皆村武一『『ザ・タイムズ』にみる幕末維新　「日本」はいかに議論されたか』中公新書、一九九八年。

松村正義『日露戦争と日本在外公館の〝外国新聞操縦〟』成文社、二〇一〇年。

稲葉千晴『暴かれた開戦の真実　日露戦争』東洋書店、二〇〇二年。

木村勲『日本海海戦とメディア　秋山真之神話批判』講談社選書メチエ、二〇〇六年
海音寺潮五郎・司馬遼太郎『日本歴史を点検する』講談社文庫、一九七四年。

小森陽一、成田龍一他『日露戦争スタディーズ』紀伊國屋書店、二〇〇四年。

柳富子『トルストイと日本』早稲田大学出版部、一九九八年。

新渡戸稲造、矢内原忠雄訳『武士道』、岩波文庫、一九七四年。

井口和起『日露戦争――世界史から見た「坂の途上」』東洋書店、二〇〇五年。

延吉実『司馬遼太郎とその時代　戦中篇』、青弓社、二〇〇二年。

藤沼貴『トルストイ』第三文明社、二〇〇九年。

トルストイ、藤沼貴訳『復活』（上下）、岩波文庫、二〇一四年。

黒澤明研究会編『夢のあしあと』共同通信社、一九九九年。

鈴木不意「黒澤明と俳句」前中後、『黒澤明研究会誌』第三〇号〜第三二号、二〇一三〜二〇一四年。

米山俊直『米山俊直の仕事　ローカルとグローバル　人間と文化を求めて』人文書館、二〇〇八年。

小林道憲『古代日本海文明交流圏――ユーラシアの文明変動の中で』世界思想社、二〇〇六年。

高橋誠一郎「『坂の上の雲』とトルストイの理念――『戦争と平和』と『武士道』をめぐって」『異文化交流』第一二号、二〇一二年。

高橋誠一郎「『戦争と平和』と『坂の上の雲』――ナポレオン観の深化をめぐって」『緑の杖――日本トルストイ協会報』第一一号、二〇一四年。

終章

江藤淳『決定版　夏目漱石』新潮文庫、一九七九年。

森田草平『夏目漱石』筑摩叢書、一九六七年。

桶谷秀昭『夏目漱石論』河出文藝選書、一九七六年。

谷口巌『「吾輩は猫である」を読む』近代文芸社、一九九七年。

水川隆夫『夏目漱石と戦争』平凡社新書、二〇一〇年。

森鷗外著・小泉浩一郎編『森鷗外論集　付遺言』講談社学術文庫、一九九〇年。

司馬遼太郎・堀田善衛・宮崎駿『時代の風音』朝日文芸文庫、一九九七年。

小林竜雄『司馬遼太郎考――モラル的緊張へ』中央公論社、二〇〇二年。

成田龍一『戦後思想家としての司馬遼太郎』筑摩書房、二〇〇九年。

司馬遼太郎・井上ひさし『国家・宗教・日本人』講談社、一九九六年。

尾崎秀樹他著『司馬遼太郎について　裸眼の思索者』日本放送出版協会、一九九八年。

司馬遼太郎『対談集　土地と日本人』中公文庫、一九八〇年。

木下豊房『ドストエフスキー　その対話的世界』成文社、二〇〇二年。

大木昭男『漱石と「露西亜の小説」』東洋書店、二〇一〇年。

平岡敏夫『日露戦後文学の研究』（上下）、有精堂、一九八五年。

阿部軍治『白樺派とトルストイ――武者小路実篤、有島武郎、志賀直哉を中心に』彩流社、二〇〇八年。

半藤一利『ノモンハンの夏』文春文庫、二〇〇一年。

田中克彦『ノモンハン戦争――モンゴルと満州』岩波新書、二〇〇九年。

服部英二編著『未来世代の権利――地球倫理の先覚者、J‐Y・クストー』藤原書店、二〇一五年。

＊ここでは、本書関連の主要な参考文献に留めた。
この他の参考文献については、拙著『「竜馬」という日本人――司馬遼太郎が描いたこと』（人文書館）に掲げた参考文献を参照して頂きたい。

子規の青春と民主主義の新たな胎動——あとがきに代えて

ようやく本書の最終校正を終えることができました。これまで何回か『坂の上の雲』論を書いてきたので、それほど時間はかからないのではないかと思っていたのですが、この間に福島第一原子力発電所の大事故が起きたこともあり、たいへん長い時間がかかってしまいました。

これまでの私の司馬遼太郎論の集大成と呼べるような著作になったのではないかと思えますので、『坂の上の雲』の研究に取り組むようになったきっかけなどを簡単に振り返ることで、この長編小説の現代性の一端を明らかにしておきたいと思います。

学生の頃に『竜馬がゆく』を読んで魅力的な人物描写だけでなく、国際的な広い視野に支えられた壮大な構想を持つ司馬作品に魅せられていた私が強い衝撃を受けたのは、司馬遼太郎氏が一九九六年に亡くなられた後で起きたいわゆる「司馬史観」論争でした。この小説を賞賛する人だけでなく、批判する人の多くが『坂の上の雲』では戦争が肯定的に描かれていると解釈していたのです。しかし、夏目漱石は日英同盟の締結に沸く日本をロンドンから冷静に観察していましたが、司馬氏も『坂の上の雲』において「自国の東アジア市場を侵されることをおそれ」たイギリスが同盟国の日本に求めたのは、「ロシアという驀進《ばくしん》している機関車にむかって、大石をかかえてその前にとびこんでくれる」ことだと書いていました（六・「退却」）。

この長編小説を書く中で近代戦争の発生の仕組みを分析し、機関銃や原爆など近代兵器の問題を考察していた司馬氏は、「日本というこの自然地理的もしくは政治地理的環境をもった国は、たとえば戦争というものをやろうとしてもできっこないのだという平凡な認識を冷静に国民常識としてひろめてゆく」ことが、「大事なように思える」とも明確に記していたのです（「大正生れの『故老』」『歴史と視点』）。

しかも、『坂の上の雲』執筆中の一九七〇年に「タダの人間のためのこの社会が、変な酩酊者によってゆるぎそうな危険な季節にそろそろきている」ことに注意を促していた司馬氏は（「歴史を動かすもの」『歴史の中の日本』中央公論社、一九七四年、一一四〜一一五頁）、「政治家も高級軍人もマスコミも国民も、神話化された日露戦争の神話性を信じきっていた」と書いていました（「『坂の上の雲』を書き終えて」『司馬遼太郎全集』第六八巻、評論随筆集、文藝春秋、二〇〇〇年、四九頁）。さらに司馬氏は言葉を継いで、幕末期だけでなく昭和初期をも視野に入れつつ、「尊皇攘夷」などのイデオロギーに酔って自分の眼で事実を見ない人々を次のように厳しく批判していたのです。重要な箇所なので、引用しておきます。

「自国や国際環境についての現実認識をうしなっていた。日露戦争の勝利はある意味で日本人を子供にもどした。その勝利の勘定書が太平洋戦争の大敗北としてまわってきたのは、歴史のもつきわめて単純な意味での因果律といっていい」。

それゆえ、「戦争する気概」を持っていた明治期の人々が『坂の上の雲』では描かれているとする解釈に強い危機感を感じた私は、自分で司馬論を書くしかないと思い、『竜馬がゆく』から『坂の上の雲』を経て、『菜の花の沖』に至る司馬作品の流れを分析した『この国のあした――司馬遼太郎の戦争観』（のべる出版企画）を二〇〇二年に上梓しました。

さらに、『坂の上の雲』の映像化について「この作品はなるべく映画とかテレビとか、そういう視覚的なものに翻訳されたくない作品であります。／うかつに翻訳すると、ミリタリズムを鼓吹しているように誤解されたりするおそれがありますからね。」（「第三章　帝国主義とソロバン勘定」『「昭和」という国家』日本放送出版協会（NHK出版）、一九九八年、三四頁）と司馬氏が述べておられたにもかかわらず、NHKがこの作品の大河ドラマを放映しようとしていることを知り、急遽、『司馬遼太郎の平和観――「坂の上の雲」を読み直す』（東海教育研究所）を二〇〇五年に発行しました。ただ、この拙著では『坂の上の雲』における法律や教育や軍事、さらに情報の問題についても考察してはいましたが、日露の戦略の比較や将軍たちの心理描写の分析をとおしてでした。今回は正岡子規を主人公として新聞『日本』を創刊した恩人・陸羯南との関わりや夏目漱石との友情をとおして『坂の上の雲』を読み解いたので、これらの問題をより具体的に分析することができたのではないかと考えています。

一方、『坂の上の雲』において司馬氏は一九世紀末を「地球は列強の陰謀と戦争の舞台でしかない」と規定していましたが、二一世紀の初めに「同時多発テロ」が起ると、核兵器の先制使用も示唆したブッシュ政権はアフガンに続いてイラクでも「大義なき戦争」に突入し、一時はアメリカが一方的に勝利したかに見えましたが、そのイラクからはテロをも厭わないＩＳ（いわゆるイスラム国）が誕生し、今世紀の国際情勢はこれまで以上に複雑な様相を見せ始めています。

このような一連の流れは武力では平和を産み出すことができないことを雄弁に物語っていると

思えますが、地球上で唯一の被爆国であるという重たい事実の上に定着していた「憲法」を持つにもかかわらず日本では、「報復の権利」を主張するアメリカの戦争に引きずられるようにして、今年の九月に自衛隊の派兵を可能とする「安保関連法」が成立しました。このことにより、「立憲主義」の根幹が揺らぎ、「明治憲法」さえなかった時代に逆戻りする危険性のある「文明の岐路」に立たされているように見えます。ただ、このような事態に際して学生団体シールズが「民主主義ってなんだ」と若々しい行動力で問いかけ、それに呼応するかのように「学者の会」などさまざまの会や野党が立ち上がった今回の動きを見ている中で、私は民主主義の新たな胎動が始まっていると感じました。なぜならば、これまで沈黙していた裁判官も、法律の根幹をなすともいえる「憲法」がないがしろにされたことに批判の声を上げましたが、日本は明治時代に自由民権運動の高まりをとおして強力な薩長藩閥政府を追い詰めて、国会を開設するという約束を明治一四年に獲得したという歴史を持っているからです。

そのような時期に青春を過ごした子規は松山中学校の生徒の時に、「国会」と音の同じ「黒塊」をかけて立憲制の急務を説いた「天将《まさ》ニ黒塊ヲ現ハサントス」という演説を松山中学校で行い、その後に叔父の加藤拓川をたよって上京しました。そして、「栄達をすてて」新聞記者となった子規は、文芸の道に邁進して日本の伝統的な俳句を再発見しただけでなく、分かりやすい日本語で一人一人が自分の思いを語れるように俳句の改革を行っていたのです。

来年は私が司馬作品の考察を本格的に始めてから二〇年目になりますが、その前夜に文明論的な視野の面で多くの示唆を受けていた司馬氏の学恩に答えることができる書をなんとか発行することができ、嬉しく感じています。

「白い雲」を目指して苦しい坂を登った子規など、明治の「楽天家」たちの青春に焦点を当てて『坂の上の雲』を読み解いた本書が、私と同世代の愛読者だけでなく、新しい時代を模索する現代の若者にも子規たちの若々しいエネルギーを伝えることができればと願っています。

これまでの私の司馬論は、所属している多くの学会だけでなく、川崎市民大学での講座を初めとして、東海大学エクステンションセンターや品川市民大学での発表の機会を得ることで、構想を深めることができましたが、今回は「世田谷文学館・友の会」でも発表することができました。これまで発表の場を与えて頂いた方や参加して頂いた多くの方々に感謝致します。

ことに、人文書館の道川文夫代表には前著『「竜馬」という日本人——司馬遼太郎が描いたこと』の時と同じように辛抱強くお待ち頂いたばかりでなく、貴重なご助言や資料のご提供を頂きました。注意深く厳密な編集と校正を行って頂いた多賀谷典子氏や道川龍太郎氏からも力強いサポートを頂きました。これらの支援がなければ本書も成立が難しかったでしょう。この場を借りて深い感謝の意を表します。

最後に私事になりますが、妻の春子には今回も打ち込みなど手間のかかる作業を手伝ってもらったことも記しておきたいと思います。

柿のみのる季節に。

二〇一五年十月二十三日　　　著者記す。

【付記】

正岡子規（まさおか・しき）**略歴**

慶応3年（1867）、伊予国温泉郡藤原新町（愛媛県松山市花園町）生まれ。父・常尚（つねなお）は松山藩御馬廻加番、母・八重は松山藩の儒学者大原観山の娘。幼名は升（のぼる）、処之助（ところのすけ）、本名は常規（つねのり）。子規、獺祭書屋主人（だっさいしょおくしゅじん）、竹の里人などの号がある。妹は律。松山中学中退後、東京大学予備門（第一高等中学校）、帝国大学文科大学哲学科、のちに国文科に転科、中退。帝国大学文科大学在学中の明治25年（1892）、神田雉子町の日本新聞社（社長兼主筆は陸羯南）に入社、記者（「文苑」＝文芸欄担当）となる。俳句、短歌、文章の多分野にまたがる旺盛な活動をおこなった。明治35年（1902）、35歳で死去。

［参照・部分引用文献：『子規選集』（編集委員―粟津則雄・大岡信・長谷川櫂・和田克司）増進会出版社、2002年］

＊カバー・表紙・大扉・奥付の表記について
司馬遼太郎の作品『坂の上の雲』を、『　』（二重かぎ括弧）ではなく、「　」（一重かぎ括弧）としました。

編 集　多賀谷典子／道川龍太郎

考証・校閲　田中美穂

高橋誠一郎…たかはし・せいいちろう…

1949（昭和24）年、福島県二本松市生まれ。

東海大学大学院文学研究科（文明専攻）修士課程修了。

東海大学外国語教育センター教授（ヨーロッパ文明学科兼担）を経て、
現在、桜美林大学非常勤講師。文芸評論家。

専攻はロシア文学、比較文学、比較文明学。

主な著書に、『「罪と罰」を読む―〈知〉の危機とドストエフスキー』（新版、刀水書房）、

『この国のあした―司馬遼太郎の戦争観』（のべる出版企画）、

『欧化と国粋―日露の「文明開化」とドストエフスキー』（刀水書房）、

『司馬遼太郎の平和観―「坂の上の雲」を読み直す』（東海教育研究所）、

『司馬遼太郎と時代小説―「風の武士」「梟の城」「国盗り物語」「功名が辻」を読み解く』

（のべる出版企画）、『ロシアの近代化と若きドストエフスキー―「祖国戦争」から
クリミア戦争へ』（成文社）、『「竜馬」という日本人―司馬遼太郎が描いたこと』（人文書館）、

『司馬遼太郎とロシア』（ユーラシア・ブックレット、東洋書店）、

『黒澤明で「白痴」を読み解く』（成文社）、

『黒澤明と小林秀雄―「罪と罰」をめぐる静かなる決闘』（成文社）など。

新聞への思い
正岡子規と「坂の上の雲」

発行　二〇一五年一一月五日　初版第一刷発行
著者　高橋誠一郎
発行者　道川文夫
発行所　人文書館
〒一五一・〇〇六四
東京都渋谷区上原一丁目四七番五号
電話　〇三・五四五三・二〇〇一（編集）
〇三・五四五三・二〇一一（営業）
電送　〇三・五四五三・二〇〇四
http://www.zinbun-shokan.co.jp
装幀　道川龍太郎・多賀谷典子
印刷・製本　モリモト印刷株式会社

ISBN　978-4-903174-33-4
Printed in Japan

*人間は、自らの「生きること」について考える。

風の花と日時計―人間学的に

山岸健 著

「精神の風が吹いてこそ、人間は創られる」（サン＝テグジュペリ）。生のありようと「生の形式」を語り、西田幾多郎の哲学を追う。そして同郷の詩人・堀口大學の北の国を訪ね、西脇順三郎の「幻影の人」の地に立つ。さらにはレオナルド・ダ・ヴィンチや印象派の画家・モネの芸術哲学を話柄にして述べる。日常生活と五感から感じとった明澄な「社会学的人間学」の小論集（エッセイ）！　生きるために学ぶ、考える、感じる、さらに広く、深く。〈生〉にとっての時間とはなにか。過去と現在と永劫の未来へ。

四六判上製三六八頁　定価四八六〇円

*国に惑い、島が惑う。沖縄は何処へ行くのか。

島惑ひ―琉球沖縄のこと

伊波敏男 著

沖縄が本土に復帰して四十三年を経た。いったい、日本及び日本人にとって、沖縄とは何なのか。そして、沖縄及び沖縄人にとって、「日本」とは何だったのか。今日の沖縄の現状を指して、第二次大戦後の沖縄切り捨てに続く、第三の琉球処分と評する人もいる。明治初期の琉球処分に翻弄され、時代の荒波の中で不器用に生きてきた琉球士族の末裔たちの生き様を描き出す。琉球という抜け殻が、どのような意味を持っているのか。いま、沖縄と沖縄人の主体性と矜持を、小さき者の声を伝えながら、静かに問い直す！

四六判上製二四八頁　定価二七〇〇円

*グローバル時代の農業を問い直す。TPP（環太平洋戦略的経済連携協定）を見据えるために。

文化としての農業／文明としての食料

末原達郎 著

農の本源を求めて！　日本農業の前途は険しい。日本のムラを、美しい農村を、どうするのか。減反政策からの転換、減少を続ける就農人口。食料自給率および食の安全保障など、問題は山積している。さらにTPP（環太平洋戦略的経済連携協定）交渉の妥結によって、日本の農業はいま大きな転機を迎えている。「農」という文化を守り、自立した農業をめざすために、清新な農業改革が喫緊の課題である。アフリカの大地を、日本のムラ社会を、踏査し続けてきた、農業人類学者による、清新な農業文化論！　農業力は文化力である！

四六判上製二八〇頁　定価三〇二四円

*米山俊直の最終講義

「日本」とはなにか―文明の時間と文化の時間

米山俊直 著

本書は、「今、ここ」あるいは生活世界の時間（せいぜい一〇〇年）を基盤とした人類学のフィールド的思考と、数千年の時間の経過を想像する文明学的発想とを、人々の生活の営為を機軸にして総合的に論ずるユニークな実験である。そこでは、たとえば人類史における都市性の始源について、自身が調査した東部ザイールの山村の定期市と五千五百年前の三内丸山遺跡にみられる生活痕とを重ね合わせながら興味深い想像が導き出される。微細な文化変容と悠久の時代の文明史が混交しながら独特の世界を築き上げた秀逸な日本論。

四六判上製二八八頁　定価二七〇〇円

定価は消費税込です。　（二〇一五年一一月現在）